GRöLS Verlage

„BÜCHER SIND WIE FALLSCHIRME. SIE NÜTZEN UNS NICHTS, WENN WIR SIE NICHT ÖFFNEN.“

Gröls Verlag

Redaktionelle Hinweise und Impressum

Das vorliegende Werk wurde zugunsten der Authentizität sehr zurückhaltend bearbeitet. So wurden etwa ursprüngliche Rechtschreibfehler *nicht* systematisch behoben, denn kleine Unvollkommenheiten machen das Buch – wie im Übrigen den Menschen – erst authentisch. Mitunter wurden jedoch zum Beispiel Absätze behutsam neu getrennt, um den Lesefluss zu erleichtern.

Um die Texte zu rekonstruieren, werden antiquarische Bücher von Lesegeräten gescannt und dann durch eine Software lesbar gemacht. Der so entstandene Text wird von Menschen gegengelesen und korrigiert – hierbei treten auch Fehler auf. Wenn Sie ebenfalls antiquarische Texte einreichen möchten, finden Sie weitere Informationen auf www.groels.de

Viel Freude bei der Lektüre wünscht Ihnen das Team des Gröls-Verlags.

Adressen

Verleger: Sophia Gröls, Im Borngrund 26, 61440 Oberursel

Externer Dienstleister für Distribution & Herstellung: BoD, In de Tarpen 42, 22848 Norderstedt

Unsere „Edition | Werke der Weltliteratur“ hat den Anspruch, eine der größten und vollständigsten Sammlungen klassischer Literatur in deutscher Sprache zu sein. Nach und nach versammeln wir hier nicht nur die „üblichen Verdächtigen“ von Goethe bis Schiller, sondern auch Kleinode der vergangenen Jahrhunderte, die – zu Unrecht – drohen, in Vergessenheit zu geraten. Wir kultivieren und kuratieren damit einen der wertvollsten Bereiche der abendländischen Kultur. Kleine Auswahl:

Francis Bacon • Neues Organon • **Balzac** • Glanz und Elend der Kurtisanen • **Joachim H. Campe** • Robinson der Jüngere • **Dante Alighieri** • Die Göttliche Komödie • **Daniel Defoe** • Robinson Crusoe • **Charles Dickens** • Oliver Twist • **Denis Diderot** • Jacques der Fatalist • **Fjodor Dostojewski** • Schuld und Sühne • **Arthur Conan Doyle** • Der Hund von Baskerville • **Marie von Ebner-Eschenbach** • Das Gemeindekind • **Elisabeth von Österreich** • Das Poetische Tagebuch • **Friedrich Engels** • Die Lage der arbeitenden Klasse • **Ludwig Feuerbach** • Das Wesen des Christentums • **Johann G. Fichte** • Reden an die deutsche Nation • **Fitzgerald** • Zärtlich ist die Nacht • **Flaubert** • Madame Bovary • **Gorch Fock** • Seefahrt ist not! • **Theodor Fontane** • Effi Briest • **Robert Musil** • Über die Dummheit • **Edgar Wallace** • Der Frosch mit der Maske • **Jakob Wassermann** • Der Fall Maurizius • **Oscar Wilde** • Das Bildnis des Dorian Grey • **Émile Zola** • Germinal • **Stefan Zweig** • Schachnovelle • **Hugo von Hofmannsthal** • Der Tor und der Tod • **Anton Tschechow** • Ein Heiratsantrag • **Arthur Schnitzler** • Reigen • **Friedrich Schiller** • Kabale und Liebe • **Nicolo Machiavelli** • Der Fürst • **Gotthold E. Lessing** • Nathan der Weise • **Augustinus** • Die Bekenntnisse des heiligen Augustinus • **Marcus Aurelius** • Selbstbetrachtungen • **Charles Baudelaire** • Die Blumen des Bösen • **Harriett Stowe** • Onkel Toms Hütte • **Walter Benjamin** • Deutsche Menschen • **Hugo Bettauer** • Die Stadt ohne Juden • **Lewis Caroll** • *und viele mehr….*

Julius Stinde

Die Familie Buchholz

Aus dem Leben der Hauptstadt

Inhalt

Von Außen

In der Landsberger Straße, welche vom Alexanderplatz nach dem Friedrichshain führt, und zum Postbezirk Nordost der Reichshauptstadt gehört, steht ein Haus, das sich von seinen Nachbarn rechts und links, gerade und schräg gegenüber dadurch unterscheidet, daß es keine Ladenschaufenster hat und an seiner Facade ein paar Pilaster aufweist, die ein Architekt ersonnen hat, der einmal griechisch bauen wollte und aus Versehen falsche Vorlageblätter in die Hand bekam, als er den Aufriß zu Papier brachte.

Aber diese beiden Wandpfeiler, welche von der ersten Etage bis fast an das Dach reichen und den zweiten Stock durchschneiden, geben dem Hause trotzdem ein gewisses feierliches Aussehen, so daß es sich vortheilhaft von den modernen Miethskasernen abhebt, denen die kleinen Gebäude Alt-Berlins allmälig zum Opfer fielen, die dort im Nordost noch hin und wieder anzutreffen sind, und nur auf das Weggerissenwerden zu warten scheinen. Sie werden sich auch wohl nicht lange mehr halten, denn die Pferdebahn, die schon so manches Alte aus früherer Zeit zu Grabe geläutet hat, klingelt bereits an ihnen vorbei.

Das Haus mit den mißverstandenen griechischen Pilastern wird sich aber noch eine Weile halten, denn als es entstand, schüttelten die Leute die Köpfe über den gewaltigen und prunkvollen Bau, der viel zu sehr gegen seine Umgebung abstach. Sollte vielleicht ein Prinz darin wohnen oder ein Graf? Die Vornehmen zögen nicht nach der Landsbergerstraße, die blieben unter den Linden oder in der Wilhelmstraße, wo die anderen Paläste stehen und die Kinder nicht in Pantinen herumlaufen. So sagten die Leute damals, und jetzt nach kaum einem Menschenalter paßt jenes Haus nur noch eben in das moderne Berlin hinein, weil es seiner Zeit auf den Nachwuchs gebaut wurde, wie der Sonntagsrock für den Dreizehnjährigen, dem die Arme und Beine quartalsweise länger werden. Aus dem vermeintlichen Palaste ist mittlerweile ein gut bürgerliches Haus geworden, und wer jetzt vom Alexanderplatze kommt, den Bahnhof der Stadtbahn, das schloßartige Hotel, die Markthalle und die anderen himmelaufstrebenden Neubauten bewundert, der wird, wenn er die Landsbergerstraße durchschreitet, nichts merkwürdig finden als das für die Nachwelt in Stuck erhalten gebliebene Gelüste des Architekten, einmal das Antlitz eines modernen Wohnhauses mit griechischen Motiven zu tättowiren.

Der eine Flügel des Hauses, dem der übliche Rundbogen nicht fehlt, ist am Tage meistens geöffnet, so daß man auf den Flur sehen kann und auf die Glasthüre, welche zum Hofe führt. Durch die mattgemusterten Glasscheiben schimmert es im Sommer grün, denn hinter dem Hause liegt ein kleiner Garten, in dem ein Apfelbaum und einige Fliederbüsche nach Luft und Licht ringen. Wenn der Steinkohlenrauch von der benachbarten Fabrik von feuchten Winden in den Hof hinabgedrückt wird, färbt er die spärlichen Apfelblüthen schwarz und dringt in die zarten Kelchröhren des Flieders, dem deshalb stets ein Beigeruch nach dem Schornstein anhaftet. Es wird auch jedes Jahr versucht, ein wenig Rasen anzusäen, aber die langen Keime, welche im Schatten unter dem Baume aufsprießen, bringen es nicht weit, denn was die Spatzen übrig lassen, scharren die Hühner aus der Erde. Wenn aber ein linder Mairegen gefallen ist und die Jungens in den überflutheten Rinnsteinen der Straße Papierkähne schwimmen lassen oder in Ermangelung derselben ihre Mützen, dann sieht der Garten hinter dem Hause aus als wäre der Frühling darin zu Gast. Und das ist schon sehr viel in dem großen weiten Berlin.

Groß und weit ist die Stadt geworden, so groß, daß der einzelne Mensch darin verschwindet. Wie ganz anders ist es dagegen in einer kleinen Stadt. Da kennt Einer den Andern, wenn auch nicht näher, so doch vom Ansehen, und wenn einmal ein Fremder durch die Straßen geht, so weiß Jeder, der ihn sieht, daß es wirklich ein Fremder ist. Es kann Jemand durch ganz Berlin wandern, Straße für Straße, ohne daß man ihn beachtete; er muß es für einen glücklichen Zufall halten, wenn ihm ein Bekannter oder Freund begegnet. Tausende hasten an ihm vorbei, sie sind ihm fremd, er ist ihnen fremd; fremd sind ihm die Mitfahrenden in dem Omnibus, in dem Pferdebahnwagen, im Waggon der Stadtbahn. Es überkommt ihn das Gefühl der Einsamkeit mitten in dem lauten Treiben des Tages und in dem Gedränge der Menschen. Die Einsamkeit ist nicht allein draußen im Walde daheim, auf dem Meere und in der Öde, sie hat ihre Stätte auch in der Millionenstadt.

Und doch ist jedes Haus dieser großen Stadt eine Heimath für die, welche darin wohnen, und die Straße, in der das Haus liegt, ist ein Bezirk, in dem es Nachbarn giebt wie in einer kleinen Stadt, in der man sich persönlich nahe steht oder doch wenigstens vom Ansehen kennt. Die Familien in den Häusern haben Verwandte und Bekannte, ganz so wie in einer kleinen Stadt, man hat seine Kreise ganz so wie dort und redet von den Angehörigen dieser Kreise ebensoviel Gutes und ebensoviel Böses, wie anderwärts. Der Unterschied besteht nur darin, daß es in der großen Stadt mehr Kreise giebt, als in der kleinen und daß sie schärfer von einander getrennt sind, weil sich die Einsamkeit der Großstadt dazwischen drängt. Sie gleichen jenem Garten, den die hohen Mauern der Nachbarhäuser einschließen, dessen grünen Schimmer der Vorübergehende nur gewahrt, wenn das Hausthor offensteht. Der Fliederbaum blüht nicht für Jedermann, wie in den Anlagen des Lustgartens, wo die weißschäumenden Strahlen der Springbrunnen sich hoch in die Luft erheben und das blühende Gebüsch netzen, das sie umhegt, wenn der Wind mit den glitzernden Tropfen spielt.

Über das öffentliche Leben der Großstadt wird täglich von den Zeitungen Protokoll geführt. Wir erfahren gewissenhaft, wann die ersten Knospen im Thiergarten sich entfalten, aber über die ersten Blüthen jenes Apfelbaumes wird keine Zeile gedruckt, denn er ist ein privater Apfelbaum und hat als solcher kein Anrecht an der Druckerschwärze, es sei denn, daß er irgend etwas Außerordentliches leiste, im Herbste noch einmal wieder anfängt jung zu werden, oder vor Altersschwäche stürzt und dabei Unheil anrichtet. Und so ist es auch mit dem Privatleben in den Häusern und mit dem Thun und Treiben in den vielen Kreisen. Nur außergewöhnliche Vorkommnisse gelangen an die Öffentlichkeit: ein Einbruch, eine Feuersbrunst, ein besonderes Unglück oder ein fröhliches Ereigniß seltener Art. Von Tausenden und aber Tausenden erfährt die Welt nichts, die wandeln ihren Weg von der Geburt bis zum Tode mitten in der großen Stadt wie in stiller Verborgenheit, und doch schlägt ihnen ein Herz in der Brust, das liebt und haßt, Freude empfindet und Leid, weil es ein Menschenherz ist.

Auch die Familie Buchholz in der Landsbergerstraße würde zu jenen Tausenden gehören, wenn nicht ein Erlebniß ärgerlicher Natur der Frau Wilhelmine Buchholz die Veranlassung gegeben hätte, ihre Entrüstung der Öffentlichkeit zu unterbreiten und aus der Verborgenheit hervorzutreten. Mit dem ersten Briefe, den sie an die Redaktion einer Berliner Wochenschrift sandte, war sie der Presse verfallen, denn ein Brief folgte dem andern und jeder gewährte einen Einblick in das Privatleben der Familie und in den Kreis ihres Verkehres. Frau Wilhelmine öffnete nicht allein das Gartenthor, sondern sie schnitt auch, wenn es an der Zeit war, eine Handvoll von dem Flieder für solche Leute ab, die der Schornsteingeruch nicht störte. Sie meinte: „Orchideen wüchsen nicht in der Landsbergerstraße; einfache Bürgersleute hätten kein Treibhaus."

Sie hat Recht. Wem die Schilderung des kleinbürgerlichen Lebens der Reichshauptstadt nicht gefällt, dem bleibt es unbenommen, sich einen Roman zu kaufen, in denen Grafen und Comtessen gebildete Conversation führen. Wen es aber interessirt, zu erfahren, wie sich intimes Familienleben in der Einsamkeit der großen Stadt gestaltet, der wird an den Sorgen und den Freuden der Frau Wilhelmine Antheil nehmen und ihre Briefe als Skizzen aus dem Leben der Hauptstadt betrachten, die nicht blos aus Asphaltstraßen und langen Häuserreihen besteht, sondern aus vielen, vielen Heimstätten, deren Thüren dem Fremden verschlossen bleiben.

Ein Geburtstag

Ich bin nur eine einfache Frau, Herr Redakteur, und das Schreiben ist meine Sache durchaus nicht, aber da in Ihrem Blatte, welches ich so gerne lese, doch auch manchmal Gegenstände zur Sprache kommen, die nur von Frauen richtig erfaßt und behandelt werden können, so wage ich es, als vorsorgliche Mutter, Ihnen mein Herz auszuschütten und bitte Sie, den Stil, wo er reparaturbedürftig ist, gütigst ausbessern zu wollen. Es wäre mir nämlich peinlich, wenn meine Töchter Fehler in meinem Schreiben entdecken sollten, so etwas würde meine bisherige Autorität schädigen. Sie glauben gar nicht, wie die Kinder heut zu Tage es weit in der Schule bringen.

Nun aber zur Sache.

Vor zwei Weihnachten schenkte Onkel Fritz den Kindern ein Puppentheater, womit wir auch ganz einverstanden waren, weil sie ruhig sind, wenn sie sich damit beschäftigen. Selbst wenn der kleine Krause zu Besuch kommt und Heimreichs Dreie aus der Müllerstraße, geht es ohne Lärm her, sobald sie das Puppentheater vorhaben. Sonst spielten sie immer: „Wie gefällt dir dein Nachbar“, oder „Räuber und Soldat“, wobei es nie ohne Spektakel abging und einmal sogar die Scheibe von der Servante eingestoßen wurde, worin das gute Porzellan steht, das Gott sei Dank unversehrt blieb. Mein Mann schenkt den Mädchen daher auch hin und wieder einige Groschen, damit sie sich Bilderbogen kaufen und neue Figuren für das Theater zurechtpappen können, es ist das immer noch vortheilhafter, als wenn etwas entzweigebrochen wird. Die Scheibe vom Spinde kostete baar acht Mark. Neulich war nun Emmi's Geburtstag, und weil es doch ein Aufwaschen war, so bat ich die Alten auch, während Emmi, wie wir das so gewohnt sind, ihre Kindergesellschaft hatte.

Den Kindern war das Eßzimmer überlassen, und nachdem sie ihre Chokolade bekommen hatten (notabene mit der nöthigen Portion Kuchen), bauten sie das Puppentheater auf und stellten Stühle davor, ordentlich wie im Theater. Dann kam der kleine Krause und lud uns Großen ein, die Vorstellung zu besuchen, und wir gingen denn auch Alle hin, um den Kindern den Gefallen zu thun. Wir Damen saßen gleich vorne an, die Herren mußten aber an der Wand stehen, denn das Geschlepp mit den Plüschstühlen aus der guten Stube dulde ich nicht.

Als wir nun so sitzen und der Dinge harren, die da kommen sollen, sagt Frau Heimreich zu mir, daß sie im Ganzen nicht sehr dafür wäre, daß die Kinder sich mit Komödie beschäftigten, es machte sie *so* phantasiereich. Ich erwiderte ihr darauf: „Im Gegentheil, es bildet Herz und Gemüth und ist eine bessere Beschäftigung, als das Skandalmachen, wobei leicht Spiegelscheiben von Schränken eingerannt werden." – Den Stich hatte sie weg, denn ihre Agnes war damals Schuld an dem Malheur gewesen, und so schwieg sie denn auch still.

Endlich ging der Vorhang auf. Onkel Fritz fing an zu applaudiren, obgleich noch kein Wort gesprochen war; er mußte wohl meinen, im Viktoriatheater zu sein, wo die Dekorationen immer den meisten Beifall bekommen. Hier war jedoch gar nichts zu beklatschen, denn die Szenerie stellte ein einfaches Zimmer dar, an dem unsereins nichts Bemerkenswerthes finden konnte. Aber Onkel Fritz will einmal als Kenner gelten.

Nun fingen die Kinder an zu sprechen. Meine Emmi schob eine der auf dem Theater befindlichen weiblichen Figuren nach vorne und sagte ganz laut und vernehmlich:

„Guten Morgen, meine Damen. Nee, ich kann nicht anders, als Ihnen mein Herz ausschütten. Denken Sie sich, die Rosalie, das leichtsinnige Geschöpf, kokettirt nun auch schon mit meinem Wachtmeister."

„Das fängt ja sehr nett an!" flüsterte Frau Heimreich mir zu. – „Wer wird denn gleich Alles auf die Goldwage legen!" sagte ich. Ein bischen sonderbar war mir aber doch zu Muthe geworden, allein der Heimreichen gegenüber wollte ich mir keine Schwäche anmerken lassen.

Die Kinder spielten weiter und Emmi fuhr fort:

„Na es ist auch kein gutes Haar an dem Frauenzimmer. Hat sie Ihnen nicht auch Ihre Liebhaber abspenstig zu machen gesucht, das fatale Ding?“

„Ja freilich! Ja freilich!“ antworteten die anderen Kinder im Chor und bewegten die Puppen an ihren Drähten, als wenn die gesprochen hätten. Sogar der kleine Krause stimmte mit ein, weshalb er vom Theater weggewiesen wurde und weinerlich hinter dem Bettschirm *hervorkam*, mit dem die Kinder das Puppentheater auf der einen Seite verstellt hatten, damit man sie nicht sehen konnte.

„Mir scheint, die Sache wird immer heiterer!“ sagte Frau Heimreich ziemlich laut. Ich that, als wenn ich nicht merkte, was sie meinte, und sagte deshalb zum kleinen Krause: „Komm nur zu mir, Eduard, von hier siehst Du's am allerbesten!“ – „Ich denke, das Kind thäte gut, wenn es von solcher Art Komödie gar nichts sähe,“ bemerkte Frau Heimreich spitz. Ich schwieg. Nun erschienen auf der Bühne zwei Puppen, die davon redeten, daß sie heimlich verheirathet seien, einen Sohn hätten, von dem die Eltern nichts wüßten, und dergleichen Anzüglichkeiten mehr. Hierauf kam ein alter Sünder, welcher der Rosalie die Cour machen wollte und zwei Flaschen Champagner mitbrachte, auf die er zwei Zehnthalerscheine geklebt hatte. Frau Heimreich machte in einem fort spöttische Bemerkungen. „Das bildet wohl Herz und Gemüth?“ gab sie mir zurück. „Besser ist denn doch, die Glasscheiben nehmen Schaden, als die jungen Kinderseelen!“ – Konnte ich ihr Recht geben? Ich hätte es wohl eigentlich müssen, allein sie war zu impertinent, so daß ich nur sagte: „So etwas wie auf der Bühne kommt im Leben oft genug vor!“ – „Derlei Erfahrungen habe ich nicht gemacht!“ höhnte sie. – Ich hätte ihr dies und das anthun können, aber Recht sollte sie doch nicht haben. „Wenn man sich blind und taub stellt, sieht und hört man natürlich nichts von der Welt!“ erwiderte ich. Zum Glück fiel der Vorhang und der erste Akt war vorbei. Onkel Fritz und der kleine Krause waren die einzigen, die applaudirten, ich klatschte natürlich auch mit, blos um Frau Heimreich zu zeigen, daß ich mich an ihr Geschwätz durchaus nicht kehrte.

Nun kam der zweite Akt. Es wurde ein Kind ausgesetzt, die Rosalie findet es, ein Mann sagt ihr auf den Kopf, es wäre das ihre. – „Ich bin Stickmamsell, wie käme ich denn zu so was!“ ruft meine Emmi, welche die Rolle der Rosalie zu sprechen hatte.

Mir war es schon zu verschiedenen Malen heiß und kalt übergelaufen und jetzt konnte ich nicht länger an mir halten. – „Nun ist's aus mit der Komödie!“ rief ich,

„das geht mir denn doch über allen Spaß!“ und sprang auf. „In Ihrem Hause lernen die Kinder allerliebste Dinge!“ rief Frau Heimreich. „Ha, ha! Herz und Gemüth! Ja die finden ihre Rechnung. Das muß man sagen!“ Hierauf rief sie: „Agnes, Paula, Martha, Ihr kommt zu mir, von solchem Unfug will ich nichts wissen. Wir sind eine respektable Familie, Euer Großpapa, mein seliger Vater, hatte den rothen Adlerorden.“

„Aber man blos vierter,“ warf ich ein, denn wenn sie nur irgend kann, bringt sie den alten Mann mit seinem Orden auf's Tapet. – Die Kinder kamen hinter dem Bettschirm mit trübseligen Gesichtern hervor. Meine weinten laut und der kleine Krause fing mit an zu heulen. Es war das reine unterbrochene Opferfest.- „Was haben wir denn gethan, daß Du so böse bist, Mama?“ flennte Emmi. – „Ach was!“ sagte ich, „wie könnt Ihr so dummes Zeug aufführen!“ – „Blos dumm?“ fragte die Heimreich. – „Wo habt Ihr das Stück her?“ inquirirte ich. – „Vom Buchbinder!“ antwortete Emmi und brachte mir ein Büchlein, dessen Titel lautete: „Eine leichte Person. Posse in drei Akten von Büttner und Pohl. Für Kindertheater bearbeitet von Dr. Sperzius. Neu-Ruppin, Verlag von Oehmigke und Riemschneider.“ – „Das mag ein schöner Doktor sein, der Spuzius oder Sperenzius,“ sagte Frau Heimreich. „Schämen sollte er sich.“ – Nun mischte Onkel Fritz sich dazwischen. „Eine sehr gute Posse,“ sagte er, „sie ist unzählige Male auf großen Bühnen gegeben.“ „Ja wohl!“ rief ich, „eine Posse für einzelne Herren. Aber was Dir als ledigem Junggesellen gefällt, braucht deshalb noch immer nicht gut zu sein. Ich hoffe nicht, daß Du sie gesehen hast, Karl?“ fragte ich meinen Mann. Er erinnerte sich nicht genau.

Nun bohrte Frau Heimreich wieder nach. Ich, als Mutter, hätte nicht dulden müssen, daß solche Bücher in mein Haus kämen, worauf ich sagte, daß ich mehr zu thun hätte, als darauf zu achten; in meinem Hause könnten die Leute, die zu Besuch kämen, ihren Namen nicht anstatt der Visitenkarte in den Staub schreiben, der fingerdick auf den Möbeln läge. Ein Wort gab das andere und sie verließ uns, indem sie sagte, sie würde nie wiederkommen, ebensowenig wie sie ihren Kindern ferner gestattete, ein solches Gomorrha wieder zu betreten, wie unser Haus sei. Das war mir ganz recht, denn meine beiden sind eigentlich schon zu groß für Heimreich's drei Jüngsten und wenn die Heimreichen sich auch mit ihrer Moral brüstet, so bin ich doch der festen Meinung, daß sie nur so lange fromm ist, als sie Sonntags in der Kirche sitzt.

Die Kinder weinten schrecklich, als die Heimreichs davongingen. Ich gab ihnen Chokolade und Kuchen, obgleich sie erst vor Kurzem genug gehabt hatten, aber Kinder haben immer noch Platz und das war in diesem Fall sehr gut, denn so wurden d i e wenigstens ruhig. Wir hatten zwar ziemlich lange Umgang mit Heimreichs gehabt, aber des Menschen Wille ist ja sein Himmelreich. Sie wollte es einmal nicht anders. Außerdem wohnen sie ganz hinten in der Müllerstraße, und das ist von uns ein entsetzliches Ende. Krauses blieben noch und als wir wieder in der guten Stube saßen, kam die Rede natürlich auf das infame Buch, das soviel Unheil angerichtet hatte. Herr Krause meinte, es sei unverantwortlich, solches Zeug den Kindern in die Hände zu geben. Onkel Fritz entgegnete, die seien viel zu dumm, als daß sie wüßten, warum es sich eigentlich handelte. „Aus kleinen Kindern werden große!“ sagte mein Mann. „Jugendeindrücke haften fürs ganze Leben!“ sagte Frau Krause. „Die Kinder hätten ja nur 'Schneewittchen' oder 'Rübezahl' oder Derartiges aufführen können,“ rief ich, „daß ihnen auch gerade solche Dummheit in die Hände gerathen mußte, wie die leichte Person.“

Onkel Fritz meinte, wir hätten die Komödie ruhig zu Ende spielen lassen sollen, das wäre besser gewesen, als unnützes Aufsehen zu machen. – Ich wusch ihm aber nicht schlecht den Kopf, denn Onkel Fritz ist mein jüngster Bruder. Sein albernes Theater sei an Allem Schuld, behauptete ich. Er wälzte sie jedoch von sich ab auf den Buchbinder und den Dr. Sperrenzius oder wie er heißt. Es gab eine allgemeine Verstimmung.

Nun frage ich Sie, Herr Redakteur, ist es zu verantworten, daß Fabrikanten und Händler unter der harmlosen Bezeichnung „für Kindertheater bearbeitet“ Schriften zum Verkauf bringen, die für die Kinderwelt passen, wie die Faust aufs Auge? Wo ist ein Gesundheitsamt für die Verfälschung der geistigen Nahrungsmittel?

Das Geburtstagsfest war allerdings gründlich gestört – Schuld hatte die Heimreich auch . . . . . aber das habe ich als Lehre daraus genommen, die Lektüre meiner Beiden wird von heute ab von mir und meinem Manne überwacht, in das Paradies ihrer Kindheit kommt mir ein solches Giftgethier nicht wieder. Krausens sind ganz meiner Meinung und vielleicht sind es andere Familien auch, wenn sie erfahren, wie es mir ergangen ist. Sie sind nicht Mutter wie ich, aber ich hoffe, Sie werden mir in dieser Angelegenheit beistehen, Herr Redakteur.

Ihre ergebene

Wilhelmine Buchholz, geb. Fabian.

P. S. Das Buch füge ich bei. Sie sehen, daß ich die schlimmsten Stellen gar nicht angeführt habe.

Musikalischer Bräutigamsfang

Sie waren damals so nett und druckten die fatale Geschichte ab, welche auf meiner Emmi Geburtstag passirt war, als die Kinder das alte gräßliche Komödienstück auf dem Puppentheater spielten und ich mich mit der Heimreich erzürnte. Sie ist noch nicht wieder bei uns gewesen und die Krausen von nebenan, die eine sehr verständige Frau ist, meint auch, ich würde mir etwas vergeben, wenn ich den ersten Schritt thäte.

Nun muß ich Ihnen aber erzählen, wie ich neulich überrascht wurde. Ich sitze also und denke an rein gar nichts, als es klingelt und der Postbote kommt und das dazu mit einer Geldanweisung für mich. Erst wollte ich es gar nicht glauben, aber ich mußte ja quittiren und er legte die Goldstücke auf den Tisch. Es war das Honorar für das, was ich für Sie geschrieben hatte; nein, ich hatte es wirklich nicht erwartet und dann so viel, ich war ganz außer mir und fing an zu weinen und die Kinder auch. Das Geld lag auf dem Tisch, ich dachte, es würde vor meinen sichtlichen Augen verschwinden, wenn ich es anrührte, und hätte geglaubt, der Postbote wäre ein Gespenst aus einem Zaubermärchen gewesen, wenn er die Stube nicht so voll getreten hätte.

Mein Mann sagte: „Ich kann ordentlich stolz auf Dich sein, Wilhelmine, das hast Du nun so mit dem Schriftstellern verdient.“ – „Karl,“ sagte ich zu ihm, „ich bin mitunter wohl etwas heftig gegen Dich gewesen, es soll nicht wieder vorkommen, nein, ganz gewiß nicht.“ Er umarmte mich und gab mir einen Kuß und ich mußte wieder anfangen zu weinen. Emmi und Betti klammerten sich an mich, als sie sahen, daß ich mich immer noch nicht beruhigen konnte, und wischten sich auch die Augen. „Laßt gut sein, Kinder,“ beschwichtigte ich sie, „es ist ja nur die Freude. Wenn blos die Heimreich das sehen könnte, wie würde die sich ärgern!“

„Was willst Du nun mit dem Gelde anfangen?“ fragte mein Mann. – „Das bewahre ich zum ewigen Andenken auf,“ antwortete ich, „oder wenn es nicht anders ist, so kaufe ich mir einen neuen Hut dafür, der alte ist durchaus nicht mehr modern. Die Krausen hat sich kürzlich auch erst einen neuen angeschafft.“ – Die Kinder meinten auch, es wäre das Beste, wenn ich den Hut kaufte. So gab ich denn ihrem Drängen nach und wir gingen alle drei ins Modemagazin. Weil aber noch ein kleiner netter Rest von dem Gelde übrig blieb, das der Postbote gebracht hatte, sagte ich: „Dafür wollen wir uns einen vergnügten Tag machen. Wir gehen heute Abend ins Konzerthaus bei Bilse; ich setze den neuen Hut auf und Papa holt uns nachher ab.“

Der Jubel von den Kindern war unermeßlich, und weil wir doch einmal unterwegs waren, gingen wir in eine Konditorei und ließen uns Chokolade geben mit Schlagsahne darauf und etwas Angenehmes zum Knabbern dazu. Es war allerliebst. –

Am Abend machten wir uns rechtzeitig auf den Weg, um einen guten Platz bei Bilse zu bekommen. Als wir nun in den Saal treten, sehe ich da bereits eine Freundin von mir an einem Tisch sitzen. Wir gingen heran und begrüßten uns. „Guten Abend, Frau Bergfeldt,“ sagte ich, „sieht man Sie auch mal wieder? Nein, und wie ihre Auguste herangewachsen ist, seit ich sie nicht gesehen habe!“ – die Bergfeldten meinte auch, daß ihre Tochter sich sehr herausgemacht hätte. – Na, ich sah gleich, daß es nur das Kleid war, welches das Mädchen so groß machte, ganz modern mit Schleppe und Cuiraßtaille und die Haare vorne ins Gesicht herunter gekämmt wie eine Ponnymähne. Bei meinen würde ich so etwas nicht leiden, obgleich der Betti bereits ebensogut solches Kleid passen würde, wie Bergfeldtens Auguste, die freilich schon vor zwei Jahren konfirmirt wurde, aber noch sperrig und ungelenk ist, daß es eine Sünde und Schande ist, sie wie eine Erwachsene zu kleiden. Nun, wer so spitze Ellbogen hat, thut freilich am besten, lange Ärmel zu tragen.

Wir nahmen Platz, aber als Emmi sich neben Auguste setzen wollte, sagte die Bergfeldten, der Stuhl wäre vergeben, ihr Emil käme noch nach. Ich sagte, „es sind ja zwei Stühle frei, an einem wird Ihr Emil wohl genug haben;“ – Da gab sie mir zur Antwort, ihr Emil würde noch einen Freund mitbringen, und wurde ganz verlegen. – „Aha,“ dachte ich, „hier spinnt sich etwas an. Aufgepaßt!“

Es dauerte denn auch nicht lange und Emil kam richtig mit seinem Freunde an, der, wie sich nachher herausstellte, ebenso wie Emil auf den Assessor studirt, wozu er jedoch noch ein paar Jährchen Zeit hat. Wie ich nicht anders erwartete, setzte sich der Freund neben die Auguste, die roth bis hinter die Ohren wurde und sich von nun an noch linkischer benahm, als zuvor. Emil kam bei meiner Betti zu sitzen und so war unser Tisch denn komplet.

Das Konzert begann, und kaum fingen die Musiker an zu spielen, als die Bergfeldt einen Strickstrumpf aus der Tasche holte und darauf losstrickte, als wollte sie das Entree wieder verdienen. So lange die Musik langsam und feierlich war, strickte sie ganz ruhig, aber als nachher ein Walzer gespielt wurde, fuhr ihr der Takt in die Finger und sie ließ so viele Maschen fallen, daß ihre Auguste alles wieder auftrennen mußte, was sie fertig gebracht hatte. Nun konnte ich mir auch erklären, warum der Strumpf so grau aussah.

Ich bin ja sehr für den häuslichen Fleiß und hasse das Müßiggehen, aber wenn man seinen Geist im Konzert bilden will, kann man doch die Aufmerksamkeit nicht zwischen einer Symphonie und dem Strumpf theilen. Auch glaube ich nicht, daß Beethoven seine himmlischen Eingebungen komponirte, damit dazu gestrickt werden sollte. Und wie großartig ist solche Symphonie, wenn sie Alle vier Kellertreppen tief in Gedanken dasitzen, und man meinen muß, sie könnten höchstens durch einen Eimer kaltes Wasser wieder zu sich gebracht werden. Das ist die Macht der Musik!

In den Zwischenpausen unterhielten wir uns recht gut. Emil ließ sich mit meiner Betti in ein umfassendes Gespräch über die deutsche Literatur ein und da Betti erst kürzlich etwas von der Marlitt gelesen hatte, so wußte sie recht gut Bescheid; sie fand auch, daß die Marlitt ihre Charaktere außerordentlich schildert und hielt es für durchaus richtig, daß der Baron erschossen wurde und der brave charaktervolle Ingenieur die Gräfin kriegte. Wenn die Kinder etwas lernen, können sie nachher auch ein Wort mitsprechen.

Bergfeldtens Auguste und der Student redeten fast keine Silbe miteinander, aber von Zeit zu Zeit warfen sie sich schief von der Seite verliebte Blicke zu, die gerade genug sagten. Die Bergfeldten that aber, als wenn sie gar nichts bemerkte, im Gegentheil nannte sie den Studenten immer „lieber Herr Weigelt“ und fragte, wie es ihm ginge, was seine Eltern machten und warum er die Pulswärmer nicht trüge, die Auguste ihm gehäkelt habe? „Sie wollen den jungen Mann wohl warm halten, weil Sie ihm Pulswärmer schenken?“ flüsterte ich ihr leise zu, ohne etwas Übles bei dem Scherz zu denken. Sie aber warf einen höhnischen Blick auf meinen neuen Hut und sagte: „Wir sind für das Nützliche und nicht für Flitterstaat und Tand!“ – Ich war sprachlos. Meinen neuen Hut Tand zu nennen!. Ja, wenn ich ihn geborgt, oder meinem Karl das Geld dafür abgezwackt hätte, das wäre etwas Anderes gewesen. Als ich mich gefaßt hatte, erwiderte ich: „Natürlich, wenn der Mann Alles allein verdienen muß, ist es unrecht von der Frau, die Mode mitzumachen.“ Das hatte sie weg.

Während der zweiten Abtheilung aßen wir den Kuchen, den ich mitgebracht hatte; die beiden jungen Herren steckten sich eine Cigarre an, und je schöner die Musik wurde, um so näher rückten sich der Student und Bergfeldtens Auguste. Ich sagte gar nichts weiter und bemerkte nur, als die Kapelle in einem sehr zu Gemüthe sprechenden Potpurri die Melodie: „Ach, wenn du wärst mein eigen" spielte, daß die Zwei Hand in Hand da saßen und sich anschmachteten.

Endlich war das Konzert aus; mein Karl und Herr Bergfeldt erwarteten uns auf dem Flur und wir gingen in eine Restauration, wo wir ein Separatzimmer nahmen, um gemüthlich beisammen zu sein. Mein Karl hatte Herrn Bergfeldt erzählt, woher ich meinen neuen Hut hätte, und er gratulirte mir und sagte, nun gehörte ich auch zu den deutschen Schriftstellerinnen, worauf seine Frau sagte – es war ja nur der Neid über den Hut, der sie reden hieß – Damen, welche am Schreibtische säßen, kümmerten sich nicht viel um den Hausstand und die Familie. – „So?" erwiderte ich. „Jedenfalls kümmere ich mich mehr um meine Töchter, als Sie sich um die Ihrige, ich würde nie leiden, daß meine Älteste eine Liebschaft mit einem Studenten anfinge, wie Ihre Auguste." – Na, das Wort fuhr denn dazwischen, wie eine Bombe. – „Was ist das?" rief Herr Bergfeldt, „Herr Weigelt, ich will nicht hoffen – – – ." „O Gott, Papa!" rief Auguste. – „Franz meint es aufrichtig," sagte die Bergfeldt. – „Welcher Franz?" fragte Herr Bergfeldt heftig. – „Nun, Herr Weigelt," erwiderte sie, „er liebt Auguste treu und innig ....."

„Ich bitte Sie um ein Wort," wandte sich Herr Bergfeldt an den jungen Studenten, der aufstand und dessen Aussehen wurde wie konfiszirte Milch. Du mein Gott, wie er zitterte. Wie so eine neumodische elektrische Klingel. Er konnte Einen wirklich dauern.

„Was sind Sie?" fragte Herr Bergfeldt.

„Student der Rechte." – „Wo haben Sie meine Tochter kennen gelernt." – „Bei Bilse." – „Und sie lieben sich so sehr!" rief die Mutter. – „Ach ja, Papa!" weinte Auguste. – „Aber Sie sind noch zu jung zum Heirathen und auf weite Aussichten hin giebt ein Vater seine Tochter nicht." – „O Papa, Du brichst mir das Herz," schluchzte Auguste, „Franz ist so gut.'„ – „Willst Du unser Kind unglücklich machen?" fragte die Mutter. – Der Student stand vor Herrn Bergfeldt, wie ein armer Sünder im Verhör und konnte kein Wort hervorbringen. – „Werden Sie für das Glück meines Kindes sorgen?" wandte sich Herr Bergfeldt an ihn. „Wollen Sie mir versprechen, fleißig zu sein, Ihre Examina zu machen, solide zu leben und mein Kind – meine Älteste – meine Erstgeborene – –." Hier konnte er nicht weiter. Auguste war ganz aufgelöst in Thränen. Und als die Mutter nun rasch die Hände der beiden jungen Leute ineinanderlegte und sagte: „Ich segne Euch, meine Kinder," da fingen meine Beiden ebenfalls an. Es war auch zu rührend, denn ich selbst hatte Thränen in den Augen aber im Stillen mußte ich mir doch sagen, daß die Partie mindestens übereilt war. Er hat sein Brod nicht . . . . . und sie mit den spitzen Ellbogen! Er wird sich wundern, wenn er sie zu sehen bekommt.

Obgleich die Bergfeldten nicht artig gegen mich gewesen war, so gratulirte ich ihr doch und sagte, ich hoffte, daß sie nie bereuen möge, ihr Kind so früh mit einem so sehr jungen Manne verlobt zu haben. Daß er jung war, sah man ja auf den ersten Blick an den Finnen im Gesicht und den paar Bartstoppeln; ich hätte ihn nicht zum Schwiegersohne haben mögen, denn etwas geb' ich stets auf das Äußere. Wozu hätte ich mir sonst den neuen Hut angeschafft?

So feierten wir denn die Verlobung in aller Stille und versprachen auch, keinen Ton darüber zu reden, bis der Bräutigam sein Assessorexamen gemacht haben würde. Als wenn eine Verlobung verschwiegen bleiben könnte? Am nächsten Tage weiß es die Waschfrau und in einer Woche wissen es alle Bekannte, das kenne ich aus Erfahrung, weil es mir selbst so ging, als ich mit meinem Karl verlobt war und Vater die Sache noch geheim halten wollte. Mutter konnte nicht reinen Mund halten. Herr Bergfeldt war schweigsamer als gewöhnlich und drehte in einem fort Brodkügelchen zwischen den Fingern, während sie, die Bergfeldten, sich ein möglichst wonnestrahlendes Aussehen zu geben versuchte. Nun, ich will ja auch nicht leugnen, daß eine frisch verlobte Tochter das Mutterherz mit Stolz und Genugthuung erfüllen darf, aber doch nur dann, wenn man mit dem Bräutigam einigen Staat machen kann und er statt an den Haaren, mit den sanften Banden der Liebe herbeigezogen worden ist.

Herrn Bergfeldts Einsilbigkeit war Schuld daran, daß wir die Sitzung nicht zu lange ausdehnten. Er berappte Alles, auch was wir gehabt hatte, er war also gewissermaßen nobel, und das machte einen guten Eindruck. Auf dem Heimwege fragte ich meinen Karl, ob er nicht auch bemerkt hätte, daß der Bräutigam, so wie man bei uns in der Landsbergerstraße zu sagen pflegt, ein dämliches Gesicht gemacht hätte, als wenn ihm die ganze Verlobung ein bischen überrascht gekommen wäre? Karl meinte, der junge Mann wäre eine Padde (er drückt sich mitunter etwas familiär aus, mein guter Karl), sonst hätte er sich nicht so überrumpeln lassen, denn genau besehen, wäre die Mutter doch nur die Anstifterin von der Verlobung gewesen, die ginge nicht wegen der Musik zu

Bilse, sondern nur, um ihre Tochter sehen zu lassen. Er fügte noch hinzu, daß es ihm unangenehm sein würde, wenn ich ohne ihn mit den Kindern ausginge.

Hierauf erwiderte ich, daß er sich auf mich verlassen könne, und ich schon dafür sorgen würde, daß unsere Kinder solche Partien nicht machten, und ich schon verstände, junge Leute ohne Aussichten zu verscheuchen. So gab denn ein Wort das andere, und wurde auch nicht eher Friede, als bis Karl schwieg. Das thut er immer, wenn wir nicht egaler Meinung sind, und ich ärgere mich um so mehr, weil ich dann nie weiß, was er im Stillen denkt. Es ist eben schwer, mit den Männern umzugehen.

Als wir zu Hause waren, fragte Betti, wann wir wieder nach dem Konzerthause gehen wollten, worauf Papa sagte, das hätte noch lange Zeit. Betti machte einen schiefen Mund und stotterte, sie hätte Bergfeldtens Emil aber versprochen, am nächsten Donnerstag wieder bei Bilse zu sein.

Der Schreck, den ich bekam, ich danke! Nun aber ging ich ins Geschirr und sowohl mein Mann, als die Kinder kriegten ihr Theil. Mein Karl, weil er nicht gleich mitgekommen war, Betti, weil sie mit dem Emil sich verabredet hatte, und Emmi, weil sie doch hätte sehen müssen, daß Emil und Betti miteinander redeten. Es war ungemüthlich, und der Tag, der so schön anfing, endete mit Kummer und Verdruß.

Als ich mit meinem Karl allein war, sagte ich: „Wir wollen auf die Mädchen Acht geben, solche Verlobungen, wie die heute bei Bergfeldtens, können doch uns nicht passen!" – Karl meinte, wenn die Mütter nur vernünftig wären, könnten keine Dummheiten passiren, selbst wenn die jungen Leute noch so liebenswürdig und die Musik noch so sentimental sei. Ich möchte nur wissen, was die Männer von solchen Sachen verstehen?

In zwei Jahren kann Bergfeldtens Emil vielleicht bereits Assessor sein und Betti ist denn doch zehnmal hübscher, als die spitzknochige Auguste, die nun schon Braut ist. Und was die Musik anbelangt, so spielen sie bei Bilse wirklich ausgezeichnet, nur der Paukenschläger haut auf sein Instrument, als sollte es entzwei werden und es wollte nicht. Warum soll man nicht öfter ins Konzerthaus gehen? Auch läßt sich nicht leugnen, daß Emil ein schmucker Mensch ist und namentlich einen blendenden Vicefeldwebel abgeben würde. Vielleicht auch Lieutenant.

*

Es trat eine lange Pause ein. Mittlerweile war der Sommer des Jahres 1879 herbeigekommen, an den der Berliner mit Freude zurückdenken wird, denn die Berliner Industrie hatte ein Festtagsgewand angezogen und hielt täglich großen Empfang auf der Gewerbeausstellung ab, für die in der Nähe des Lehrter Bahnhofes ein großes Gebäude errichtet worden war, das ein hübscher Park mit Anlagen, Wasserkünsten und freundlichen Pavillons aller Art umgab.

Vor der Ausstellung war dieser Platz eine kleine Privatsandwüste, ein unangenehmes Terrain, auf dem sich selbst das Gras zu wachsen weigerte. Und nun hatte man einen Garten daraus gemacht, aber ohne Zauberei, nur durch Arbeit und das erforderliche Kleingeld. Schade, daß wir nicht auch in fremden Welttheilen den nöthigen Grund und Boden haben, um deutscher Kultur und Industrie Heimstätten zu bereiten ..... es sollten schon prächtige Plätze werden.

In dem Ausstellungspark standen damals bereits die Bogen der Stadtbahn, über welche die Züge noch nicht hinwegsausten in die weite Welt hinein, aber die großen Gewölbe wurden als Ausstellungsräume benutzt und eins derselben war sogar in eine altdeutsche Weinstube verwandelt worden, denn das Antike fing gerade an Mode zu werden. Mit einigen Fenstern von grünem Glase und einem Topf voll brauner Farbe kann man jedes Lokal ins Altdeutsche übersetzen.

Damals war es namentlich das Berliner Kunstgewerbe, welches Triumphe feierte, und das rapide Aufblühen dieser Industrie ist theilweise der Ausstellung zuzuschreiben; das belebende Sonnenlicht der Anerkennung brachte auch die nur erst halbgeöffneten Knospen zu voller Entfaltung.

Industrie und Gewerbe gaben ein Fest, das ganz Berlin mitfeierte, und gar bald konnte der Millionste Besucher der Ausstellung begrüßt und vor den Apparat des Photographen gesetzt werden, damit sein Bild der dankbaren Nachwelt erhalten bleibe. Die Berühmtheit ist eben ein sonderbares Ding. Einige machen ihr ganzes Leben lang vergebens Jagd darauf, Andern wird sie zu theil, ohne daß sie eine Ahnung davon haben. Unvermuthetes Glück soll, wie man sagt, das reinste sein.

Unter den neunhundertneunundneunzig Tausend Besuchern der Ausstellung, die vor dem Millionsten den Drehzähler passirten, befand sich auch die Familie Buchholz, wie wir aus einem Schreiben der Frau Wilhelmine erfahren, das gleichzeitig über den Grund ihres langen Schweigens Aufschluß giebt. Sie ist vielleicht die Einzige, deren Erinnerung an die Ausstellung keine ungetrübte genannt werden kann. Es giebt Leute, die dem Verdruß auf halbem Wege entgegengehen, anstatt ihm auszuweichen; dafür, daß unsere Freundin ihn auch auf der Ausstellung finden sollte, ist bei genauer Prüfung der Verhältnisse das Ausstellungskomité jedoch nicht verantwortlich.

Auf der Ausstellung

Sie haben gewiß schon oft gedacht, wie mag es wohl zugehen, daß die Buchholzen nichts von sich hören läßt, sie greift doch sonst hin und wieder zur Feder. Aber können Sie schreiben, wenn Sie ein solches Gallenfieber bekommen, daß Sie einen Doktor gebrauchen müssen, und sich dann später beim Gardinenaufstecken eine Nadel in den Finger rennen, als hätte man kein Gefühl und keine Nerven? – Nein, dann schreiben Sie auch nicht.

Nun fragen Sie sicher, wie ein Wesen von meiner Sanftmuth und Geduld mit einem Gallenfieber behaftet werden kann? Ich möchte jedoch Jemand sehen, der ruhig bliebe, wenn ihm passirt, was mir geschehen ist.

Und was hatte ich gethan? Nichts, reinweg gar nichts. Ich hatte nur geäußert, daß die Bergfeldten dem jungen Studenten ihre Auguste aufgehängt hätte, und diese harmlose Äußerung war ihr hinterbracht worden. Ich dachte mir weiter gar nichts Böses dabei, denn es war die unverfälschte Wahrheit. Dies hat die Bergfeldten jedoch schrecklich übelgenommen, und so schrieb sie mir denn einen empörenden Brief, in welchen sie sagte, daß, wenn sie wollte, sie von meinem Karl Geschichten erzählen könnte, worüber die Leute sich sehr amüsiren würden. Ich zeigte meinem Manne den Brief und sagte: „Karl, lies, was diese Person geschrieben hat, und dann geh' gleich zum Staatsanwalt und verklage sie."

Mein Karl las den Brief und antwortete zögernd, daß er keinen Grund zum Einschreiten darin finden könnte. – Mir war, als rührte mich der Schlag. Ich sank wie vernichtet auf das gute Sopha und rief: „Also Du fühlst Dich schuldig, Deine Vergangenheit ist eine verschleierte, dies elende Weib hat Recht. O, Karl!" – Er suchte sich zu vertheidigen, indem er behauptete, die Bergfeldten habe nur aus Rache eine sinnlose Bemerkung hinausgeschleudert, allein dies beruhigte mich nur halb; denn wenn sie doch etwas wüßte? Und wäre Karl ganz rein in seinem Gewissen, so hätte er ihr das Gericht auf den Hals geschickt. Ich merkte ihm deutlich an, daß er verlegen war. In demselben Augenblick kamen die Kinder herein und brachten den großen Schmortopf und die Waschleine, die ich der

Bergfeldten geliehen hatte und die sie nun mit spöttischen Bemerkungen retour schickte. Außerdem ließ sie sagen, der Henkel an dem Topf wäre schon entzwei gewesen, als sie ihn von mir bekommen hätte. Das war aber eine grobe Unwahrheit und diese Malice warf mich nun ganz darnieder.

So kam ich zu meinem Gallenfieber. Kann die Bergfeldten es vor ihrem Schöpfer verantworten, daß sie so an mir handelte, so ist es gut, ich hoffe jedoch nicht, daß ich einmal unter vier Augen mit ihr zusammentreffe. Dann sage ich ihr, wie ich es meine, denn in meinem Hausstande ist Alles ganz und propper!

Als ich mich allmälig wieder erholte und mein Teint nicht mehr so abscheulich gelb war, wie ich ihn mir herangeärgert hatte, sagte Karl: „Wilhelmine, wie wäre es, wenn Du Dich etwas zerstreutest? Ich denke, wir gehen alle zusammen auf die Ausstellung, Du und ich und die Kinder; es soll mir auf ein paar Groschen nicht ankommen, Deine Genesung zu feiern.“ – Im ersten Augenblick empfand ich große Freude über diesen Vorschlag, dann aber mußte ich denken, ob Karl's liebevolles Benehmen gegen mich nicht etwa aus einem geheimen Schuldbewußtsein hervorgegangen sein könnte, das durch den Brief der Bergfeldten neu aufgefrischt worden war? Ich sagte jedoch keine Sterbenssilbe von dem, was ich fühlte, sondern ging bereitwillig auf seine Wünsche ein. Die Kinder hatten gerade ihre neuen Sommerkostüme bekommen und da Karl mir so wie so einen modernen japanischen Shawl versprochen hatte, war der Ausführung seines Planes ja nichts im Wege. Hätte ich aber gewußt, was mir bevorstand, so wäre ich sicher zu Hause geblieben.

Ich will Sie nicht mit der Beschreibung der Ausstellung aufhalten, denn dazu gehört am Ende doch wohl eine Fachfeder, nur das muß ich bemerken, daß der Eindruck des Ganzen sowohl auf mich als auf die Kinder ein überwältigender war. Karl, der schon öfter draußen gewesen, kam mir bereits etwas abgehärtet gegen die Schönheiten im Allgemeinen und im Einzelnen vor.

Weil es an diesem Tage sehr heiß war, schlug Karl erst eine kleine Herzstärkung im Moabiter Bierausschank vor und wir sagten denn auch nicht Nein. Karl ging gleich nach dem dicken Baiern hin, der aus dem großen Riesenfaß zapfte, um das Bier selbst zu holen, Ich dachte, er ist doch galant und nett, mein Karl, ein wirklich ausgezeichneter Gatte, als mein Blick auf die Münchener Kellnerin in ihrem bunten Maskeradenanzug fiel, die ihm Kleingeld herausgab und ihn dabei sehr freundlich anlächelte. Dies Lächeln gab mir einen Stich durch das Herz, aber ich blieb ruhig. Im Stillen nahm ich mir jedoch vor,

Karl nie wieder allein auf die Ausstellung gehen zu lassen. Dies gelobte ich fest und heilig.

Daß das Bier mir unter solchen Umständen wie Wermuth schmeckte, ist natürlich kein Wunder. Ich konnte es nicht austrinken, und gab es daher den Kindern, damit es nicht umkommen sollte.

Karl fragte: „Schmeckt Dir das Bier nicht, Wilhelmine? Wollen wir lieber einen leichteren Stoff versuchen?“ – „Es ist mir hier zu viel Sonne,“ entgegnete ich mit einem Blick auf die Münchnerin, aber Karl verstand mich nicht, oder wollte mich nicht verstehen. „Gut,“ sagte er, „dann gehen wir zum Böhmischen Brauhaus.“ – Ich war froh, fortzukommen, und wir siedelten ins nasse Dreieck nach dem Böhmischen Ausschank über. Hier trafen wir zu unserer großen Freude nicht nur Onkel Fritz, sondern auch den Doktor Wrenzchen, der mich behandelte, als der Brief von der Bergfeldten mich auf das Siechbett geworfen hatte. Das Wiedersehen war ein sehr vergnügtes, denn ein Doktor ist für einen Patienten immer so eine Art von übernatürlichem Wesen und ein wahrer Engel des Trostes, namentlich wenn er milde und gut mit Einem umgeht und den leidenden Mitmenschen ab und zu durch einen niedlichen kleinen Scherz aufzuheitern versteht. Nun, wir kamen denn auch bald in ein sehr angenehmes Gespräch. Nur mein Karl und Onkel Fritz fingen einen Streit darüber an, welches das beste Bier sei, weil mein Mann darauf hinwies, daß mir das Böhmische besser zu munden schien, als das Moabiter. Aber kannte er die innerlichen Gründe?

Der Eine hatte diese Meinung und der Andere jene, und da sie sich nicht einigen konnten, war Onkel Fritz wo gottlos, eine Bierwette zu proponiren, auf die mein Karl trotz meines stark betonten Hustens einging und wobei der Doktor durchschlug. Als ich jedoch bemerkte, es sei nachgerade Zeit, etwas von der Ausstelllung zu sehen, erklärte Karl, daß er mit Fritz Bier probiren müsse, um die Wette zum Austrag zu bringen, und ich daher besser mit den Kindern allein ginge. Ulm fünf Uhr wollten er und Onkel Fritz uns in der altdeutschen Weinstube treffen. Der Doktor bot uns seine Begleitung an, da er wegen seiner Völligkeit gerade eine Marienbader Hauskur durchmachte und deshalb, wie er sich scherzhaft ausdrückte, auf die Bierreise Verzicht leisten müßte. Mein Mann machte ein so unschulidges Gesicht, als wäre er erst gestern konfirmirt worden.

Ich durchschaute meinen Karl jedoch, aber ich faßte mich, denn ich wollte nicht , daß der Doktor sehen sollte, wie unser eheliches Glück Risse bekam und sich dem Einsturz näherte, da Betti sich für ihn interessirt und Bergfeldt's Emil ein für allemal keine Partie für sie ist. Der Brief und der zerbrochene Schmortopf trennen uns für ewig von dieser Familie. Überdies ist ein Doktor in der Verwandtschaft stets sehr zweckmäßig, da er doch seinen Angehörigen nicht gleich jede Kleinigkeit auf die Rechnung setzen kann.. Ich bat meinen Mann nur noch: „Karl, bleibe bei einer Sorte, Du weißt, Vieles durcheinander bekommt Dir nicht!“

Der Doktor führte uns nun durch die Ausstellung. es war wirklich prachtvoll, wie er Alles zu erklären wußte und uns belehrte. Betti kam aus dem Erstaunen gar nicht heraus, so daß ich ihr mehr als einmal zuflüstern mußte: „Sperr' doch den Mund nicht so auf, es sieht zu einfältig aus.“ – Bei den Zimmereinrichtungen bemerkte ich, daß der Mittelstand sich so etwas Kostbares wohl nicht leisten könne, worauf er sagte: „Raum ist in der kleinsten Hütte für ein glücklich liebend Paar.“ – „Hörst Du, Betti“, rief ich, „wie treffliche Anschauungen der Doktor vom Leben hat?“ Aber anstatt daß sie nun eine geistreiche Gegenbemerkung gemacht hätte, da sie doch auf die Gartenlaube abonnirt ist, klappte sie plötzlich mit einem hörbaren Ruck den Mund zu, den sie wieder aufstehen gehabt hatte, weil sie erschrak und glaubte, ich wollte ihr abermals eine mütterliche Ermahnung zu Theil werden lassen. „Betti ist ganz hingerissen von diesen Ergebnissen des menschlichen Geistes auf dem Gebiete der Industrie und des Gewerbes,“ sagte ich gewandt, „sie überhörte deshalb Ihren wohlmeinenden Ausspruch, lieber Doktor!“

„O bitte, das macht nichts,“ sagte dieser liebenswürdig wie immer, „das ist ja nur äußerlich.“ – Ich tippte ihm leicht mit dem Fächer, der gleichzeitig als Sonnenschirm zu gebrauchen ist, auf den Arm und erwiderte: „Ganz recht, die Hauptsache beruht in der gleichen Stimmung der Seelen.“ – Hierauf sah er mich ein bischen schief von der Seite an und plinkerte mit dem einen Auge, und schon wollte ich ihm sagen, was Betti mitbekommt und daß wir noch eine Erbtante in Bützow wohnen haben, als Emmi mit einem Male laut dazwischen rief: „O seh' mal, Mama, wie blank die Badewanne ist und dabei lauft das Wasser ordentlich!“

Obgleich mein eigen Fleisch und Blut, hätte ich dem Kinde doch in diesem Moment etwas anthun können, da sie mit ihrem dummen Ausruf plötzlich ein Gespräch unterbrach, von dem das Glück ihrer Schwester abhing. Wie schön wäre es gewesen, wenn der Doktor und Betti als heimlich Verlobte die Ausstellung verlassen hätten und wie würde die Bergfeldten sich geärgert haben. Denn wenn man in die eine Wagschale einen Doktor mit Praxis und in die andere einen hungrigen Studenten legt, so wird der Letztere doch entschieden zu leicht befunden. Jetzt war das Gespräch aber einmal abgerissen und nicht gut wieder anzuknüpfen, denn Angesichts einer Badewanne lassen sich Herzensangelegenheiten nicht erörtern, wenigstens widerstrebt das meinem Zartgefühl. Die schöne Konjunktur war richtig verpaßt; ich kann doch nicht wieder krank werden, um den Doktor bei uns zu sehen, und von alleine kommt er nicht. Nun, ich rechnete noch auf den Zuhauseweg.

Der Doktor sah auf die Uhr und sagte, es sei gerade Zeit, die Weinstube aufzusuchen, wo wir mit meinem Mann und Onkel Fritz zusammentreffen wollten, und so gingen wir denn. Der Badewanne warf ich aber noch einen Abschiedsblick zu, von dem sie eine Beule hätte bekommen müssen, wenn sie einigermaßen unsolide gearbeitet gewesen wäre. Diese Wanne ist gewissermaßen das Grab von dem Glück meiner Ältesten.

Wir mußten nun die Abtheilung der Spirituosen passiren, wo die Aussteller uns auf das Dringendste zum Gratisprobiren einluden, und wirklich verleitete und der Doktor, einen kleinen Damenliqueur zu nehmen. Grad' als ich mich lobend über diese Annehmlichkeiten aussprechen wollte, sehe ich meinen Karl, wie er sich einschenken läßt und verschiedene Arten von Branntwein probirt. Ich gehe auf ihn zu. „Karl," sagte ich, „heißt das auf uns warten?" – „Na ob," sagte er und lachte, „das Moabiter ist noch das beste." – „Du warst wieder dort?" – „Gewiß mein Engel!" sagte er und kniff mir in die Backe! – „Karl," rief ich strenge, „Du hast zu viel durcheinander getrunken!" – „Noch immer nicht genug!" antwortete er vergnügt. – „Wo ist Onkel Fritz?" – „Der ist ein Schwachmatikus, der wollte nicht mal an den Liqueur heran; der kann sich meinetwegen abmalen lassen."

„Doktor," sagte ich, „nehmen Sie meinen Mann unter den Arm, damit die Kinder nichts merken, er hat nun einmal einen schwachen Magen." – „Das ist ja nur äußerlich," sagte der Doktor und faßte meinen Karl unter und zog ihn fort.

Es war durchaus liebensürdig vom Doktor, daß er sich so viel Mühe mit meinem Karl gab und seine Aufmerksamkeit auf die Ausstellungsgegenstände lenkte, obgleich Karl immer wieder nach dem Liqueur wollte, weil er noch nicht alle Sorten gekostet hätte. Der Doktor hielt ihn aber fest und da wir gerade in der chirurgischen Abtheilung waren, die unmittelbar beim Liqueur lag, so erklärte er ihm, wozu alle die Messer und Sägen gebraucht würden, die Kehlkopfpinsel und Sonden und zeigte ihm die künstlichen Beine und Arme. „Wie viel Elend giebt es doch in der Welt," sagte mein Karl, „die unglücklichen

Menschen! O, Kinder, dankt Eurem Schöpfer, daß Ihr gesunde Gliedmaßen habt. O, die arme leidende Menschheit und so viel Elend." Weiter konnte er nicht reden, denn in diesem Augenblicke spielte Jemand nebenan auf der Orgel „Das ist der Tag des Herrn!" Nun war es alle. Die Rührung überkam meinen Karl so stark, daß er laut zu schluchzen anfing und immer dazwischen rief: „Kinder, dankt Eurem Schöpfer; ja, das müssen wir Alle." Und so knickte er auf einen Stuhl und weinte bitterlich.

Als die Kinder dies hörten und sahen, ward ihnen angst und bange. „O Gott, was fehlt Papa?" schrie Emmi. „O Papa, mein guter Papa," rief Betti. Die Leute liefen bereits zusammen und bildeten einen Kreis, und unter diesen Leuten – ich denke der Himmel soll einbrechen – waren die Bergfeldten und Auguste mit ihrem mageren Lulatsch von Studenten. – „Kinder," rief ich, „stellt Euch vor Vatern, dies ist kein Anblick für Menschen ohne Gemüth und Bildung!"

„Ich bitte Sie, meine Herrschaften, zerstreuen Sie sich," sagte der Doktor, „der Herr ist von der großen Hitze ein wenig unwohl geworden; er wird sich bald wieder erholen." Die Leute gingen nun auch, nur die Bergfeldten blieb noch stehen. „Hitze?" rief sie ungläubig, „wird wohl nichts Ordentliches zu essen bekommen haben, denn wenn die Frau schriftstellert, muß der Mann natürlich darben. Kommt, Auguste und Franz, wir haben heute Abend junges Huhn und Stangenspargel." – Ich war sprachlos. Bergfeldtens und Spargel! Lieber Gott, am ersten Pfingsttag vielleicht ein paar grünköpfige in der Suppe, aber sonst doch nicht! Spargel?! Den großen Klumpen Cyankali, den wir vorher bewundert hatten, weil man so viele Menschen damit vergiften kann, als im Berliner und Charlottenburger Adreßbuch zusammen stehen, Rixdorf eingerechnet, hätte ich ihr in den Hals stopfen mögen, bis sie daran erstickte. Dabei spielte die Orgel immer zu und mein Karl jammerte über das Elend der leidenden Menschheit. – –

Als er sich wieder einigermaßen beruhigt hatte, fuhr ich mit ihm nach Hause; die Kinder blieben noch mit dem Doktor zum Konzert. Erst wollte ich sein Anerbieten, Ritterdienste bei meinen Beiden zu thun, nicht annehmen, aber ich gab zuletzt nach, zumal es mir vorkam, als wenn der Doktor mir mit dem Auge vielsagend zuplinkerte.

Zu Hause nahm ich meinen Karl heftig ins Gebet und er wurde auch ganz zerknirscht. „Geliebte Wilhelmine, ich rühre nie wieder einen Liqueur an." – „Und läßt Dich von Fritz nicht wieder zum vielen Biertrinken verführen?" – „Nein."- „Und kokettirst nicht wieder mit der bairischen Kellnerin?" – „Aber

Minchen." – „Überhaupt mit keiner Kellnerin?" – „Ich bitte Dich!" – „Und gehst auf die Polizei und verklagst die Bergfeldten wegen gröblicher Injurien?" – „Alles, Minchen, aber nur das nicht!" – „Du läßt Deine Dir angetraute Gattin von dieser Klapperschlange beleidigen?" – „Ich kann und darf sie nicht verklagen!" – „Hier liegt etwas vor. Karl, gestehe, oder Du setzest mein Glück und das Deiner Kinder aufs Spiel. Was weiß die Bergfeldten von Dir?"

Als ich ihn mürbe genug hatte, beichtete er. In ganz früheren Jahren hatte er einmal mit Bergfeldt, als sie noch ledig und jugendlich überwallend waren, Geburtstag gefeiert und dann Nachts mit einem Nachtwächter krakehlt, der sie alle Beide auf die Wache brachte, wo sie leider, weil es am Sonnabend spät gewesen war, bis zum Montag verweilen mußten. Dies wußte die Bergfeldten, und hiermit glaubte sie Unfrieden stiften zu können. „Das hat nichts auf sich, Karl," sagte ich, „denn es gehört doch gewissermaßen Muth dazu, mit einem Nachtwächter anzufangen, und Muth hast Du immer gehabt. Nur das viele Durcheinander kannst Du nicht vertragen!" Er versprach, von nun an vorsichtig zu sein, und so wie ich ihn kenne, wird er auch Wort halten.

Ich machte ihm nun eine gute Tasse Kaffee und nahm mir vor, nicht nur Alles zu vergessen, sondern recht liebevoll gegen ihn zu sein, denn er war doch nur der unschuldig Verleitete. Er lobte den Kaffee auch sehr und meinte, daß er ihm gut thun werde, denn er sei wirklich etwas leidend. Als ich hierauf mitleidsvoll zu ihm trat und sein Dulderhaupt sanft streicheln wollte, duckte er sich rasch, als wenn er sich vor mir fürchtete. „Karl," rief ich, „traust Du mir so etwas zu? Glaubst Du, ich könnte meine Hand gegen Dich erheben?" – „Es sah beinahe so aus," antwortete er. „Nimms nicht übel, Minchen, meine Nerven haben etwas gelitten." – „Von dem Bier und dem Liqueur," rief ich. – „Schon möglich!" entgegnete er, „aber thu mir den Gefallen und sprich nicht so viel mehr, es greift mich an." –

Die Kinder kamen erst zurück, als mein Karl schon im Bette lag, das er diesmal früher aufsuchte, als sonst gewöhnlich.

„Nun?" fragte ich, „habt Ihr Euch noch gut amüsirt?" – „Ja," sagte Emmi, „und der Doktor plinkerte immer so mit dem einen Auge."

„That er das wirklich, Betti, mein Herzenskind?"

„Ja, Mama, den ganzen Abend."

„Und was sagte er?" fragte ich gespannt.

„Er sagte, er würde wohl ein Gerstenkorn bekommen," rief Emmi, „er hätte es schon am Nachmittage gespürt."

„Nun ja," sagte ich, „das muß er als Doktor am besten wissen." – Hinterher erfuhr ich noch, daß es natürlich Onkel Fritz gewesen ist, der die Orgel spielte. Ich habe ihn darüber aber nicht schlecht zur Rede gestellt.

Herr Buchholz hat Zahnschmerzen

Vor acht Tagen feierten wir unsern Hochzeitstag – es war der schauderhafteste, den ich je erlebt habe. Mir ist dieser Tag sonst das schönste Fest im Jahre, mehr noch als Ostern und Pfingsten zusammen, denn es ist mein Tag und mein Karl ist der Kalenderheilige dazu. Man könnte fragen, ob der Tag nicht auch meinem Karl gehört? Gewiß auch das, aber weiß ich, ob ich ihn ebenso glücklich gemacht habe, als er mich? Ich will es hoffen, aber ich kann mir nicht denken, daß je eine Menschenseele so glücklich sein könnte, als ich an dem Tage, als er mir seinen Namen gab und vor dem lieben Gott und den vielen Menschen laut und offen bekannte, daß er mich liebte. Ich konnte das Ja kaum über die Lippen bringen, weil ich mich vor den vielen Leuten genirte, und doch hätte ich laut aufjubeln mögen in all dem Glück.

Wenn nun unser Hochzeitstag herankommt, dann wird jener erste Tag wieder lebendig in meiner Erinnerung, als wäre es gestern, und wenn mein Karl mich stillschweigend umarmt und mir einen innigen Kuß giebt, dann ist mir, als sei er noch mein Bräutigam, mit dem Myrthensträuße im Knopfloch, der weißen Binde und den fein frisirten Haaren, obgleich er jetzt nur den Schlafrock anhat und auf dem Kopfe früh Morgens ein bischen wuschig aussieht.

Am Abend haben wir stets eine kleine Gesellschaft, gute Bekannte und Freunde, und auf den Tisch kommt auch etwas Ordentliches. Mein Karl ist kein Kostverächter und mich freut es, wenn es ihm schmeckt. Diesmal aber rührte er fast nichts an, und das machte mich besorgt.

„Fehlt Dir was, mein Karl?" fragte ich.

„O nein," antwortete er, aber ich merkte doch, daß das „O" so lang herauskam wie die halbe Friedrichstraße. Ich drang weiter in ihn, allein er verwies mir jede Frage und wurde so zu sagen etwas unangenehm gegen mich.

Gegen halb zwei Uhr entfernten sich die Gäste. Als wir nun unter uns waren, konnte ich doch nicht umhin, meinem Karl einige Vorwürfe über sein Betragen zu machen, worauf er sagte, daß er ein wenig Zahnschmerzen habe und nicht zum Vergnügtsein aufgelegt sei. Ich schlug ihm vor, ein Zahntuch umzubinden, aber er lachte mich aus und meinte, die Schmerzen seien nicht von Belang und würden sich schon wieder geben.

Als ich darauf in die Küche ging, um unserer Aufwaschfrau, die immer bei festlichen Gelegenheiten hilft, ihren Tagelohn zu geben, ließ ich auch ein Wort darüber fallen, daß mein Mann leidend sei, worauf die alte Grunert – so heißt die Aufwaschfrau nämlich sagte, daß sie ein ausgezeichnetes Sympathiemittel wüßte, das schon so sehr vielen Leuten geholfen habe.

Warum sollte man nicht einmal einen Versuch machen, da Sympathie so unendlich billig ist?

Mein Karl höhnte anfangs, als ich ihm von der Grunerten sagte, jedoch ich redete ihm zu, da Sympathie keinen Schaden thun könnte, und so gestattete er denn, daß die Alte ihr Mittel anwendete.

Die Grunerten wußte, daß im Garten ein Hollunderbusch wuchs, der zu ihrem Vorhaben nothwendig war. Stillschweigend ging sie hinunter, schnitt einen Span aus dem Baum und bohrte meinem Karl damit so lange an dem kranken Zahn herum, bis er blutete. – Alles stillschweigend. – Dann ging sie wieder zu dem Baum, band den Span auf derselben Stelle mit einem leinenen Faden fest und fragte, ob die Schmerzen fort seien.

„Was sollten sie wohl?“ rief mein Karl ärgerlich. „Sie sind nach dem Bohren nur noch schlimmer geworden!“ – Die Grunerten sagte, er solle nur warten, bis der Span angewachsen sei, dann würde der Schmerz wie weggeblasen sein, wünschte gute Besserung und ging nach Hause.

Mein Karl schalt sehr über den Unsinn, zumal die Pein nach der Sympathie immer heftiger ward.

Ich rieth ihm, warmes Wasser in den Mund zu nehmen, was ja auch sehr gut ist, und ging nach der Küche, um Wasser zu kochen.

„Gott, Madame,“ sagte die Köchin zu mir. „Wenn ich Zahnschmerzen habe, nehme ich Senfspiritus und reibe die Backe damit ein. Es beißt wohl ein bischen, aber es hilft!“ Zum Glück hatte sie noch einen Rest, den ich dankend annahm und bei meinem Karl in Anwendung brachte.

Ich wollte, ich hätte dies nicht gethan, denn der Senfspiritus fraß wirklich sehr stark, und mein Karl meinte, ich hätte ihm das höllische Feuer in Antlitz gestrichen. Die Backe wurde roth wie ein gesottener Krebs und ging denn auch richtig sehr bald ganz dick auf. Nun mußte er doch ein Zahntuch umbinden, was er ja gleich hätte thun können, wenn er meinem Rath gefolgt wäre. Aber Männer sind immer eigensinnig, wenn es ihr Bestes gilt.

Mit der Sympathie und dem Senfspiritus war es gegen drei Uhr geworden und wir gingen zur Ruhe.

Ich kann nicht sagen, daß ich eine angenehme Nacht hatte, denn mein Karl schlief fast gar nicht und wühlte fortwährend in seinem Bett herum. Es sah am andern Morgen aus, als hätte er Unklug darin gespielt.

Gegen acht Uhr schlief er ein und ich hoffte schon, daß Alles gut sein würde. – Um zehn kam die Polizeilieutenanten zum nachträglichen Gratuliren, die meinen Karl aufrichtig bedauerte und sagte, daß nichts besser gegen Zahnschmerzen sei, als echte chinesische Po-ho-Essenz. Wir schickten unser Mädchen herum, die denn auch bald mit der Flasche ankam.

Mein Karl litt wieder schrecklich. Ich wies auf die Essenz hin, aber er wollte Nichts davon wissen.

„Karl," sagte ich, „es wäre eine Beleidigung gegen die Frau Polizeilieutenanten, wenn Du das kostbare Mittel nicht gebrauchen wolltest!" Er widersetzte sich und war widerwillig, allein da die Chinesen doch in vielen Fällen klüger sind als wir, so bequemte er sich zuletzt und ich drückte ihm ein Stück tüchtig mit Essenz getränkter Watte in den Zahn.

Er spuckte zwar fürchterlich, aber der Schmerz war fort. Ihm standen die Thränen in den Augen von der Essenz, aber er lächelte doch, so gut es mit der geschwollenen Backe möglich war. Der gute Karl! Nein, wie dankbar wir der Polizeilieutenanten waren, das kann sich Niemand ausmalen. Wir begleiteten sie die Treppe hinunter und sie war auch sehr froh, daß ihr Rath so schön geholfen habe. – Als wir wieder oben kamen, hörte ich meinen Mann jedoch schon wieder lamentiren. Die Zahnschmerzen waren mit doppelter Kraft retour gekommen.

Nun ist es ein Glück, wenn man kluge Kinder hat. Meiner Betti fiel ein, daß Herr Krause eine homöopathische Apotheke besitzt und schon so manches

Leiden im Handumdrehen kurirte, und rasch lief sie zu Herrn Krause, ihn zu uns zu bitten.

Herr Krause ist Lehrer und man darf Zutrauen zu solchen Leuten haben, die wirklich Alles wissen, da sie doch den Grund zu Allem legen und ja auch damals den Krieg gewannen, der ohne sie jedenfalls nicht zu Stande gekommen wäre. Und namentlich Herr Krause ist ungemein weit in der Wissenschaft und Bildung und hat zu den Ärzten durchaus kein Vertrauen. Ich bin, wie gesagt, auch mehr für Hausmittel.

Herr Krause trat bald mit seiner Apotheke und dem Doktorbuche ein, galt es doch seinen leidenden Mitmenschen beizustehen und wahre Humanität auszuüben. Mein Mann saß im Sopha mit dicker Backe und war sehr verdrießlich, aber weil er nur mit dem einen Auge gut sehen konnte, da das andere ziemlich zugeschwollen war, schien es, als wenn er Jedermann vergnügt zublinzelte.

„Nun, lieber Herr Buchholz," rief Herr Krause ihm entgegen, „immer den Humor oben, das lobe ich mir!"

„Mir ist gar nicht nach Humor zu Muthe!" entgegnete mein Karl verdrießlich. „Wenn Sie mir einen Gefallen thun wollen schicken sie zum Arzt."

„Zum Doktor?" lächelte Herr Krause, „das werden wir hoffentlich nicht nöthig haben. Die Ärzte kennen die Geheimnisse der Natur keineswegs, denn das, worauf es ankommt, das Heilen der Krankheiten lernen sie bei allem Katzenschlachten und Hundeschinden doch nicht. Und dann, was geben sie dem Menschen nicht Alles ein? Gifte und durchschlagende Mittel, die ewiges Siechthum herbeiführen. Die Homöopathie dagegen hebt die Krankheiten auf naturgemäße Weise."

„Mit Holzsplittern oder mit Senfspiritus?" fragte mein Mann.

Herr Krause lächelte. „Die Homöopathie heilt nur mit dem Geiste der Arzneimittel," setzte er uns belehrend auseinander. „Denken Sie sich eine Flasche voll Wasser, so groß wie der Mond, und in dies Wasser einen Tropfen Medizin gegossen und durchgeschüttelt, dann haben Sie ein homöopathisches Heilmittel."

„Du meine Güte," rief ich. „Wer kann aber den Mond schütteln?"

„Es ist nur bildlich gemeint, liebe Frau Buchholz," entgegnete Herr Krause. „Nun wollen wir erst einmal die Symptome prüfen, um das richtige Mittel zu finden. Haben Sie Bohren in dem Zahne?"

„Seitdem die Grunerten fort ist, nicht mehr," antwortete mein Karl.

„Also kein Bohren. Zieht der Schmerz von links nach rechts, oder von rechts nach links?"

„Er sitzt solide fest."

„Aha, da wäre Pulsatilla angezeigt. Die dicke Backe deutet auf Zug. Wir werden Aconit mit Pulsatilla im Wechsel gebrauchen"

„Erlauben Sie, die dicke Backe kommt vom Senfspiritus."

„Dann müssen Sie erst Camphora nehmen, um das Senfgift aus dem Körper zu treiben," erwiderte Herr Krause.

Bei diesen Worten öffnete er seine Hausapotheke und ließ meinen Mann drei kleine weiße Kügelchen schlucken. Hierauf rührte er andere kleine Kügelchen in Wasser und sagte, mein Karl müsse alle Stunden davon einen Schluck nehmen. Erst würden die Schmerzen sehr heftig werden, das 'wäre die naturgemäße Erstverschlimmerung, weil der Geist der Arznei mit dem Geist der Krankheit kämpfe. Hierauf aber werde das Leiden wie durch ein Wunder gehoben. Außerdem verbot er ihm Tabak, Thee, Kaffee, Saures, Gewürze und namentlich Kamillenthee, der jahrelanges Siechthum zur Folge habe. Dann ging er.

Mein Mann nahm genau nach der Uhr ein: die Schmerzen wurden aber immer gräßlicher. „Gottlob," sagte ich, „das ist die Erstverschlimmerung, die beiden Geister kämpfen gehörig, nun wird es bald besser?" Mein Karl stöhnte, daß er mich entsetzlich dauerte. – Er ging auf und ab. – Dann setzte er sich wieder. – Dann legte er sich auf das Sopha und bohrte mit dem Kopf in die Ecken hinein.

„Es ist nicht zum Aushalten,!" schrie er.

„Sei doch nur ruhig, mein süßer Karl! Du hast doch gehört: erst muß es schlimmer werden, ehe der Schmerz geht. Nimm nur noch einen Schluck von der Medizin, die Her Krause angerührt hat, und laß es ordentlich in Deinen Zähnen kämpfen!"

Wir warteten Stunde um Stunde, aber die Verschlimmerung ließ noch nicht nach. Mein Mann wollte rauchen, aber das durfte er nicht. Zu Mittag hatten wir sein Leibgericht, Schmorfleisch mit saurer Sauce. Dies durfte er auch nicht essen. Er wurde sehr wüthend, als er sich mit Zwieback und Milch behelfen mußte.

Schließlich meinte Emmi, Herr Krause habe wohl den Senfspiritus herausgetrieben, aber den Po-ho noch nicht, ob der wohl am Ende dagegen wirkte? Sie eilte deshalb zu Herrn Krause, um ihn zu fragen. Sie blieb lange fort, und als sie wiederkam, sagte sie, Herr Krause habe in seinem Doktorbuche nachgeschlagen, aber ein Gegenmittel gegen Po-ho sei nicht darin, und dieses Gift mache die Wirkung seiner Mittel zu Schanden. Hier wäre die Homöopathie einfach machtlos.

Nun aber hatte die Geduld von meinem Karl ein Ende. Emmi nannte er eine einfältige Pute und mich eine dumme Gans. Er war wie ein Wilder und pantherte im Zimmer auf und ab, wie ein Tiger in seinem Käfig. – Ich brach in Thränen aus und das Kind weinte mit mir. „Karl," rief ich, „mir das und dem Kinde desgleichen! O wie bist Du lieblos, wo wir auf alle mögliche Weise Dein Leiden zu lindern suchen. So handelt nur ein Rabenvater. Du hast kein Herz für uns armen, schwachen Wesen. Karl, Karl, Du versündigst Dich an den Kinde und an mir!"

Er antwortete nicht, und als ich mit thränenden Augen über mein feuchtes Taschentuch aufblickte, sah ich, wie mein Karl auf dem Sopha vor Schmerz Kopf stand. Dies war gräßlich, denn kann es etwas Fürchterlicheres geben, als wenn man den Vater seiner Kinder, Bezirksvorsteher und Wahlvertrauensmann auf dem Kopfe stehen sieht, mit den Beinen hoch über der Sophalehne in der Luft? – Ich that einen lauten Schrei vor Entsetzen.

In diesem Augenblick kam Onkel Fritz. „Was giebt's denn hier für eine Komödie?" rief er lachend, als er dies Bild der Familienverzweiflung sah. Nur mit Mühe konnten wir ihm Alles auseinandersetzen, denn während unsere Stimmen von Thränen erstickt wurden und mein Karl nur unartikulirte Laute von sich gab, wollte er vor Lachen umkommen.

„Karl, alter Junge," rief er, „was hat man mit Dir aufgestellt?"

„Nur Hausmittel!"

„Konntet Ihr denn nicht zu Dr. Wrenzchen schicken?" fragte Onkel Fritz.

„Wer geht denn gleich zum Arzt?" warf ich ein, „wozu sind denn die Hausmittel da?"

„Um Deinen Mann zu quälen und zu martern," entgegnete er.

Onkel Fritz schalt nun meinen Karl aus, daß er sich von Alteweiberkram (ich glaube, dies war der gassenhafte Ausdruck) elenden ließe und hieß ihn sich anziehen, um mit ihm zum Zahnarzt zu fahren, da ihm einfiel, daß Dr. Wrenzchen nur für Innerliches und nicht für Äußerliches sei.

Dies war mir nicht recht, denn wenn Dr. Wrenzchen gekommen wäre, hätte er sich mit Betti unterhalten können; aber wir Frauen müssen uns der rohen Gewalt ja fügen.

Er fuhr mit meinem Karl ab. Nach einer Stunde kamen sie wieder. Mein Karl war seinen Zahn und die Schmerzen los und wie neu geboren, aber das neue Jahr unserer Ehe hatte keinen so lieblichen Anfang, wie alle die vorhergehenden, denn er war zu hart gegen mich gewesen, was ich nicht ohne Weiteres verzeihen durfte. Und wie gut hatten wir Alle es mit ihm gemeint!

Spukgeschichten

Ich hätte Ihnen schon längst einmal wieder geschrieben, wenn etwas Ordentliches passirt wäre, allein da es in unserer Familie, Gott sei Dank, ruhig hergeht, so fiel auch nichts vor, was Sie interessiren konnte. Freilich bekam mein Karl vor einigen Tagen einen Hexenschuß, aber der ist schon wieder im Abziehen begriffen, nachdem die Seele von Mann sechzehn trockene Schröpfköpfe aufs Kreuz bekommen hat. Gegen Hausmittel habe ich jetzt einige Abneigung, so trefflich sie auch in vielen Fällen sind.

Da mein Karl das Haus hüten mußte, worauf wir durchaus nicht gerechnet hatten, war es unmöglich, an dem Schlafrock zu arbeiten, mit dem wir ihn zu Weihnachten überraschen wollen, und welche Zeit eine Sammetborde mit Plattstich in Seide erfordert, das ist den Männern nicht leicht begreiflich zu machen, die in den Wissenschaften ganz gut bewandert sein können, aber sich in eine weibliche Handarbeit doch nur schwer hineinversetzen. Ich sagte deshalb zu den Töchtern: „Kinder, wir werden mit Papas Schlafrock nicht fertig, denn wann sollen wir daran arbeiten, da Vater ja den ganzen Tag zu Hause ist? Ich bin der Meinung, wir gehen heute Abend zu Dr. Joachims und holen das Versäumte nach. Überdies sind wir dort längst einen Besuch schuldig!“ Die Töchter freuten sich sehr, weil sie ungemein gerne bei Joachims sind. Die Doktorin ist nämlich einen Jugendfreundin von mir: wir heiratheten beide fast zu gleicher Zeit, und ihre Töchter stehen ungefähr in demselben Alter, wie die meinen und heißen auch ebenso. Karl sah freilich etwas sauer darein, weil er den Abend nicht gerne allein zubringen wollte, aber als ich sagte, daß es nicht anders ginge, wo fügte er sich. Nach den Erlebnissen auf der Ausstellung, wo Onkel Fritz ihn in sündhafter Weise zum Bierprobiren verleitete, ist mein Mann überhaupt viel williger geworden, als früher, wofür ich dem Magistrat im Stillen danke, weil ohne dessen Umsicht ein so segensreiches Werk niemals zu Stande gekommen wäre.

Als wir bei Joachims anlangten, war die Freude auf beiden Seiten eine gleich große. Der Doktor war in seinen Bezirksverein gegangen, wo ein bedeutender Politiker einen Vortrag über das „Verhältniß der Droschken zur Unfallversicherung“ hielt, und somit waren wir ganz unter uns, konnten ungestört an den Weihnachtsgeschenken arbeiten und nach Herzenslust plaudern. Es war sehr gemütlich, als wir Alle so dasaßen und fleißig waren. Was thut man auch nicht, um Andern eine Freude zu machen?

Die Doktorin fragte, ob mein Karl uns nachher abholen würde, worauf ich ihr denn sagte, daß er einen Hexenschuß bekommen hätte und zwar so plötzlich, daß man wirklich meinen könnte, eine Hexe hätte ihm etwas angethan. Nun lachte die Doktorin mich aus. „Ich weiß, Du warst von jeher ein wenig abergläubisch, Wilhelmine,“ sagte sie, „aber daß Du an Hexen glaubst, das ist doch ein bischen stark.“ – „Ich glaube nicht gerade an Hexen,“ antwortete ich, „aber es giebt doch mancherlei Dinge in der Welt, die kein Mensch erklären kann, selbst Onkel Fritz nicht, der sonst Alles besser weiß, als andere Leute.“ – Die Doktorin lachte wieder. „Es geht Alles auf der Welt natürlich zu,“ sagte sie. – „So?“ fragte ich. „In der Bülowstraße bei Kuleckes haben sie noch den Geist eines verstorbenen Sargmachers im Tisch, den man ganz deutlich sägen und hämmern hört, wenn man Kette mit den Händen bildet.“ – „Bei Kuleckes werden auch schon spiritistische Sitzungen abgehalten?“ – „Warum denn nicht? Die vornehmen Herrschaften beschäftigen sich mit Geisterklopfen und Lebensmagnetismus, und Kuleckes möchten sich gerne auf das Vornehme aufspielen. Bei Baron von G. haben sie neulich den Diener in magnetischen Schlaf versetzt und ihn so viele rohe Kartoffeln statt Birnen essen lassen, daß er zwei Tage zu Bett liegen mußte!“ – „Das nenne ich frevelhaft mit der Gesundheit seiner Nebenmenschen umgehen.“ – „O nein, es ist der Wissenschaft wegen und deshalb läßt Onkel Fritz auch keine Sitzung bei Kuleckes aus. Er sagt, Fräulein Kulecke ist ein großartiges Medium – –“

„Onkel Fritz findet sie bildschön gewachsen,“ unterbrach mich Betti.

„Aha!“ bemerkte die Doktorin.

„Das ist Nebensache,“ erwiderte ich, nahm mir jedoch im Stillen vor, Fritz einmal zu verhören, denn die Kuleckes sind keine Verwandtschaft für uns; sie thun immer groß, aber dahinter ist nicht Viel, denn sie haben Verluste gehabt.

Während ich schwieg und darüber nachdachte, was ich Fritz sagen wollte, ertönte mit einem Male ein jammervolles Gewinsel. „Mein Gott!“ rief ich, „was ist das?“ – „Es ist nur der Hund,“ sagte Doktors Älteste. „Wir haben ihn in Papas Zimmer eingesperrt und gewiß ist die Lampe ausgegangen.“ – „Wieso die Lampe?“ fragte ich. – „Der Hund mag nicht im Dunkeln allein sein,“ erklärte die Doktorin, „er fürchtet sich dann und heult. Es geht Alles natürlich zu, liebe Wilhelmine.“

So war es denn auch. Die Lampe wurde drüben wieder angezündet und der Hund verhielt sich nun ganz ruhig. „Man behauptet doch,“ fing ich an, „daß Hunde Geister sehen können. Vielleicht sieht er etwas im Dunkeln und es gruselt ihn?“ – „Möglich, daß er die Frau sieht!“ entgegnete die Doktorin. – „Welche Frau?“ „Du weißt, Wilhelmine, ich glaube weder an Gespenster, noch an Spuk, aber etwas Merkwürdiges habe ich schon vor einigen Jahren erlebt und jetzt vor Kurzem wieder. Es kommt nämlich mitunter des Nachts eine Frau zu mir, obgleich alle Thüren verschlossen sind.“

„Eine Frau? Durch die verschlossene Thür?“ rief ich und mir wurde ganz beengt.

„Ich wache mitten in der Nacht auf, wenn das Weib kommt,“ erzählte die Doktorin, „ich fühle es, wenn sie da ist, und muß aufstehen, ich mag wollen oder nicht. Dann sehe ich ganz deutlich das Weib, wie es den Kopf durch die halbgeöffnete Thür steckt und ins Zimmer schaut.“ –“In Euer Schlafzimmer?“ rief ich entsetzt. – „Nein, hier ins Wohnzimmer!“ . „Und Du stehst auf?“ – „Gewiß, die Thür muß doch wieder zugemacht werden.“ – „Und Du gehst in das Wohnzimmer?“ – „Nun freilich. Wenn ich aber die Thür zumachen will, hält das Weib den Kopf dazwischen, daß ich sie mit aller Anstrengung nicht schließen kann.“ – „Und das Gespenst steht dicht vor Dir?“ – „In unmittelbarer Nähe.“ – „Und Du schreist nicht?“ „Warum soll ich schreien; ich fürchte mich nicht.“ – „Und wie sieht das Weib aus?“ – „Mager und häßlich, mit tiefen Augenhöhlen, in denen statt der Augen schwarzer Moder liegt, mit grinsendem Mund und gelben, breiten Zähnen. Um den Kopf trägt sie ein graues Tuch, ihr Kopf ist ebenfalls aschgrau. Die Hände hält sie verborgen und an den mageren Füßen hat sie ganz altmodisch geformte Schuhe." – „Und so was steckt den Kopf hier durch die Thüre? Wann aber geht das Gespenst wieder?" – „Wenn ich vergebens versucht habe, die Thür zuzudrücken, nehme ich das Licht und halte es dem Weib vor das Gesicht, dann flackert die Flamme, als wenn es hineinbliese. Darauf verschwindet das Weib, die Thür ist fest verschlossen und ich gehe wieder zu Bett!"

„Und den Spuk hast Du schon öfter erlebt?" – „Schon sehr oft. Mein Mann ist jedoch der Meinung, daß die Erscheinung eine Art von Alpdrücken sei, und ich bin derselben Ansicht." – „Damit ist nichts erklärt, denn Du bist doch wach, hast ein brennendes Licht in der Hand und die Thür geht nicht zu. Dies ist Spuk. Es giebt unerklärliche Dinge!" – „Meinethalben," lachte die Doktorin. „Wenn das Weib wieder kommt, werde ich ihr sagen: 'gehe zu meiner Freundin Wilhelmine Buchholz, die will Dich gerne kennen lernen.'„ – „Um Gotteswillen nicht," rief ich schaudernd, „ich könnte den Tod davon haben."

Mir war ganz unheimlich zu Muthe geworden, denn wenn die Doktorin, die an kein Gespenst glaubt, von so schrecklichem Spuk heimgesucht wird und ihn mit eigenen Augen sieht, so muß doch was daran sein. Das war mir sehr bedenklich. – Ich mahnte zum Aufbruch, denn mittlerweile war es spät geworden, auch fürchtete ich jeden Augenblick, die Thür würde sich öffnen und das Weib hereinsehen. Als wir schon auf der Straße waren, rief mir die Doktorin noch nach: „Wilhelmine, ich schicke Dir das Weib!" Das machte uns so ängstlich, daß die Kinder und ich die Beine auf dem Heimwege nicht schlecht anzogen.

Ich hieß die Kinder sich schlafen legen, als wir zu Hause ankamen, und sagte, sie sollten sich nicht fürchten, obgleich ich selbst unruhiger war, als ich eingestehen mochte. Mein Karl schlief fest, aber ich weckte ihn, um ihm die Spukgeschichte zu erzählen und zu fragen was er davon dächte? – „Ich schlief so schön, Wilhelmine," sagte er vorwurfsvoll. – „Und ich graule mich. Du mußt wachen, Karl, das hast Du mir vor Gott und den Menschen am Altar geschworen." – Davon hätte der Pastor nichts gesagt; ihm wäre das Schlafen nicht verboten worden. – „O, Karl, sagte er nicht, der Mann müsse die Stütze der Gattin sein, ihre Zuflucht in Noth und Gefahr?" – „Wenn Jemand Noth hat, bin ich es mit meinem Hexenschuß; überdies sehe ich keine Gefahr."- „Ich fürchte mich. Das ist genug. Wenn das Weib jetzt käme?" – „Laß mich schlafen, Wilhelmine!" – „Wenigstens nicht eher, als bis ich liege. Kannst Du nicht einen Gesangbuchvers auswendig, lieber Karl? Sage ihn so lange her, bis ich die Haare aufgemacht habe." – „Wilhelmine, Du bist albern." – „Nein, Karl, das nicht, aber ich habe so gräßliche Angst. Wenn ich erst liege, kann das Weib kommen, dann stecke ich den Kopf unter die Decke. Bitte, Karl, nur einen Vers. Die Doktorin will mir das Weib schicken und es ist schon nach zwölf. Nur einen Vers, bester Karl; die Geister können Bibel und Gesangbuch nicht leiden." – Als Karl mich so flehen hörte, fing er denn auch an; er wußte aber nur einen Vers von dem Morgenliede: „Mein erst Gefühl sei Preis und Dank." Den wiederholte er immer von vorn. Es war nicht viel, aber doch wenigstens etwas.

Ich saß währenddessen ganz benommen vor meiner Toilette und machte die Haare. Wie ich nun so in den Spiegel sehe, da bemerke ich mit Grausen, wie hinter mir ganz leise die Thür aufgeht. Ich konnte mich nicht rühren und keinen Laut hervorbringen. Wie gebannt mußte ich in den Spiegel blicken. – Da huscht etwas, als wollte es zur Thür hinein, ein Kopf wird sichtbar, ganz langsam schiebt er sich vor – – das Weib war da, das gespenstische Weib! – Noch eine Sekunde und es wäre im Schlafzimmer drin gewesen. – Mit einem Schrei sprang ich auf und wollte die Thür schließen, die Thür ging nicht zu. – – Ich drückte noch einmal heftig, da schreit das Gespenst laut: „Au, Mama, Du drückst mich todt!" – Karl war aus bei meinem Schrei trotz seiner Schmerzen aus dem Bett gekrochen. „Mein Gott, was ist denn los?" rief er. – „Ich weiß nicht," stöhnte ich, „erst war das Weib da und nun ist es Betti." – Die lag auf der Erde und hielt sich jammernd den Kopf. Ich war halb ohnmächtig und schlotterte nur so. „Dies ist mein Tod," rief ich, „Betti, wie konntest Du mich so erschrecken?"

„Ach, Mama," weinte das Kind, „als wir bei Doktors zuammenpackten, habe ich aus Versehen eine Arbeit in Deine Tasche gelegt, die Du von mir zu Weihnacht haben sollst, und damit Du es nicht bemerken solltest, wollte ich sie jetzt eben heimlich holen. Au, mein Ohr!" – Ich nahm das Licht und leuchtete. Auf der Stirn war eine Brüsche und das Ohr blutete, so hatte ich das Kind in meiner Angst geklemmt; im Übrigen fehlte ihm Gottlob nichts weiter. „Das kommt von Eurem Aberglauben," sagte mein Mann. – „Karl!" rief ich, „warum stehst Du noch so da, draußen sich zwölf Grad Kälte. Ich will dem Kinde Arnika geben und morgen lassen wir Doktor Wrenzchen holen!"

Nach und nach kamen wir zur Ruhe, und als Doktor Wrenzchen am andern Tage Betti's Ohr untersuchte, sagte er, es hätte nichts zu bedeuten, es wäre nur äußerlich, und dabei war er so liebevoll gegen Betti, daß ich ihn auf den Sonntag zum Mittag einlud. Als ich ihn fragte, was er gern äße, antwortete er: „Kalbsbraten ist meine einzige Leidenschaft." – Den soll er denn auch haben.

Wer weiß, ob die Spukgeschichte nicht doch noch einen sehr angenehmen Ausgang nimmt?

Bei der Sylvesterbowle

Bei uns geht es nämlich mit dem Sylvesterabend um. Einmal wird er bei Krauses gefeiert, in dem folgenden Jahr bei Bergfeldts und dann bei uns. Wir hatten ihn zuletzt gehabt, und somit waren Krauses daran. Wie aber sollte es mit Bergfeldts werden?

Die Bergfeldten hatte mich zu tödtlich beleidigt; ich kann nicht sagen, wie ich mit geärgert habe, ja ich hätte sie zu meinen Füßen sterben sehen können, und wenn sie mich um einen Tropfen Wasser gebeten hätte, würde ich ihr Vitriol-Oel gereicht haben! – Doch nein, diese Gefühle bestürmten mich nur im ersten Moment und waren auch wohl Schuld daran, daß ich das Gallenfieber bekam; jetzt, nachdem ich mich ordentlich ausgesucht habe, denke ich nicht mehr so intolerant und schäme mich ordentlich, daß jemals solche Gedanken in meinem Busen aufsprießen konnten. Damit will ich aber keineswegs eingestanden haben, daß die Bergfeldten ohne Schuld sei. Im Gegentheil, sie war es, die anfing.

Also Krauses waren daran! – Herr Krause kam denn auch zu uns, um uns zu bitten, und mein Karl nahm die Einladung ohne weitere Überlegung an. „Karl!" rief ich, mit einer Kleinigkeit Schärfe im Ton: „Weißt Du denn auch, ob die Bergfeldten da sein wird oder nicht?" – „Gewiß!" erwiderte mein Mann trocken, „wir sind alle die Jahre am Sylvester zusammen gewesen und werden es diesmal auch!" – Er sagte diese Worte mit einer Bestimmtheit, die ich lange nicht an ihm bemerkt hatte. Während er sprach, fixirte ich ihn deshalb mit meinen Augen, aber obgleich er diesen Blick kennt, sah er nicht weg, sondern hielt ihn ruhig aus.

„So?!" rief ich. – Weiter sagte ich kein Wort, aber in diesem „so?!" lag etwas drin, daß mein Karl doch einen Schreck bekam und man ihm ganz gut ansehen konnte, wie es ihm vor Angst trocken im Munde ward.

„Liebe Frau Buchholz," nahm nun Herr Krause das Wort, „ist es denn nicht möglich, daß Sie verzeihen können? Sehen Sie, draußen in der Welt giebt es Unfrieden genug, und Haß und Zwietracht wird an allen Enden gesät. Sollen diese bösen Dämonen auch das Familienleben zerstören, alte Bande der

Freundschaft zerreißen und uns um die wenigen Freuden bringen, die aus dem humanen Zusammensein hervorblühen?" – Ich kämpfte eine Weile mit mir selber. „Nein," sagte ich darauf: „Mit Dämonen mag ich nichts zu thun haben, ich hab' noch genug von neulich, als das dämonische Weib mir erschien, und Niemand soll mir nachsagen, daß ich nicht human wäre. Sie haben so schön gesprochen, Herr Krause, daß es unrecht von mir sein würde, wenn ich nicht nachgäbe! Natürlich aber muß die Bergfeldten mir das erste Wort gönnen, sonst bleibt's beim Alten."

Herr Krause garantierte für die Bergfeldten, und so versprach ich denn, daß wir kommen würden.

Kaum war Herr Krause gegangen, als ich zu Karl sagte. „Er hat doch wohl recht, es ist besser, wir leben in Frieden, als im Streit; wozu auch das ewige Maulen? Aber die Weihnachtskleider der Kinder müssen noch bis zum Sylvester fertig, und das neue Medaillon mit dem großen Diamanten, das Du mir geschenkt hast, werde ich tragen. Soweit bringen Bergfeldts es doch nie!" – –

Der Abend kam. „Wir wollen nicht die Ersten sein," sagte ich, „es sieht gierig aus, wenn man zu präcise antritt." – „Wie Du meinst," erwiderte Karl, „aber bedenke doch, wir gehen nicht in Gesellschaft, sondern zu Freunden!" Ich blieb jedoch bei meiner Meinung bestehen, und wir warteten daher so lange, bis der kleine Krause kam und sagte, sie wären Alle da und die Schlagsahne finge schon an dünne zu werden, Mama könnte sie nicht länger halten. Da machten wir uns denn auf den Weg. Als wir ankamen, ließ ich meinen Mann zuerst eintreten, dann folgte ich in hellgrauer Seide, etwas ausgeschnitten, mit dem neuen Medaillon, begleitet von den Kindern, die in ihren Weihnachtskleidern sehr vortheilhaft aussahen. Alle standen sie auf und wir begrüßten uns. Krauses waren sehr herzlich, desgleichen Herr Bergfeldt, aber sie, die Bergfeldten, machte eine Verbeugung, die acht Tage auf Eis gelegen hatte. Mir versetzte es ordentlich den Athem, zumal die Krausen mich auf das Sopha neben die Bergfeldten nöthigte. Es war eine Angstpartie, und da sie Alle das bemerkten, redete keiner ein Wort: es flog ein Riesenengel durch das Zimmer. Mit einem Male unterbrach Onkel Fritz die fürchterliche Stille, indem er laut ausrief: „Es kann heute ja noch recht gemüthlich werden!" – Alle fingen an zu lachen, während ich und die Bergfeldten roth übergossen auf dem Sopha saßen. Nun kam es darauf an zu zeigen, wer von uns die Gebildetste sei, und deshalb rief ich: „Das wird es auch wohl noch!" und hierauf antwortete die Bergfeldten: „Es ist ja nur einmal Altjahresabend im Jahr!" Dem stimmten denn auch Alle bei, der Thee kam und nach dem Thee Kirschmarmelade mit Schlagsahne für die Damen und Bier für die Männer, und ehe ich mich versah, war ich mit der Bergfeldten im Gespräch ganz wie früher. Während die jungen Leute „Thaler wandern" spielten – Onkel Fritz ließ den Thaler mitwandern und brachte die ganze junge Gesellschaft immer ins Lachen – unterhielten wir Älteren uns über dies und das, bis wir zu Tisch gingen. Die Bergfeldten hatte mir erzählt, daß der Student, Herr Weigelt, sich sehr nett herausmache und nächstes Jahr wohl Assessor sein würde und dann Auguste heirathen könnte, und ich mußte ihr versprechen, zur Hochzeit zu kommen. Es war ganz wie zu alten Zeiten. Herr Krause hatte auch wohl mit ihr geredet, und so konnte man deutlich sehen, daß ein vernünftiger Mann doch viel Gutes stiften kann, wenn er die Gelegenheit dazu wahrnimmt. Überhaupt wünschte ich in diesem Augenblicke, daß mein Karl in dieser Beziehung etwas von Herrn Krause abhätte, so sehr ich sonst im Übrigen mit ihm zufrieden bin.

Bei Tische war es wieder außerordentlich nett. Wir saßen zwar ein bischen sehr eng, aber es ging doch. Erst hatten wir Mahnpielen, dann Karpfen in Meerrettig und dann Rippespeer mit Compot, zum Schluß gab es Eis. Mitten auf dem Tisch stand eine Bowle, Herr Krause und Onkel Fritz schenkten ein, und wenn sie leer war, kam Frau Krause mit einem großen Topf und goß sie wieder voll. Wir wurden nun zusehends fideler. In den Pausen sangen wir Lieder, die Onkel Fritz auf dem Klavier begleitete. Vor dem Fisch sangen wir: „Wohlauf noch getrunken den funkelnden Wein", und vor dem Braten: „Wir gehn nach Lindenau", wozu Onkel Fritz eine ganze Masse neuer Verse gemacht hatte, die er solo vortrug, und wobei wir Andern immer nur den Refrain sangen. Nein, wie haben wir gelacht! Einen Vers hatte er auf mich gedichtet, in welchem er sagte, ich würde überall gelesen, „sogar in Lindenau!" – Es war zu spaßhaft, auch der kleine Eduard stimmt mit ein und noch den ganzen Abend sang das Kind vor sich hin: „Wir gehn nach Lindenau!"

Als wir das Eis „intus" hatten, wie der Student, Herr Weigelt, zu sagen pflegt, erhob sich Herr Krause, sah nach der Uhr und klopfte an sein Glas, um die Rede auszubringen. Es wurde mit einem Male sehr still und feierlich, und auch der kleine Krause hielt mit dem Singen inne, nachdem sein Papa ihm einen milden Klapps verabreicht hatte. Was Herr Krause nun sprach, war wirklich sehr wohlthuend. „Dem neuen Jahre," so etwa sprach er, „jubele man zu, als wenn es die Macht hätte, alle Hoffnungen und alle Wünsche, selbst die eitelsten und gefährlichsten zu erfüllen, während man das alte Jahr verabschiede, wie

Jemanden, der mehr versprach, als er habe halten können, ohne Mitleid und ohne Bedauern. Und doch sei das alte Jahr während 365 Tagen unser Freund gewesen und habe uns im bunten Wechsel Freude und Leid gebracht, wie der liebe Gott es für gut halte. Die Freude ermuthige den Menschen, das Leid läutere ihn, beide aber hätten sie das Gemeinsame, die Herzen der Menschen einander zu nähern, und wo wahre Liebe zu Hause, da lege jedes Jahr einen neuen Ring um die, welche sich liebten, daß sie nimmer von einander lassen könnten. Und das wollten wir auch von dem neuen Jahre hoffen: was es auch bringe, die Liebe möge es festigen.“ Als Herr Krause geendet, schlug es im Nebenzimmer dumpf zwölf und wir stießen mit den gefüllten Gläsern an. Da rief plötzlich der kleine Krause: „Es hat doch dreizehn geschlagen!“ – Und so war es auch. Onkel Fritz, der im Nebenzimmer mit der Feuerzange die Glocke schlug, hatte, wie stets, wieder einmal Unsinn gemacht. Wir lachten jedoch und ließen uns nicht weiter stören, obgleich dreizehn keine angenehme Nummer ist.

Onkel Fritz hat eben etwas reichlich Freigeistiges an sich.

Wir blieben noch bis gegen Zweien, dann brachen wir mit dem Bewußtsein auf, einen recht frohen, gemüthlichen Abend verlebt zu haben. Die Bergfeldten lud uns zu ihrem Geburtstag ein, der nächstens ist, und ich sagte zu. So wäre denn das Kriegsbeil zwischen uns begraben.

Unterwegs sprach ich mit meinem Manne darüber, wie prächtig es doch von Herrn Krause gewesen sei, die Versöhnung zwischen mir und Bergfeldts herbeizuführen. – „Warum sollte er auch nicht,“ antwortete mein Karl, „ich hatte ihn ja darum gebeten!“ – „Du, Karl?“ – „Mir that Euer Zwist längst in der Seele weh!“ – „Mein Karl!“ – Weiter sagte ich nichts, aber ich fiel ihm um den Hals und gab ihm einen tüchtigen Kuß. „Wilhelmine!“ rief er ganz überrascht. – „Du bist doch der beste Mann auf dem Erdboden,“ sagte ich, „Du hast das Herz auf dem rechten Fleck, nur nicht immer den Mund!“ – „Das hat seine guten Gründe,“ lachte er, „dafür sprichst Du für Zwei!“ – „Aber Karl . . . .!“ – „Laß gut sein, Kind, es soll im neuen Jahr bleiben wie im alten!“ –

So feiern wir Sylvester bei uns in der Landsbergerstraße. Hoffentlich ist eine von meinen Beiden am nächsten Sylvester verlobt und auch für Onkel Fritz wird sich wohl etwas Passendes finden; für den wird es nachgerade Zeit. Prosit Neujahr!

Ein magnetischer Thee

Glauben Sie daran, oder glauben Sie nicht daran . . . ich meine nämlich an den menschlichen Magnetismus?

Sie wissen, ich bin für die Aufklärung und deshalb sagte ich immer: es ist Nichts mit dem menschlichen Magnetismus, denn die Wissenschaft verleugnet ihn, wie man stets liest. Vor Kurzem hatte ich aber einen Traum, in dem ich deutlich meine Tante aus Bützow sah. Vier Wochen später lag sie auf der Bahre. Wie soll man sich das erklären?

Ich erzählte Onkel Fritz meinen Traum, als wir die Nachricht bekamen, daß die Tante gestorben sei und wir als die nächsten Verwandten erben würden, und erwartete, daß er mich auslachen würde, weil er ja leider über Alles spottet, allein er wurde ganz nachdenklich und sagte: „Siehst Du, Wilhelmine, endlich kommst Du zu der Ueberzeugung, daß es wirklich Wunder und Geheimnisse in der Natur und dem menschlichen Leben giebt. Von jetzt an wirst Du daher nicht mehr über meine Besuche bei Kuleckes zanken, wo wir einen kleinen magnetischen Zirkel konstituirt haben."

„Fritz, der Magnet, der Dich nach Kuleckes zieht, ist die Tochter des Hauses. Wir erben nun einen hübschen Posten und Kuleckes sind deshalb kein Umgang für uns. Man muß auch etwas auf seine Familie halten." – Er sah mich hierauf mit einem sonderbaren Blicke an und sagte: „Du urtheilst, wie Du es verstehst, Wilhelmine. Es giebt eine geheimnißvolle Macht, die den Menschen beherrscht, der er folgen muß, ob er will oder nicht." – „Dies glaubst Du wirklich, Fritz?" – „Gewiß!" antwortete er so ernst, daß ich nicht wußte, was ich von ihm denken sollte. – „Fritz!" fragte ich deshalb, „hast Du selbst schon solchen Spuk erlebt?" – „Ja!" erwiderte er hohl. – „Um Gotteswillen, Fritz, Du machst mich ganz ängstlich. Sehen möchte ich freilich selbst einmal, was eigentlich daran ist." – „Morgen Abend sind Bergfeldts und Krauses bei Euch, ich werde einen magnetische Sitzung arrangiren die Dich von der geheimnißvollen Kraft überzeugen soll." – „Aber die Kulecke kommt mir nicht ins Haus!" – „'s geht auch ohne ihr!" lachte er mit einem Male auf und ging, ohne über diesen Verstoß gegen die Orthographie zu erröthen, von dannen.

Nun theilte ich den Kindern mit, daß wir am Abend des andern Tages einen magnetischen Thee haben würden. Emmi freute sich ungemein, allein Betti wurde leichenblaß und rief: „Nein, Mama, thue das nicht, wir werden Alle schrecklich unglücklich werden!" – „Aber, Betti?" – „O, Mama, glaube mir . . . .!"

– „Kind, was hast Du? Du bist in der letzten Zeit überhaupt nicht mehr die alte. Du redest nicht, Du lachst nicht, Du spielst immer nur traurige Stücke auf dem Klavier und vorgestern, als wir Dein Leibgericht hatten, Quetschkartoffeln mit Bratwurst, hast Du nur einen Teller voll gegessen. Was soll das bedeuten, Betti?“ – „Ich hatte Kopfschmerzen,“ antwortete sie. – „Das kommt vom vielen Studiren,“ sagte ich. „Müßt Ihr denn immer noch Aufsätze schreiben?“ – „Ja!“ – „Welches Thema hast Du zuletzt gehabt?“ – „Wir mußten untersuchen: Ob Richard der Dritte ein guter Mensch geworden wäre, wenn er andere Eltern gehabt hätte,“ antwortete Betti. – „Ich will mit Papa reden, ob es nicht besser ist, daß Ihr den Besuch der höheren Fortbildungsschule für Töchter aufgebt. Heute Nachmittag wollen wir Spritzgebackenes für morgen Abend machen und zwar ein bischen viel; es pflegt selten zu reichen, wenn Bergfeldtens da sind!“ – „O. Mama, Du hast Dich doch wieder mit Bergfeldtens vertragen!“ – „Nun ja, aber so ganz angenehm ist mir die Familie deshalb doch nicht. Überdies erben wir jetzt von der Tante und womit wird der Abstand zwischen uns und Bergfeldts nur um so größer. Die Leute müssen sich erbärmlich einschränken, wenn sie 'rum kommen wollen.“

Die Töchter halfen mit in der Küche. Betti bekam wieder Kopfschmerzen, so daß ich es für gerathen hielt, Beide ins Freie zu schicken, damit Betti sich auf einem Spaziergange in der Luft erholen möchte. Ich meinte es gut, aber wie sich hernach herausstellte, war es unverzeihlicher Fehler von mir gewesen, gerade an diesem Tage Betti aus meinen Augen zu lassen.

Am anderen Abend trafen Krauses und Bergfeldts bei uns ein; fünfe alleine von Bergfeldts, nämlich: Er und Sie, Auguste mit ihrem Bräutigam, und Emil, der Sohn. Nun, ich war ja mit der nöthigen Menge Gebäck versehen.. – „Wo ist Betti?“ fragte ich Emmi, als ich bemerkte, daß meine Älteste fehlte. – „Sie will nicht kommen,“ sagte Emmi. – „Laß mich mit ihr reden,“ bat Onkel Fritz, „sie fürchtet sich vor dem Magnetismus.“ – Nach einiger Zeit kam er mit Betti auch richtig an. Du meine Güte, wie sah das Kind aus! Die Augen waren verweint, die Wangen ohne Farbe und dabei beberte sie sichtlich. Morgen schicke ich zu Doktor Wrenzchen, dachte ich, denn dies ist mehr als äußerlich, das Kind muß krank sein. Betti begrüßte die Anwesenden. Erst Krauses, die ja auch mehr sind als Bergfeldts, und dann Madame Bergfeldt, der sie um den Hals fiel und einen Kuß gab. Dies war mir in der That etwas sehr auffällig. Onkel Fritz machte ein merkwürdig vergnügtes Gesicht, als er mein Erstaunen über diese Familiarität wahrnahm. Nun wurde der Thee gereicht. Betti, Emmi und Bergfeldt's Auguste servirten. Die Eine den Thee, die andere Sahne und Zucker und die Dritte das Spritzgebackene, das denn auch Alle sehr lobten. (Es war freilich ein wenig klietschig gerathen, weil ich beim Backen meine Aufmerksamkeit zwischen Betti und dem Schmalzkessel theilen mußte, aber es war doch gut von Gewürz.)

Die Herren fingen nun ein sehr lehrreiches Gespräch über den menschlichen Magnetismus an. Onkel Fritz war dafür, Herr Krause halb, Herr Bergfeldt dagegen und mein Karl trank Bier dazu. Onkel Fritz erzählte, daß die Professoren aus Breslau, als sie zum Besuch in Berlin gewesen waren, auf der Charité durch bloßes Handauflegen einen Droschkenkutscher dahin gebracht hätten, daß er den Anfang vom Homer auf Griechisch gesprochen habe, worauf Herr Krause meinte, daß er dies doch als Lehrer bezweifeln müsse. Onkel Fritz aber holte die Bücher herbei, welche die Professoren geschrieben haben. Es standen wunderbare Sachen darin, wie man durch Hypnotismus einen Menschen dahin bringen könne, daß er Alles thun müsse, was der Magnetiseur wolle: auf einem Stuhl reiten und glauben, er säße auf einem Pferde, Bindfaden verschlingen und meinen, es wären Neunaugen, Bitterwasser trinken und es für Champagner halten. – „Na," rief die Bergfeldt, „wenn ihm das man gut bekömmt!" – Herr Krause sagte, er glaube nicht eher daran, als bis er Thatsachen sähe, und ich warf meinen Traum von der Tante aus Bützow dazwischen, um Bergfeldts anzudeuten, daß die Verstorbene einen anständigen Posten nachgelassen habe. Onkel Fritz fing jedoch an, sich mit Herrn Bergfeldt zu streiten, und machte den Vorschlag, selbst einige Experimente auszuführen, um die Zweifler zu überzeugen.

Wir waren Alle sehr gespannt, was wohl kommen würde. Zuerst bat er nun Bergfeldtens Auguste, einen Augenblick ins Nebenzimmer zu gehen, und fragte uns, nachdem sie sich entfernt hatte, was sie thun solle. Wir kamen überein, sie möchte das Album aufschlagen und auf meines Mannes Photographie mit dem Finger tippen. Onkel Fritz rief sie wieder herein, verband ihr die Augen und stellte sich hinter sie, indem er mit beiden Händen ihre Schulter berührte. Auguste stand eine Zeitlang ganz ruhig. Dann mit einem Male schritt sie auf den Tisch zu, nahm das Album, blätterte um und deutete mit dem Finger auf eine Photographie. Es war nun gerade nicht mein Karl, sondern sein verstorbener Freund Ringelmeier, aber überraschend war die Sache doch, zumal die Bergfeldt versicherte, daß ihre Auguste neulich das vorherbestimmte Bild richtig getroffen habe. Herr Krause fand nichts Übernatürliches an dem Experiment, worauf

Auguste erklärte, sie wäre nicht recht disponirt, wogegen Betti ein ausgezeichnetes Medium sei.

„Meine Betti?" rief ich erstaunt. – „Die Kinder haben in der letzten Zeit öfters Magnetismus gespielt," sagte die Bergfeldten. – „Davon weiß ich ja aber gar nichts." – „Du weißt Manches nicht!" entgegnete Onkel Fritz. „Bist Du bereit, Betti?" – Betti antwortete nicht, sie saß da wie ein Geist. – „Hast Du keinen Muth? Du weißt, es muß sein!" – Betti erhob sich und ging wie eine Nachtwandelnde ins Nebenzimmer. Auguste Bergfeldt folgte ihr. – „Nun, Wilhelmine, stelle Du eine Aufgabe!" – „Mir fällt gerade nichts ein!" antwortete ich. – „Soll sie das Liebste, was sie auf Erden hat, umarmen und küssen?" fragte Onkel Fritz. – „Meinetwegen, es kommt mir auf eine Umarmung nicht an," war meine Antwort. Betti kam wieder. Onkel Fritz verband ihr die Augen. Eine geraume Zeit zögerte Betti, dann schritt sie vorwärts, ich breitete schon die Arme aus, allein sie wandte sich nach der anderen Seite und ging direkt auf einen jungen Menschen zu, der erregt auf sie blickte und dem sie in die Arme sank. Es war Bergfeldt's Emil, der ihr rasch die Binde von den Augen nahm und sie küßte. – „Dies geht mir doch über den Spaß!" rief ich und sprang auf. „Karl, kannst Du so etwas dulden?" – „Nur nicht heftig," sagte Onkel Fritz und hielt mich zurück, „die beiden jungen Leutchen sind längst miteinander einig. Sie lieben sich und damit Punktum."

„O bewahre, ich habe auch noch ein Wort mitzureden. Und Du, Karl, Du sagst gar nichts?" – „Ich bin damit einverstanden," antwortete mein Mann ruhig. – „Unmöglich! jetzt, wo wir geerbt haben?" – „Gerade deshalb," sagte Karl. „Hast Du denn nicht bemerkt, wie unser Kind in der letzten Zeit gelitten hat, daß es dahinschwand wie ein Schatten?" – „Nun ja!" – „Der Kampf zwischen Pflicht und Liebe war es, der sie elend machte. Betti hatte nicht den Muth, Dir zu sagen, daß sie Bergfeldt's Emil liebte.." – „Hat sie es Dir denn gestanden?" – „Nein, aber ich habe gemerkt, was vorging!" unterbrach mich Onkel Fritz, „und bat meinen Schwager, mir es zu überlassen, Dir Mittheilung davon zu machen. Wie du siehst, ist dies auf magnetischem Wege geschehen." – „Ich habe andere Partien für meine Töchter in Aussicht, sie können in die ersten Kreise kommen." – „Und unglücklich werden," warf mein Karl bitter ein. „Wilhelmine, als wir jung waren, dachten wir da an Rang und Stand? Hättest Du von mir gelassen, wenn ein vornehmer Mann gekommen wäre, um Dich mir zu entreißen?" – Ich mußte zurückdenken an die selige Zeit, wo ich nicht anders konnte, als ihn, den einen zu lieben, der es mir wie mit aller Macht angethan hatte. Ach ich glaubte ja immer noch, meine beiden Töchter seien Kinder, und dachte nicht daran, daß auch sie einst wählen würden, wie das Herz gebietet, dachte nicht, daß die Zeit jetzt schon gekommen sei. „Betti!“ rief ich. Sie kam zu mir, umschlang mich und wollte vor Weinen vergehen. „Du hattest kein Vertrauen zu mir, mein Kind, kein Vertrauen zu Deiner Mutter?“ – „Mama,“ schluchzte sie, „ich wollte Dir nicht wehe thun. Ich wußte, daß Du meine Liebe nicht billigst . . . aber ich konnte es Dir nicht sagen, daß ich liebte!“ – „Die geheimnißvolle Macht, die den Menschen beherrscht, der er folgen muß, ob er will oder nicht, das ist die Liebe, Wilhelmine,“ sagte Onkel Fritz. – „Schon die Griechen nannten Eros den Allbezwinger,“ schaltete Herr Krause ein.

Mir kehrte die Ruhe wieder zurück. Ich führte Betti auf ihr Zimmer und sagte, daß ich ohne Weiteres meine Einwilligung nicht geben werde und mich überhaupt durch Onkel Fritz' Komödie nicht einschüchtern ließe. Den übrigen Herrschaften theilte ich mit, daß das Ganze ein Scherz von Onkel Fritz sei, der uns an den menschlichen Magnetismus glauben machen wollte, und daß deshalb von ernsten Verlobungen keine Rede sein könne. Mein Karl war hierüber sehr unwillig. Die Bergfeldten sagte: „Liebe Frau Buchholz, die Kinder können ja noch warten; mein Emil hat noch Zeit.“ – „Sehr viele,“ entgegnete ich trocken. – „Wenn Sie nicht immer gleich so aufbullerten, hätten wir längst über die Sache reden können,“ zischelte die Bergfeldten. – „Also Sie sind auch mit in dem Komplot?“ – „Gestern Nachmittag hatten wir noch einmal Konferenz, weil Herr Fritz meinte, auf vernünftige Weise sei Ihnen nicht beizukommen; ich bin sonst mehr für das Naturgemäße!“ – Ich war wie erstarrt. Also gestern, während ich Spritzgebackenes für diese Natternbrut buk, war Betti bei ihnen und verschwor sich gegen die eigene Mutter. Alle wußten von dem Komplot, nur ich nicht. – Ich schlug eine gräßliche Lache auf. „Nun kriegt sie Krämpfe!“ sagte die Bergfeldten, „man muß ihr die Daumen halten.“ – „Nein!“ rief ich, „so schwach bin ich nicht. Aber sehen will ich, wer mich zwingt, nachzugeben. Aus der ganzen Sache wird nichts und wenn Ihr Herr Emil sich vor meinen sichtlichen Augen die Pulsadern aufschneidet.“ – „Wilhelmine, Du bist außer Dir!“ rief mein Karl. – „Ich bin so ruhig wie nie . . . aber übertölpeln laß' ich mich nicht! Fritz kann seinen Unsinn bei Kuleckes und anderen Leuten treiben, in meinem Hause verbitte ich mir dergleichen.“

Krauses hatten sich bereits, ohne Adieu zu sagen, nach Hause begeben und Bergfeldtens brachen nun auch auf. Fritz wollte mit mir reden, allein ich würdigte ihn keiner Antwort. Gerade als sie gingen, kam Emmi und meldete, der

Braten sei gar. Niemand wollte bleiben. Mein Karl hatte auch seinen Ueberzieher angezogen und sagte, daß er mit Bergfeldts gehen und erst später wiederkommen werde, wenn ich ruhig geworden sei. – Und ich war so ruhig!

Als alle fort waren, weinte ich mich erst tüchtig aus, dann ging ich zu meiner Ältesten. Sie hatte sich ins Bett gelegt und blickte mich so wehmüthig an, als ich mich zu ihr setzte, daß mein Herz sich ordentlich zusammenzog. – „Vergieb," bat sie, „ich hätte Dir Alles sagen müssen, nur Dir allein." – „Du bist noch ein Kind," wollte ich antworten, aber, war sie denn noch ein Kind? Ihre schönen vollen Haare waren aufgegangen und umrahmten das Gesicht, auf dem ein Ernst lag, den Kinder nicht kennen. Sie war aufgeblüht wie eine schwellende Knospe . . . ich hatte es bisher nur nicht gemerkt. – „Und Du hast ihn lieb?" – „Ja!" flüsterte sie. – „Liebst Du ihn mehr als mich?" – Sie schwieg. – Da wußte ich, daß ich mein Kind verloren hatte, daß es einem Anderen mit seinem ganzen Sein angehörte. Wie unaussprechlich weh das that!

Ich beugte mich zu Betti herab und umschlang sie heiß und innig. „Du sollst glücklich werden, glücklich wie ich es einst war. Zwar träumte ich, Du könntest wohl die Gattin eines hochgestellten Mannes werden, aber bin ich nicht glücklich bis auf den heutigen Tag in unseren einfachen Kreisen gewesen? Nein, mein Kind, ich will nicht , daß Du liebeleer zwischen geschnitzten Möbeln sitzen sollst und hinter den seidenen Gardinen der Winter im Sommer lauert und auf Deiner Equipage der Abscheu gegen Deinen gezwungenen Gatten als Bedienter hockt. Ich liebe Dich doch mehr, als Du glaubst." – Da schmiegte sie sich an mich und war wieder mein Kind und lächelte mir zu und sprach: „Ich liebe Euch Beide, Dich und ihn, und Du wirst ihn auch lieben, wie Du mich liebst." – Konnte ich da anders?

Ich rief Emmi. „Bringe einige Schnitte von dem Braten, warum soll er umkommen? Wenn wir Verlobung feiern, giebts Rehrücken." – „ist denn Verlobung?" fragte Emmi. – „Geh zu Bett, Du bist noch zu dumm!" – Und so blieb ich und wachte bei meiner Betti; hin und wieder sah ich aus dem Fenster nach meinem Karl. – Draußen war Frühlingsnacht, Westwind war aufgekommen, es wehte stürmisch. Endlich kam mein Mann. „Nun?" fragte er. – „Karl, sie schläft. Morgen, wenn der Sturm sich gelegt hat, ist Sonnenschein." –

Im Kremser

Es giebt Leute, die eine Landpartie für ein Vergnügen halten, das ist jedoch grundfalsch.

Sonst wenn der zweite Pfingsttag kam, gingen wir in den Zoologischen Garten oder fuhren nach Treptow, wo es ja bis auf die Menschenfülle und den Staub recht gemüthlich ist, aber diesmal war es anders beschlossen. Nachdem wir durch die Verlobung meiner Betti mit Bergfeldtens in nähere Beziehung getreten sind, konnten wir doch die nicht links liegen lassen, denn ich hätte nie geduldet, daß Betti mit Bergfeldts gegangen wäre und Bergfeldts wollten an dem Tage doch auch mit ihrem Emil zusammen sein. Onkel Fritz machte daher den Vorschlag, gemeinsam einen Kremser zu nehmen und aufs Land zu fahren, und da Platz genug vorhanden sei, könnten wir Krauses ebenfalls einladen, wodurch das Fuhrgeld für die einzelne Person überdies billiger würde. Dabei malte Onkel Fritz Alles mit so verlockenden Farben aus, wie schön grün es draußen sei, wie köstlich das Bauernbrod an der Quelle schmecke und wie herrlich wir uns in dem Kremser amüsiren würden, daß ich einwilligte. Wir verabredeten uns dann gehörig, namentlich was den Proviant anbelangte, denn sonst bringt Jeder dasselbe mit und das Ganze läuft auf Schlackwurst und Sooleier aus, und dafür danke ich denn doch am zweiten Pfingstfeiertag.

Morgens um acht Uhr saßen wir Alle in dem Kremser. Bergfeldts mit Augusten's Bräutigam, Herrn Weigelt, Krauses mit ihrem kleinen Eduard in weißen Höschen, blauem Sammtkittelchen und mit einem neuen Stohhut. Bergfeldt's Emil war schon Morgens früh zu uns herangekommen und hatte Betti einen Fliederstrauß gebracht. Als wir einstiegen, hatte Emil es so zu arrangiren gewußt, daß er dicht neben Betti saß, allein ich pflanzte mich mitten zwischen beide, weil ich dies für passender hielt, denn ich bin nicht sehr für öffentliche Brautstands-Zärtlichkeiten. Mein Karl saß mit Herrn Krause zusammen und Onkel Fritz hatte neben dem Kutscher auf dem Vordersitze Platz genommen.

Onkel Fritz nahm einen Hausschlüssel, auf dem er gerade so pfiff, wie eine Lokomotive, und wir gondelten los, durchs Prenzlauer Thor, die Prenzlauer Chaussee entlang, denn unser Ziel war der Liepnitz-See.

Das Wetter war schön, wenn auch ein bischen kühl. Als wir bei der ersten Windmühle vorbeikamen, entkorkte Onkel Fritz seine Reiseflasche und sagte, nun müßten wir den ersten Schluck nehmen, das wäre einmal so Gebrauch. Da es nicht übermäßig warm war, nahmen wir denn auch Alle einen Tropfen Cognac zu uns, worauf wir sehr munter wurden. Herr Krause fragte, ob bei jeder Mühle einer genommen würde, worauf Fritz ihm bedeutete, daß es ein alter Gebrauch sei, jeder Mühle ein kleines Trankopfer zu bringen. Herr Krause meinte, diese Sitte sei wahrscheinlich wendischen Ursprungs und stamme gewiß aus dem grauen Heidenthum. Es entwickelte sich nun ein sehr gelehrtes Gespräch über Pfahlbauten und Tacitus, wovon Herr Krause sehr gut Bescheid wußte, bis sie zuletzt auf die städtische Verwaltung kamen, worin mein Karl gründlich zu Hause war. Onkel Fritz unterhielt sich mit dem Kutscher und reichte nur von Zeit zu Zeit die Flasche in den Wagen hinein. Ich muß gestehen, es standen reichlich viele Windmühlen am Wege und was mir besonders zuwider war, der kleine Krause schrie immer: „Da kommt schon wieder 'ne Mühle," damit nur ja keine übersehen würde. Ich warnte meinen Karl, aber er lachte mich aus und rief: „Wilhelmine, Pfingsten ist nur einmal im Jahr!"

Um halb neun machten wir eine Frühstückspause. Der Wagen fuhr im Schritt und die Kober wurden zur Hand genommen. Wir Damen vertheilten die Stullen an die Herren, und da Onkel Fritz uns ein Extravergnügen bereiten wollte, kam er mit allerlei Blechdosen zum Vorschein, die er auf der Fischerei-Ausstellung gekauft hatte: köstliche norwegische Delikateßheringe, Anchovis, gesalzene Dorschzungen, Rollmöpse, sogar Caviar. Alles war da und wir ließen uns die guten Sachen trefflich schmecken. Nur war ich sehr dagegen, daß der kleine Krause auch von den scharfen Fischen bekam, aber da er immer gleich plinste, wenn er seinen Willen nicht kriegte, gab die Mutter ihm, was er verlangte, bis er sich an einem großen Stück Rollmops den Mund verbrannte und über den spanischen Pfeffer schrie, auf den er eifrig losgekaut hatte. – „Ich würde dem Kleinen nicht soviel gegeben haben," sagte ich zur Krausen, „Kinder befinden sich immer am besten bei Milch und Brod." -- „Ihr Eduard wäre schon groß genug, um Alles zu essen," antwortete die Krausen, „er tränke sein Bier so gut, wie die Erwachsenen und es bekäme ihm vortrefflich!" – Hierauf bemerkte ich, einmal gelesen zu haben, daß Bier sich bei Kindern leicht auf den Geist schlüge und Bierbrauerskinder deshalb immer zu unterst in der Schule säßen. – Die Krausen fragte nun ihren Mann, ob er als Lehrer jemals so etwas bemerkt habe, worauf der antwortete, ich müßte mich wohl irren und meinte sicher Skropheln, die allerdings, wie statistisch nachgewiesen sei, vom Branntweintrinken der Eltern herkämen. Diesem pflichtete Herr Bergfeldt bei und sagte zu seiner Frau: „Du erinnerst Dich wohl noch, Kathinka, als die Rieke aus Werder bei uns diente, die sich mit dem versoffenen Tischlergesellen einließ und später" . . . Hier unterbrach ich Herrn Bergfeldt und fragte ihn: „Finden Sie die Natur in dieser Landschaft nicht wunderschön?“ – „Ja,“ meinte er, „aber mit den Skropheln hatte es seine Richtigkeit.“ Ich entgegnete, daß diese Art von Dialog mich nicht interessirte.

Herr Bergfeldt wollte jedoch nicht locker lassen – wir waren schon an zu vielen Mühlen vorbeigekommen –, als der kleine Krause zu wimmern anfing und über Durst klagte. Wasser konnten wir auf der Chaussee nicht bekommen, Milch hatte die unvernünftige Mutter nicht mitgenommen, also blieb nichts übrig, als eine Flasche Rothwein aufzumachen, damit blos das Gegnarre von dem Jungen aufhörte, der denn auch richtig ein ganzes Wasserglas voll Wein herunterfegte. „Wenn das man gut geht!“ sagte ich. – „Er kann nachher in der Haide ordentlich auslaufen!“ antwortete die Krausen. – „Ich und Emmi wollen Pferd spielen!“ rief Eduard naseweis. – Meine Emmi sprach kein Wort, sondern machte ein sehr höhnisches Gesicht über diese Zumuthung. Meine Betti redete auch nicht und sah sehr mißvergnügt aus, weil sie nicht neben Emil saß, Bergfeldt's Auguste und Herr Weigelt, die sich bei der Hand angefaßt hatten, starrten wie Wachsfiguren in die Gegend und warfen sich von Zeit zu Zeit 'nen wasserblauen Blick zu, daß mir vom bloßen Ansehen ganz mies zu Muthe ward. Brautpaare sind nun einmal für die Anderen eine mangelhafte Gesellschaft.

Ich dankte daher meinem Schöpfer im Stillen, als wir das prachtvolle Gehölz erreicht hatten und den See sahen, der gerade so grün schien, als wenn man ihn zu Pfingsten frisch auflackirt hätte. Vor der Försterei machten wir Halt, dort, wo die Buchen am höchsten sind und oben mit ihren Kronen ein Gewölbe bilden, als befände man sich auf dem neuen Anhalter Bahnhof nur mit dem Unterschied: was dort Fensterglas ist, sind hier maigrüne Blätter, und dann war auch der Ozon von erster Qualität.

Onkel Fritz und mein Karl gingen zur Frau Försterin, um Frühstück zu bestellen und das Mittagsbrod zu bereden. Frau Krause hatte den Brunnen entdeckt und gab dem kleinen Eduard zu trinken, der nach meiner Schätzung mindestens ein Liter von dem kalten Wasser hinunterschluckte, aber ich sagte kein Wort, denn wenn Mütter unverständig sind, ist alles Zureden umsonst. Ich wollte aber doch, ich hätte geredet.

Das Frühstück war delikat, ländlich, aber gediegen. Den Wein hatten wir mitgenommen, es war sehr schöner Chateau Larose, die Flasche zu zwölfeinhalb mit goldenen Kapseln, und wenn Onkel Fritz auch ein wenig den Mund zog – er ist nämlich ziemlich verwöhnt – so ließen wir uns den Wein doch munden, zumal der Weinhändler versichert hatte, er mache bei jeder Flasche fünf Silber Schaden und gebe ihn uns nur aus purer Freundschaft so billig.

Danach gingen wir in den Wald; Onkel Fritz hatte dem kleinen Krause einen Stock geschnitten, auf dem er ritt, denn Emmi hatte keine Lust, mit ihm Pferd zu spielen. Überhaupt war Emmi sehr niedergeschlagen. Ihre Schwester und ihre Freundin kümmerten sich nicht um sie, die hatten ja nur Auge und Ohr für ihre Verlobten, und so mußte sie sich zu uns älteren Damen halten. Mir that das Kind wirklich leid, daß sie so allein stand, denn wenn wir Damen uns über die große wasche unterhielten, oder ob Citronensaft an die Spargelsauce gehört oder nicht, so konnte sie das doch nicht interessiren. „Sei nur vergnügt, Emmi," sagte ich, „wer weiß, wie lange es dauert und du bist auch Braut!" – „ich werde mich nie verheirathen," entgegnete sie. – „Aber Kind!" – „Nein," sagte sie trübselig, „ich verlasse Dich nicht und Papa nicht. Auguste und Betti sind beide so eklig gegen mich, seit sie verlobt sind." – Ich redete ihr zu, so gut es ging, allein sie wollte von Nichts hören.

Die Herren hatten nun eine Lagerstelle entdeckt, die Plaids und Umschlagetücher wurden ausgebreitet und wir gruppirten uns malerisch. Wein war auch mitgenommen und so standen wir Alle nichts aus. Nur wollte mir nicht gefallen, daß mein Karl die Krausen immer mit trockenem Laub warf und sie sich dies gefallen ließ. Hätte Herr Krause sich diese Art von Scherz mit mir erlaubt, würde ich ihm seinen Standpunkt klar gemacht haben, aber der lag schon und schlief.

Endlich nickte ich auch ein wenig ein, denn die Frühlingsluft zehrt. Die Bäume rauschten so sanft, die Luft strich so mollig über Gesicht und Haar, allerlei bunte Träume kamen und gingen, bis mein Karl rief: „Wilhelmine, wache auf, die Uhr ist halb drei, das Mittagessen wartet!" – „Herrjeh! hab' ich geschlafen?" – „Beinahe zwei Stunden." – „Und wo sind die Kinder? Wo ist Betti?" – „In die Tannen gegangen," antwortete Emmi, „mich wollten sie nicht mitnehmen!" – „Und wo ist Eduard?" fragte die Krausen und streifte sich die trockenen Blätter aus dem Haar. – „Der ist auf seinem Stocke dorthin geritten," sagte Emmi und zeigte auf den See zu. – „Mein Gott, wenn das Kind ertrunken wäre," schrie die Krausen und rannte wie wahnsinnig fort. „Eduard," schrie sie, „Eduard, wo bist Du?" – Ich rief laut: „Betti, Bettiiih!" – Keine Antwort. – „Und das Essen wartet," sagte mein Karl. – „Karl, kannst Du in einem solchen Augenblicke an Deinen Magen denken?" – „Ach was," entgegnete er, „hättest Du die jungen Leute in dem

Kremser ruhig nebeneinander sitzen lassen, würden sie sich nun nicht absentirt haben. Liebesleute sind gern ungestört. Kommt nur, Emil weiß, daß wir um halb drei essen wollen, und wird schon nach der Uhr sehen. Wo ist Krause?“

Herr Krause war seiner Frau nachgegangen. Sie zeterte in einem fort: „Eduard! Eduard! wo bist Du?“ und er rief: „Adelheid, hast Du ihn?“ Es war, als wenn die Wald rebellisch geworden wäre.

Sehr niedergeschlagen kamen wir bei der Försterei an. Da stand nun der sauber gedeckte Tisch unter den Bäumen, aber die Gesellschaft war auseinander. Bergfeldt's Auguste und Herr Weigelt warteten freilich schon auf uns, aber von Betti und Emil keine Spur. Es war peinlich.

„Habt Ihr den kleinen Krause gesehen?“ fragte ich. – „Ja,“ sagte Auguste, „der ist bei den Kutschern im Stalle und reitet auf den Pferden!“ – „Und die Eltern meinen, er liegt im See. Nun müssen wir Krauses erst suchen.“

Gesagt, gethan, wir alle wieder zurück in die Holzung, wo wir Krauses denn auch fanden. Sie war richtig in einen Wiesensumpf gerathen und Herr Krause kniete vor ihr, um ihre Stiefel mit Moos zu reinigen. – Nein, nun die Freude, als sie hörte, der Kleine sei da, und dies Verziehen und Schmeicheln, als sie ihn wieder hatte, – es war in meinen Augen übertrieben. dann fuhr sie Emmi an und sagte, wenn sie besser auf das Kind geachtet hätte, wäre alle Angst nicht nothwendig gewesen, worauf ich etwas von Laubwerfen und Kokettiren mit Männern fallen ließ und daß es besser sei, selbst auf seine Kinder zu achten, als sich auf andere Leute zu verlassen. Sie antwortete spitz, Jeder müsse vor seiner eigenen Thür fegen, und wo denn meine Betti sei? Genug, wir setzten uns sehr ärgerlich zu Tisch und richtigen Appetit hatte Niemand außer der Bergfeldt: die sättigte sich, so zu sagen.

Wir hatten schon abgegessen, als Betti und Emil endlich ankamen. – Ich wollte heftig werden, allein mein Karl sagte: „Wilhelmine, halte Frieden, gieb Dir keine Blöße vor der Gesellschaft.“ Ich bezwang mich daher und sagte scherzend: „Nun Emil, ist die Uhr jetzt halb drei?“ Er wurde verlegen. „Meine Uhr geht wohl etwas nach!“ stotterte er. – „Über eine Stunde? Zeigen Sie mal Ihren Chronometer!“ Er wurde noch verlegener. Dies war mir auffallend. „Vielleicht geht sie doch richtig,“ sagte ich scharf, und zog an seiner Kette, um mich zu überzeugen. – Es hing aber keine Uhr an der Kette, sondern nur ein Schlüssel – „Die Uhr studirt wohl?“ rief Onkel Fritz. – Ich dachte, ich sollte in den Erdboden versinken, der Bräutigam meiner Betti hatte seine Uhr versetzt! Die Krausen lachte, worauf ich empört aufstand und die Gesellschaft verließ. Ich mochte keine Menschen mehr sehen. Überall vergnügte Gesichter, Lachen und Scherzen bei den Leuten, die sich mittlerweile eingefunden hatten . . . mir klang es wie Hohn in den Ohren. Einsamkeit that mir noth, um mich ordentlich ausweinen zu können. So fand ich mich denn, ohne zu wissen wie, hinten im Garten bei dem Backofen der Frau Försterin und setzte mich auf den Holzblock, der dabei stand. Ach, mir war, als sei dieser Bock ein Henkersblock und ich sollte einen Kopf kürzer gemacht werden, solches Leid überkam mich. Die Zukunft lag in den schwärzesten Bildern vor meinen Augen. Was nützte die Erbschaft von der Tante aus Bützow, Emil würde ja doch Alles versetzen? Emil war leichtsinnig, das wußte ich nun, und Betti vertraute ihm rückhaltlos. Ein Schauder überflog mich von oben bis unten, denn wer Uhren versetzt, ist zu Allem fähig.

Nach geraumer Zeit kam Emmi zu mir. „Wir wollen fahren," sagte sie, „die Krausen hat nasse Füße und Papa findet kein Vergnügen mehr an der ganzen Tour." – „Was gehen mich die Füße von der Krausen an?" – „Er meint, es sei Deinetwegen, denn wenn Du Dich nicht amüsirtest, habe er auch keinen Spaß." – „Ja, komm Kind, ich habe Sehnsucht nach Hause, man fährt doch nicht aus, um hinter einem Backofen zu sitzen und zu weinen."

Um sieben hielt der Kremser vor der Försterei. Ich ließ jeden sich setzen, wie er wollte; was konnte ich armes, ohnmächtiges Weib gegen die Unvernunft ausrichten? Der kleine Krause saß mutterseelenallein an dem Wasser auf der Erde und wollte nicht mit. „Nein," schrie er, „hier bleiben!" – „Aber so komm doch, Du sollst ein Stück Kuchen haben!" – „Nein." – Die Krausen hob ihn mit Gewalt hoch. „Er freut sich so sehr an den Pferden," sagte sie katzenfreundlich zu Onkel Fritz, „nehmen Sie ihn ein bischen nach vorne." So fuhren wir denn ab, Alle mehr oder weniger verstimmt da Bergfeldts sich auch über ihren Emil geärgert hatten. Die Krausen war sehr schweigsam.

Nach einer Weile sagte Onkel Fritz: „Herr Krause, ich fürchte, der Kleine fällt vom Bock," und gab ihn in den Wagen hinein auf Herrn Krause's Schooß, aber der meinte bald, das Kind säße doch wohl besser vorn. Der Junge weinte und gnauerte immer so vor sich hin. „Sollte ihm wohl etwas fehlen?" fragte ich mitleidig. – „I, wovon wohl?" sagte die Krausen kurz. – „Nun, wenn er sich den Magen verdorben hätte, sollte es mich nicht wundern." – „Ha!", lachte sie auf. – Die Herren wollten das Kind jedoch einstimmig nicht länger bei sich haben. – „Komm nach Tante Buchholz, Eduard," rief ich und nahm ihn zu mir. Ich gab ihn aber gleich weiter an die Krausen und sagte: „Er ist wohl am besten bei Ihnen aufgehoben, meine Liebe. Decken Sie ihn gut zu, damit er sich nicht erkältet, dies wird angenehmer für ihn sein und für uns." – Sie sagte, Kinder seien Kinder. – Ich sagte, wenn Kinder noch nicht reisefähig wären, ließe man sie zu Hause, worauf sie entgegnete, wenn Onkel Fritz nicht so schwer verdauliche Fischsachen mitgenommen hätte, wäre dem Kinde nichts passirt, aber nun sei es unwohl davon geworden. ich hatte keine Lust, ihr zu antworten, mein eigener Kummer über Emil beschäftigte mich zu sehr und der Verdruß vom Nachmittage kam wieder hoch.

Viele Leute schwärmen ja sehr für Landpartien, aber ich muß sagen: ohne Brautpaare und ohne Kinder, die sind nur Ballast und verbubanzen die schönsten Fahrten, und abgespannt wird man auch von solchen Touren in größeren Gesellschaften, weil Einer immer auf den Andern passen muß und Einer meistens gesucht wird.

Ich athmete erst auf, als wir die ersten Gaslichter von Berlin wieder in Sicht hatten, denn im Kremser war es trübselig. Müde waren wir Alle mit einander, das einzige muntere im Wagen waren die beiden bunten Papierlampions, die an der Decke hingen. Die schaukelten hin und her und machten, von ferne gesehen, gewiß einen höchst vergnügten Eindruck. Aber kann man das Leben nur nach Papierlaternen beurtheilen?

Ein Polterabend in der dritten Etage

Ich habe es immer gesagt: lange Verlobungen taugen nichts.

Wenn Zweie sich gut sind, so ist es allerdings besser, wenn man sie sich verloben läßt. Man giebt zwar seine Einwilligung, die Kinder sind ungemein glücklich, aber man träufelt doch eine Kleinigkeit Wermuth in den Jubel der jungen Herzen, indem der Hochzeitstermin in weite Ferne gerückt wird. Die Kinder fügen sich anscheinend gerne in diese Bestimmung, aber schließlich ist es nicht mehr zum Ansehen und man giebt nach und läßt sie Hochzeit machen.

So war es auch mit Bergfeldts. Die Auguste, die so wie so nichts zuzusetzen hatte, wurde denn auch ganz elend und schattenhaft. Wenn sie mit dem Kopf seitwärts gegen ein Licht stand, schien dasselbe durch ihre Nase, daß diese aussah wie ein Stück Nähwachs. Der Doktor verschrieb ihr Malzextrakt, aber das Arzneiliche schlug nicht an.

Nun hatte Herr Weigelt, ihr Verlobter, denn, Gott sei Dank, durch gute Connexionen auf einem gerichtlichen Büreau eine kleine Anstellung erhalten. Viel war es nicht, aber wenn der alte Weigelt ein bischen zuschoß, so konnte es eben gehen. – „Lieber lebendig in der Dachkammer, als todt in der schönen Kiste,“ sagte die Bergfeldten. Und deshalb wurden Anstalten zur Hochzeit gemacht.

Wäre ich an Bergfeldt's Stelle, so hätte ich die Hochzeitsfeierlichkeiten ganz einfach in der Familie abgehalten, denn das spart doch bedeutend, aber sie, die Bergfeldten, wollte keine Hochzeit ohne Sang und Klang. Sie meinte, man wäre es allein schon der Nachbarschaft schuldig und müsse deshalb etwas draufgehen lassen. Endlich kam man dahin überein, den Polterabend elegant zu bewerkstelligen und die Reste bei der Hochzeit ganz unter sich zu verwenden.

Um acht Uhr Abends sollte die Festivität beginnen. Die gute Stube, das Wohnzimmer und das Schlafzimmer waren zum Empfang der Gäste hergerichtet. Die Betten waren nach dem Boden transportirt und dort, wo der Waschtisch sonst steht, hatte die Bergfeldten einen Tisch mit grünen Gewächsen hingestellt, weil Herr Bergfeldt, wie sie mir klagte, beim Waschen immer so schrecklich spaltert und die Tapete ruinirt hat. Stühle, Gläser und Geschirr lieferte ein Traiteur aus der Nähe, denn Bergfeldts bischen Einrichtung langte nicht.

Als wir gegen halb Neuen kamen, war die Wohnung schon ziemlich mit Menschen angefüllt. Die Damen wurden in die gute Stube genöthigt und saßen dort in einem angenehmen Halbkreise. Natürlich hatte die Bergfeldten ihre weiteste Bekanntschaft eingeladen, so daß man sich ziemlich fremd vorkam. Dann waren die Freundinnen von Auguste gebeten, die durchaus nicht wußten, was sie vorstellen sollten, und immer zu Dritt auf zwei Stühlen saßen, und auch Herrn Weigelt's Wirthin, bei der er als Student gewohnt hatte, war mit zugegen.

Die Herren standen im Wohnzimmer und rauchten, Herrn Weigelt's Freunde hatten sich zahlreich eingefunden; es waren mehrstens Studenten in älteren Semestern, ganz ansprechende junge Leute. Blos die Fräcke saßen ihnen merkwürdig, als wenn sie für Jemand anders gemacht worden wären.

Um neun Uhr war es so gerammelt voll, daß sich Keiner mehr rühren konnte. Mittlerweile ward Thee gereicht und man fing an, sich über Dieses und Jenes zu unterhalten. Das Brautpaar war bis jetzt noch nicht sichtbar gewesen.

Nun trat Onkel Fritz ein, der das Arrangement übernommen hatte. Ihm folgten zwei von Herrn Weigelt's Freunden, die jeder einen mit Blumen bekränzten Stuhl in die gute Stube trugen und dicht vor die Thüre stellten, die zum Wohnzimmer führt. Dann setzte Fritz sich an das Klavier – eine richtige Drahtkommode – und spielte den Hochzeitsmarsch aus dem Sommernachtstraum, worauf das Brautpaar sich durch die Gäste drängte und auf den bekränzten Stühlen Platz nahm. Die Studenten riefen: Hoch!, hoch! als sie eintraten und wir Andern applaudirten. es war dies ein sehr schöner Moment, den Onkel Fritz richtig berechnet hatte.

Auguste Bergfeldt sah ziemlich verhältnißmäßig aus. Sie trug ein weißes Mullkleid mit Grün durchzogen, Wäre sie jedoch gescheidt gewesen, so hätte sie nie und nimmer ein ausgeschnittenes Kleid gewählt. Auch meinem Karl war es aufgefallen, indem er mir später sagte, ihn hätte immer gefroren, so oft er sie ansah. Ich verwies ihm natürlich diese Bemerkung und erwiderte: „Karl, die Liebe ist etwas zu Erhabenes, als daß man Spott mit ihr treiben dürfte." – „Du hättest nur mal hören sollen, was die Studenten redeten!" entgegnete er. – „Karl!" rief ich, „dies wünsche ich nicht zu hören, und will es nicht hören. Überhaupt will ich nicht wissen, was die Herren in Abwesenheit der Damen reden. Studenten sind mir viel zu frei in ihren Ansichten!"

Onkel Fritz spielte nun etwas Gefühlvolles und meine Betti trat als Fee gekleidet mit dem Brautkranze auf. Sie sprach ein sehr schönes Gedicht, in welchem von dem Abschied vom Elternhaus, von der Jugend und dem Kindesglück die Rede war, von dem Unglück, das die Zukunft birgt. „Mit dem Brautkranz, mit dem Schleier reißt der schöne Wahn entzwei!" schloß das Gedicht. Schon gleich beim Anfang traten Augusten die Thränen in die Augen, und als es hieß: „Verwaiset und verlassen, vom theuren Elternhaus," fing die Bergfeldten auch an. Als aber zum Schlusse Betti die Auguste umarmte und diese in ein lautes Schluchzen ausbrach, konnten wir Alle nicht an uns halten und mußten die Taschentücher gebrauchen. Ich habe selten so etwas Weichmachendes erlebt. Nun, es ist am Ende auch keine Kleinigkeit, wenn man seine Tochter einem wildfremden jungen Menschen giebt.

Aus dieser Stimmung wurden wir durch einen unangenehmen Zwischenfall aufgeschreckt. Ich hatte der Bergfeldten nämlich gesagt, sie sollte für den Abend ihren Hund Cissy eingesperrt halten, weil er durch sein ewiges Lungern aufdringlich würde. Das Thier mußte jedoch aus der Kammer entwischt sein und hatte sich unter die Gäste gemischt. Wahrscheinlich hatte nun einer von den

Studenten das kleine Geschöpf nicht gesehen, denn mit einem Male ertönte ein gräßliches Geschrei, weil Jemand Cissy auf den Fuß trat. Wer es gethan hat, das kam nicht heraus.

Auguste sprang auf und nahm Cissy zu sich, der immer noch schrie, und suchte ihn zu beruhigen. „Schmeißen Sie die Thele doch raus, Fräulein!" rief Herrn Weigelt's frühere Hauswirthin in einem sehr ungebildeten Dialekte. Ich habe mit dieser niedrig stehenden Person kein Wort gewechselt.

Auguste bestand nun darauf, das Thier, welches sich allmälig wieder gab, auf dem Schooß zu behalten, und so konnte das Poltern denn weiter gehen.

Hierauf kam ein Freund von Herrn Weigelt und stellte einen Schusterjungen vor. Leider konnten wir nicht verstehen, was er sagte, denn der Hund, der ihn nicht kannte, bellte ihn fortwährend an. Selbst als dem Thiere ein Seelenwärmer über den Kopf gebunden wurde, knurrte und kläffte es in Einem fort, bis Herr Bergfeldt Cissy beim Kragen nahm und an die Luft setzte. Hierüber ärgerte sich nun Auguste, die ein sehr unangebrachtes maulsches Gesicht zog und zu ihrem Bräutigam, der sie besänftigen wollte, sagte: „Ach was, laß mich!" – „Das wird eine hübsche Ehe werden!" flüsterte ich der Frau Polizeilieutnanten zu, die neben mir saß, worauf sie erwiderte: „Passen Sie auf, die kriegt ihn unter!" – Dies glaube ich ebenfalls.

Nummer Drei war der kleine Krause. Mir ahnte ja gleich nichts Gutes, als ich ihn sah, die Krausen verzieht ihn zu sehr. – „Nun, Eduardchen," sagte die Krausen, „nun sprich Deinen Satz." Der Junge, den sie als Tyroler ausgekleidet hatten, schwieg und steckte den Finger in den Mund „Wird es bald?" fragte die Mutter. – Der Junge redete keinen Ton. – „Eduard, ich werde schrecklich böse!" – Der Kleine verzog den Mund zum Weinen. – „Komm, Eduard, sei süß." – Eduardchen wollte aber nicht. – „Er hat sein Gedicht heute Morgen noch so schön gekonnt," sagte die Krausen laut, „aber die vielen Menschen machen ihn jetzt irre. Komm, Ede'chen, und sag' es Tante Auguste ganz leise vor und gieb ihr den silbernen Zuckerlöffel. Hörst Du Eduard!!!"

„Das ist aber unser Löffel," rief das Balg, „Papa hat blos den Namen auskratzen lassen!"

Die Krausen wurde vor Ärger wie eine vergrätzte Furie. Der Junge aber lief heulend davon und schrie. „Mama will mir was thun. Papa! Papa!" Herr Krause war so vernünftig und schaffte ihn nach Hause.

Wenn es nun ein bischen zum Lachen gegeben hätte, wären wir Alle wohl wieder munter geworden, aber eine Freundin von Auguste kam als Blumenmädchen und eine andere als Bäckerin mit einem Brod, das nie in der neuen Wirthschaft fehlen möge. Das zog nicht. Den Schluß machte meine Emmi als Königin der Nacht mit einem schwarzen Schleier um, der ganz von Goldpapiersternen übersät war. Das Kind hatte sich dies ganz allein ausgedacht und sagte: „Ich komm' aus weiter Ferne, mein Reich sind Mond und Sterne, – wenn Alles schläft, dann wacht – Die Königin der Nacht. – Ein Liedchen will ich singen, – es soll zum Ohre dringen, – und seid Ihr einst allein, – o dann gedenket mein!" Hierbei überreicht sie ein Photographie-Album mit dem Lohengrin darauf, wie er Adieu sagt und sang zu Onkel Fritzens Begleitung das schöne Lied: „Wir saßen still am Fenster, das Licht war ausgebrannt." Als sie geendet hatte, wollte der Applaus gar kein Ende nehmen; die Studenten tobten förmlich und deshalb sang sie noch als Zugabe: „Wenn ich nach meinem Kinde geh' in seinem Aug' die Mutter seh'!" Man sagte ihr außerordentliche Komplimente über ihren Vortrag. Ja, einer von den Studenten hatte gemeint: „Es fragte sich sehr, ob die Gerster das auch könnte, Fräulein Buchholzens Gesang hätte etwas ungemein Melodisches."

Die Herren hatten mittlerweile die Cigarren nicht ausgehen lassen und es war sehr heiß geworden, daß der Fensterschweiß nur so herunterlief, weshalb der Heringssalat, der nun gereicht wurde, sehr erquickte, obgleich nach meiner Meinung zu viele Kartoffeln hineingeschnitten waren. Wir Damen tranken Limonade dazu und die Herren hatten Bier. Die Studenten waren so liebenswürdig und besorgten das Einschenken.

Vom Sitzen an Tischen war bei der Menschenfülle natürlich nicht die Idee, man reichte herum: belegte Butterbröde und Kuchen, Alles reichlich und auch recht gut.

Die jungen Leute wünschten nun zu tanzen. Die Studenten schoben die Drahtkommode eins, zwei, drei nach dem Schlafzimmer, obgleich Herr Bergfeldt ein etwas bedenkliches Gesicht machte, und dann ging der Tanz los, immer zwei Paare zur Zeit. Es war eben so eng, wie auf einem Subskriptionsball. Empörend fand ich, daß die Studenten auch den Tisch mit den grünen Gewächsen auf den Flur hinaustransportirten, denn nun sah man die von Herrn Bergfeldt ramponirte Wand erst recht. Die Bergfeldten hätte auch ein Stück Tapete darüber kleben können.

Während wir so dasaßen und plauderten, sagte die Frau Polizeilieutenant zu mir, daß meine Emmi eine wirklich ausgezeichnete Stimme habe und daß es schade wäre, wenn man sie nicht ausbildete.

„Daran habe ich auch schon gedacht," antwortete ich, „das Kind singt ganz nach dem Gehör!"

„Meine Tochter soll auch Unterricht haben," sagte die Polizeilieutenanten. „Ich kenne eine Dame, die Schülerinnen sucht. Sie war früher bei der Oper. Heut zu Tage werden die Stimmen ja so sehr bezahlt. Nehmen Sie nur einmal die Patti und die Lucca an. Den Ruhm und das Geld!"

Mir schwindelte ordentlich. Hatte Emmi nicht soeben ungeheuren Beifall geerntet? Hatte sie nicht zum Entzücken gesungen? „Ich werde mit meinem Manne reden," erwiderte ich. „Überdies muß etwas für das Kind geschehen!" – Mein Gott, wenn ich denke, meine Emmi könnte ein so fabelhaftes Glück mit ihrer Stimme machen. Zu großartig. Mein Karl wird schon wollen, wenn ich ihm Alles ordentlich auseinandersetze.

Mittlerweile war es nach Zwölfen geworden. Das Brautpaar saß ziemlich still in einer Ecke, da Auguste das Tanzen nicht bekömmlich war und sie auch nicht litt, daß ihr Verlobter mit einer Anderen tanzte. Herr Bergfeldt wurde immer einsilbiger. Die Studenten sangen gerade „Wohlauf noch getrunken," als geklingelt wurde. – „Gewiß der Hauswirth, dem der Lärm zu arg geworden ist," sagte die Polizeilieutenanten.

Wir lauschten, was wohl kommen und ob es richtigen Spektakel geben würde. Aber nein. Feierlich erklang es: „Ich steh' allein auf weiter Flur" und als die Nummer zu Ende war, kam der Schunkelwalzer daran. Einige Beamte von Herrn Bergfeldt's Bureau, die einen Hornistenklub bilden, machten ihm die Überraschung und brachten ihre Blechinstrumente mit, auf denen sie wirklich ausgezeichnet bliesen.

Auf allgemeines Verlangen spielten sie hierauf die Schaarwache, die erst leise anfängt und zuletzt immer lauter wird, bis die Ohren dröhnen, und Alles trommelte mit.

Da kam der Hauswirth.

Diese Stille. Es war unheimlich!

Gegen Tanzen und Singen hätte er Nichts, sagte er, aber solches Radaumachen müsse er sich verbitten. – Herr Bergfeldt entgegnete, er könne in seiner

Wohnung aufstellen, was er wolle. – Nur kein Irokesengeheul und keine Wachtparade, der Kalk fiele ja unten von den Decken. – Das liege am Hause. – Wenn es ihm nicht gefiele, könne er ja ausziehen. – Das wäre ihm gerade recht. – Kein Miether verwohne soviel, wie Bergfeldts, er möchte sich nur mal die Tapete ansehen. – Das ginge ihn gar nichts an. – Nun drängten die Studenten sich dazwischen. Wir Damen wollten schon fliehen. „Ruhe, meine Herren!“ rief mein Karl, „Sie hören ja, daß der Herr Wirth nichts dagegen hat, wenn wir noch ein wenig tanzen und vergnügt sind.“

„Es ist alle!“ rief der Hauswirth grob.

Onkel Fritz kam jedoch mit einem frischen Glase Bier. „Wir sind ja nur einmal jung,“ sagte er. „Sie werden doch das Brautpaar mit uns leben lassen!“ Der Hauswirth knurrte anfangs noch, aber dann that er Bescheid. Hierauf brachten die Studenten ihm ein Hoch aus und die Bergfeldten ging ihm mit etlichen schönen Stullen unter die Augen, die er denn auch annahm.

So rechtes Leben wollte sich jedoch nicht wieder einstellen und Einzelne fingen an, sich auf französisch zu drücken. Es wurde leerer und auch wir sagten Gute Nacht. Auguste sah gräßlich übernächtig aus. Wie soll das blos werden?

Als wir gingen, saßen Onkel Fritz und die Studenten mit dem Hauswirth an einem Tisch und tranken Brüderschaft mit ihm.

Wann Bergfeldts zu Bett gekommen sind, weiß ich nicht; wahrscheinlich erst zwei Tage darauf.

„Karl,“ sagte ich auf dem Heimwege, „wenn unsere Betti Hochzeit macht, werden wir außer dem Hause Polterabend feiern.“

„Das hat noch keine Eile!“ antwortete er kurz. „Fürs Erste hab' ich genug und Bergfeldts werden wohl für längere Zeit genug haben!“ – Von meinen Ideen mit Emmi schwieg ich. Wenn Männer ihre Launen haben, muß man sie ausgrollen lassen. Er wird sich wundern, wenn das Kind berühmt und groß dasteht. Und meinen Willen werde ich schon durchsetzen.

Warum wir ins Bad müssen

Es ließ sich nicht leugnen: Emmi hatte großen Erfolg gehabt. Sollte das Talent nun in der Landsbergerstraße einrosten und konnte ich das verantworten? Nein, ich weiß, daß wir alle dereinst Rechenschaft ablegen müssen und keine Entschuldigungen gelten, denn ich bin nicht wie die Bergfeldten, die im Stande ist, mit in das Weltgericht hineinzureden, wenn man nicht so vorsichtig ist, sie bis zuletzt liegen zu lassen. Emmi's Organ mußte künstlerisch ausgebildet werden. Ich hielt dies um so mehr für meine Pflicht, als die Polizeilieutenanten sehr zuredete und mir vorstellte, daß, wenn meine Emmi mit ihrer Tochter zugleich Gesangstunde nähme, die Lehrerin es bedeutend billiger thäte. Ich wäre gewiß keine deutsche Hausfrau, wenn ich einen solchen Vortheil außer Acht gelassen hätte. Nein, wo sich mir etwas Billiges bietet, da nehme ich es, nur in den fünfzig-Pfennig-Bazaren kaufe ich nicht wieder, weil man hinterher mehr für Leim und Kitt ausgeben muß, als der ganze Kram gekostet hat. Auch mein Karl, dem ich natürlich erst Mitteilung machte, als das zweite Quartal bezahlt werden mußte, und es Sünde gewesen wäre, mitten in der Ausbildung abzubrechen, gestand, daß er über den Preis nicht erzürnt sein könnte. Diese Zusicherung beglückte mich sehr.

Meine Emmi machte nun aber auch rasende Fortschritte, wie ihre Lehrerin versicherte, so oft sie bei uns war. „Noch einen Kursus," sagte sie, „und Ihr Fräulein Tochter hat eine Höhe wie die Lucca. Bereits jetzt bringt sie das hohe C mit Leichtigkeit heraus und die Coloraturen bekommen schon so etwas Schmalzhaftes, als hätte sie den Ansatz der Artôt." Auch hierüber war ich höchlichst erfreut und dachte: wenn Emmi berühmt wird, vergehe ich vor Wonne. Und warum sollte meiner Tochter dies Glück nicht blühen? Es ist schon Manche eine große Sängerin geworden, deren Familie mit uns durchaus nicht auf gleicher Höhe steht.

Frau Grün--Reifferstein war auch gerade die rechte Lehrerin für unsere Töchter. Oft erzählte sie mir und der Polizeilieutenanten von ihrem früheren Bühnenleben und den Gefahren, welche den jungen Anfängerinnen dort drohen. Sie aber sei stets stark geblieben und habe sich nie erniedrigt, selbst nicht, als einmal ein Fürst sich linkshändig mit ihr hätte trauen lassen wollen. Sie wisse, was es hinter den Kulissen auf sich habe für Alle, welche nicht gefestigt zur Bühne gingen, sie aber festigte ihre Schülerinnen, eben weil sie jene Gefahren kennen gelernt. Wie froh war ich, meine Emmi in so guten Händen zu wissen. Daß die älteste Tochter von der Heimreichen aus erster Ehe auch bei der Grün „studirte", wie sie es nennen, war mir zwar nicht recht mit, aber sie sollte ja etwas Stimme haben und da drückte ich denn ein Auge zu, obgleich die Mutter mir ein Greuel ist. –

Es liegt im Prinzip des Grün-Reiffersteinschen Gesangsinstitutes, alljährlich eine Aufführung zu veranstalten, damit die Eleven zeigen, was sie gelernt haben. Die Angehörigen der Schülerinnen und Schüler – es sind nämlich auch Schüler da – mit ihren Bekannten und Freunden bilden das Publikum und da das Entré nur eine Mark beträgt, ist es natürlich gequetscht voll in dem Saal, wo eine hübsche Bühne aufgeschlagen ist und die Kunst mit edler Hingabe und sittlichem Ernst gepflegt wird, wie die Grün selbst sagt.

Diesmal sollte meine Emmi auch singen und zwar die „Gabriele“ aus dem „Nachtlager zu Granada“; erst die Szene, in welcher der Jäger ihr die entflogene Taube wiederbringt, und dann die Stelle, wo sie den eingeschlafenen Jäger steinigt, um ihn vor den Banditen zu warnen.

Die Aufregung war eine große. Vier Wochen lang vorher drehte sich Alles um die Aufführung, daß ich sogar verbieten mußte, in Gegenwart meines Mannes davon zu reden, der schon zornig wurde, wenn er das Wort Probe, Kostüm, Aufführung oder dergleichen nur hörte. Mir aber war die Sache nicht egal. Zunächst kam Alles auf das Kostüm an. In einer Maskeradenfahne wollte ich Emmi nicht auftreten lassen und deshalb mußte die Schneiderin herbei und ihr ein weißes Satinkleid von modernem Schnitt mit Schleppe machen, das wir mit Gold und rothem Atlas garnirten, weil das Stück in Spanien spielt. Schöne hohe Absatzstiefelchen durften nicht fehlen. Die Grün-Reifferstein fand das Kostüm für ein Hirtenmädchen allerdings etwas zu prachtvoll, aber ich äußerte bestimmt, daß meine Tochter nicht wie eine Schlampe erscheinen sollte und ohne das Kleid keineswegs auftreten würde. Da gab sie denn klein bei. Wenn man es kann, will man den Leuten doch auch zeigen, daß man's hat.

Es wäre aber doch wohl besser gewesen, wir hätten das Kleid nicht machen lassen. Ich denke noch mit Ingrimm daran.

Also der Tag der Aufführung nahte, wie alle großen Ereignisse schließlich und zuletzt herankommen. Wir von unserer Seite waren eine anständige Zahl, denn wir nahmen die ganzen Bergfeldts, Krauses, Weigelts und noch einige von deren Freunden mit. Dr. Wrenzchen, dem ich eine Einladungskarte geschickt hatte, ließ sich entschuldigen, er habe keine Zeit. Ach, er hat nie Zeit, wenn er nicht kommen will, denn wie ich später erfuhr, hat er an demselben Abend draußen bei Patzenhofers gesessen und mit seinen Genossen Skat gespielt, obgleich es hoher Termin ist, daß er sich nach einer netten Frau umsieht. Nun, ich dränge ihm meine Töchter nicht auf. Aber so sind die Mediziner einmal.

Ich begab mich rechtzeitig in die Garderobe, um Emmi anzukleiden. Die Heimreichen war ebenfalls dort bei ihrer Tochter, welche das „Ännchen“ aus dem Freischütz singen sollte. Liebe Güte, wie sah das Wurm aus. Unter uns gesagt, das Kostüm war nicht einmal ganz sauber und wer weiß, woher die Heimreichen es geliehen hatte. Wahrscheinlich bei einer ganz billigen Maskentante aus der Brunnenstraße oder sonst aus der Gegend. Es war ein wahrer Klater, der abscheulich saß. Ich that, als wenn die Heimreich für mich nicht anwesend war.

Wie sie nun das Kostüm meiner Tochter sieht, wird sie anzüglich. „Ihre Emmi soll wohl bei Hofe auftreten?“ fragte sie spinnegiftig. – „O nein!“ antwortete ich spitz, weil noch andere Leute in der Garderobe waren, denen ich zeigen wollte, daß ich mir Nichts bieten lasse und wenn zehn solche kommen wie die Heimreichen. „Sie wissen, meine Beste, ich bin einmal für die Propperté.“ – „Soll das auf mich gehen?“ rief sie und stellte sich vor ihre Tochter, daß diese meinen forschenden Blicken entzogen wurde.

„Ich habe keinen Namen genannt,“ erwiderte ich. – „Nun, meine Damen,“ rief sie boshaft, „wenn die Buchholzen meint, daß wir Alle ihr nicht gut genug sind, so ist das ja recht hübsch von ihr. Wir geben uns, wie wir sind; Dickthun, wo Nichts dahinter steckt, ist Gottlob nicht unsere Sache.“ „Ich finde auch, daß Fräulein Buchholz sich mehr herausstaffirt, als sonst immer bei uns Mode war!“ rief ein ältliches Mädchen dazwischen, das gerade vor dem Spiegel stand und sich schminkte. „Ja!“ half ihr die Heimreichen, „wo überhaupt Nichts dran ist, das muß sich natürlich behängen, wie eine Kunstreitersche!“ – Dies war mir zu viel, aber ich beherrschte mich und sagte laut zu meiner Tochter: „Kümmere Dich nicht darum, was Leute sagen, die über Komödie die Augen verdrehen, und wenn es nur ein Puppentheater ist, aber hinterher doch nicht von der Bühne bleiben. Es ist ja nur der blasse Neid.“ – Nun war der Skandal da. Jede hatte Etwas zu sagen. Emmi brach in Thränen aus. Es gab einen reellen Aufstand.

Die Grün-Reifferstein hatte den Lärm gehört und eilte von der Bühne in die Garderobe. Nur mit Mühe schaffte sie sich Gehör. „Meine Damen,“ rief sie, „erledigen wir den Streit nach der Aufführung, wir müssen gleich anfangen, das Publikum trampelt schon. Darf ich diejenigen Damen, welche nicht aktiv sind, bitten, sich in den Saal auf ihre Plätze zu bemühen.“ – Das war ja recht schön, aber meine Emmi wollte nun nicht mitthun. Sie weinte noch immer. „Aber Kind,“ rief ich entsetzt, „Bergfeldts, Krauses und alle die Andern sind doch nur gekommen, um Dich zu hören, Andere können gröhlen so viel sie wollen.

Bedenke doch das theure neue Kleid." – „Das ist mir einerlei," schluchzte sie, „wenn man mich so behandelt, gehe ich keinen Schritt auf die Bühne." – Die Grün-Reifferstein gerieth in Verzweiflung. „Wir können die Nummer unmöglich fallen lassen, Sie müssen singen." – „Nein, ich will nicht!" antwortete Emmi. – „Aber bestes Fräulein," stöhnte die Grün. Dann flüsterte sie ihr zu: „Was würde Herr Meyer davon denken?" – Emmi besann sich einen Augenblick und sagte darauf: „Ich will doch lieber singen."

Ehe ich mich erkundigen konnte, welche Bewandtniß es mit 'Herrn Meyer' auf sich habe, hatte die Grün uns hinauskomplimentirt und wir mischten uns unter das Publikum.

Mir war das Herz schwer, als ich auf meinem Platz saß. Der Ärger hatte mich mehr aufgeregt, als ich mir eingestehen wollte. Und dann dieser Herr Meyer? Der wollte mir gar nicht aus dem Kopfe.

Die Grün-Reifferstein setzte sich nun an das Klavier, das hinter einer Pappwand seitlich neben der Bühne stand und als Orchester diente, und der Zauber ging los. Heimreichens Elisabeth und das ältliche Mädchen, welches vorhin so infam gegen mich gewesen war, verzapften „Duett und Arie" aus dem Freischütz. Es war unanhörbar. Die Elisabeth wußte nirgends mit den Händen zu bleiben, und sang so falsch, daß es einen Hund jammern konnte, wobei sie den Mund aufsperrte, daß er wohl hinten herum gegangen wäre, wenn die Ohren nicht im Wege standen. Trotzdem erhielt sie Applaus, denn die Heimreich's Clique klappte mit den Händen, als wären es Waschhölzer. Ich rührte mich nicht und als die Bergfeldten neben mir auch applaudiren wollte, hielt ich ihre Hände fest. Dies sah die Heimreich und warf mir einen Blick zu, der nichts Gutes ahnen ließ.

Nun kam meine Emmi dran. Richtig, da stand ja auf dem Zettel: „Gabriele . . . Frl. C. B. Ein Jäger . . . Herr Meyer!" – Der Vorhang ging hoch. Herr Meyer in Jägerkostüm trat vor und sang. Ein entsetzlich langer Mensch, der mit dem Kopf fast an die Decke stieß und vor innerlicher Angst immer rechts und links schielte, als hätte er ein böses Gewissen. Nun öffnete sich die Thür der Hütte – meine Emmi erschien. Ein lautes „Ah" ging durch das Publikum. Mir polterte ein Stein von der Brust, ich merkte, sie gefiel.

Emmi fing an zu singen. Als sie jedoch auf den Jäger zugehen wollte, konnte sie nicht weiter, denn es hatte sich ihre Schleppe hinter den Kulissen festgehakt. Das Kind kam aus der Contenance und schwieg. Der Jäger sah das Malheur und machte galant die Schleppe los. Das Publikum lachte und die Heimreich am lautesten. Emmi begann von vorne; es war sehr deprimirend. Mein Karl flüsterte mir zu: „Dies ist das erste und letzte Mal, daß Emmi Komödie spielt." Als der Vorhang fiel, rührte sich keine Hand. Nur die Bergfeldt, die ich vorher darum ersucht hatte, applaudirte aus Leibeskräften. Alle Blicke richteten sich nach uns. Ich hätte in die Erde sinken mögen. Die Heimreichen lachte laut und höhnisch.

Nach einer Pause folgte die zweite Scene. Mitten auf der Bühne stand ein kleines Kanapee, ohne Lehnen, als Lager für den Jäger, links hatten sie eine oben mit einem Fenster versehene Hauskulisse quer hingestellt, aus welchem Emmi heraussingen mußte. Herr Meyer war mit seiner Arie zu Ende und legte sich nieder, aber, da er zu lang war, ragten seine Beine weit über das Lager hinweg. Das Publikum amüsirte sich. – Meine Emmi erscheint. Sie singt ihr Lied und wirft die Steinen nach dem Jäger. Um ihn besser zu treffen, beugt das arme Kind sich zu weit nach vorne und – mir wird noch grün und gelb vor Augen, wenn ich nur daran denke – die Kulisse neigt sich und fällt mit sammt meiner Emmi langsam herunter, gerade auf den schlafenden Jäger. Das Tischchen auf dem sie gestanden, krachte hinterdrein. Die modernen hochhackigen Schuhe waren natürlich Schuld daran. Die Schleppe that auch ihr Theil dazu. Ich stürzte auf die Bühne. Zum Glück hatte Emmi sich nicht verletzt, aber dieser Herr Meyer hielt sie zärtlich an sich und tröstete sie und sagte: „Theure Emmi, danken wir Gott, daß es so abgelaufen ist. Den Theatermeister bringe ich um." – „Theure Emmi!" sagte der Mensch. Mir fiel es wie Schuppen von den Sehnerven.

Die Grün, welche vor dem Vorhang das Publikum beruhigt hatte, daß kein Unglück geschehen, kam nun dazu.

„Also auf solche Weise 'festigen' Sie Ihre Schülerinnen?" fuhr ich sie an. „Sie dulden, daß die Ihnen anvertrauten jungen Mädchen sich von Ihren Schülern die Köpfe verdrehen lassen?"

Und da antwortete mir diese Person: „Madame, es scheint, Sie haben vom Theater gar keine Idee. Überdies halte ich Herrn Meyer für eine sehr gute Partie, denn er hat Talent und kann es weit bringen."

Ich drehte ihr kalt den Rücken und ging mit Emmi in die Garderobe, ihr beim Umkleiden behülflich zu sein. Sie mußte bekennen. Da erfuhr ich denn, daß es allgemein üblich unter den Eleven und Elevinnen der Grün sei, sich in einander zu verlieben, das gehörte einmal zur Kunst, da man nur die Empfindungen wahr darstellen könnte, die man tief im Innersten fühlte. Ich danke. Ich hätte der Grün von vornherein nicht glauben sollen, denn das ewige Singen von Liebe und noch einmal von Liebe und das Komödienspielen, wobei auch immer nur von Liebe die Rede ist, muß ja schließlich die unerfahrene junge Welt zu Unfug verleiten. Und man redet der Grün nach, daß sie ihre Lehrlinge vor den Gefahren der Bühne warnt und sie festigt. Abscheulich!

Wir fuhren nach Hause. Mein Karl war verletzt. Er schalt nicht einmal, aber ich sah ihm an, wie sehr ihn die Blamage wurmte. Und das mit dem Meyer wußte er noch gar nicht einmal.

Ich hielt es aber für meine Pflicht, ihm auch dies zu sagen.

„Wilhelmine," sprach er, „siehst Du nun Deine Thorheit ein? Warum willst Du das Glück stets außerhalb Deiner vier Wände suchen? Was drängst Du Dich in Verhältnisse, die für uns nicht passen?"

„Ich wollte ja nur Emmi's Bestes, sie sollte berühmt und groß werden!" schluchzte ich.

„Wir haben jetzt an Anderes zu denken," antwortete Karl. „Das Kind muß fort, es darf dem spöttischen Mitleid der Bekannten nicht ausgesetzt werden. Wirke dahin ein, daß sie den Herrn Meyer vergißt; einen Grün-Reifensteinschen Sangesbruder wünsche ich nicht zum Schwiegersohn."

Da überlegten wir, es möchte wohl am zweckmäßigsten sein, wenn ich mit Emmi ins Bad reiste.

Das Kind mag sich nirgends sehen lassen, weil es sich schrecklich schämt und den Spott der Bekannten fürchtet; kaum daß es wagt, einen kurzen Spaziergang nach dem Friedrichshain zu machen. Es bleibt uns daher nichts übrig, als den Parnaß ungeschoren zu lassen, und die kühlen Ufer der Ostsee aufzusuchen. Unser Traum von Ruhm und Größe ist schändlich zerstört. Ich sehe leider ein, daß die Luft als Grundstück nicht viel taugt und es ganz einerlei ist, ob man darin ein Schloß oder eine kleine Landstelle baut, die Sache ist und bleibt windig. Hätte mir die Polizeilieutenantin nicht so zugeredet und wäre die Grün-Reifferstein nicht so gleißend gewesen – ich hätte Emmi nicht öffentlich auftreten lassen. Freilich war es nur eine Privataufführung, aber alle Bekannte waren dabei und das ist noch schlimmer als die Öffentlichkeit.

Wir mußten ins Bad und zwar je eher, um so besser.

Ehe wir abreisten, machte ich noch einen Besuch bei den jungen Weigelts, den ich lange genug aufgeschoben hatte, obgleich ich ihn schuldig war, wenn auch nur aus Anstandsrücksichten.

Die Bergfeldten sagte zwar schon öfter zu mir: „Buchholzen, warum sind Sie noch nicht ein einziges Mal bei meiner verheiratheten Ältesten gewesen. Sie wissen doch, wie gerne das Kind Sie immer hatte!“ aber ich ging aus verschiedenen Gründen nicht.

Erstens wollte die Bergfeldten sich nur breit machen mit der Einladung und mir mit dem Tulpenstengel zu verstehen geben, daß sie bereits im Besitze einer verheiratheten Tochter sei, während meine Beiden an dergleichen noch nicht denken, weshalb ich mich allerdings freundlich, aber doch ablehnend verhielt, indem ich mich nicht bei Weigelts sehen ließ. Zweitens bin ich zu ästhetisch veranlagt, als daß mir die Hütten der Armuth gefallen, um bildlich zu reden. Du liebe Güte, Bergfeldts hatten kaum so viel, wie sie gebrauchen, der Polterabend hatte gekostet, er – Weigelt – hat sein bischen Beamtengehalt am Gericht, sie – die Auguste – konnte auch nur das Nothwendigste mit in die Ehe bringen, und rechnet man dies Alles zusammen, so ergiebt sich, wie die Dichter es nennen, die Hütte der Armuth.

Es kann jedoch auch eine bescheidene Wohnung mit sehr bescheidener Einrichtung angenehm sein, wenn Alles ordentlich nett und sauber ist, aber da die Auguste von jeher verzogen wurde und sich die Hände nicht naß machen mochte, so konnte ich mir vorstellen, wie es bei ihr aussehen mußte, und diese Wahrnehmung suchte ich mir so lange wie möglich zu ersparen.

Auch litt ich nicht, daß die Kinder Weigelts besuchten. Ich sagte, es paßte sich nicht, junge Eheleute zu stören. Der eigentliche Grund meiner Weigerung lag jedoch tiefer.

Die Bergfeldten hatte die beiden jungen Leute mit Hilfe von Bilse's Konzerten zusammengekuppelt, so daß wahre Liebe den Bund nicht heiligte, und ferner betrug Auguste sich auf dem Polterabend derart impertinent gegen ihren Verlobten, daß selbst die Frau Polizeilieutenanten bemerkte, 'sie würde ihn schon unterkriegen!' Eine Ehe, in der statt Liebe nur Knuff und Buff herrscht, ist kein Anblick für *meine* Kinder. Es ist Sünde, heranwachsende junge Leute vor dem Heirathen kopfscheu zu machen.

Nun aber konnte ich meine Visite nicht länger aufschieben und schließlich war ich auch neugierig, ob ich und die Frau Polizeilieutenanten richtig prophezeit hätten. Ich zog mich daher ein bischen nett an und turnte von der Landsbergerstraße nach der Ackerstraße. Es ist dies ein ziemliches Ende, und als ich eben aus dem Hause war, fing es an zu regnen. Es waren Niederschläge, wie sie Klinkerfues erfunden hat, nicht eben heftige, aber doch naßkalt und eklig. Angenehm war die Tour nicht.

Als ich in der Ackerstraße anlangte, mußte ich das Haus erst suchen, was ziemlich schwierig ist, da zwischen den Häusern so viele Kirchhöfe liegen.

Endlich fand ich die Hausnummer. Das Haus sah von Außen ganz wohlgebildet aus, aber drinnen diese steilen und schmalen Treppen, diese elenden Etagethüren, diese erbärmlichen Thürgriffe, diese jammmervolle blaugraue Farbe, mit der die Wände gestrichen waren, dies wacklige Treppengeländer! Alles ließ sofort erkennen, daß der Baumeister die Außenseite für Couponschneider, das Innere dagegen für die Pauvreté ins Dasein rief.

Als ich die vierte Treppe genommen hatte, war mir die Puste derart ausgegangen, daß ich kaum Kraft genug besaß, an der Klingel zu reißen.

Zum Glück mußte Auguste gehört haben, daß Jemand auf den Thurm geklettert war, denn sie öffnete die Thür, und als sie mich erkannte, rief sie hoch erfreut:

„Ach, wie schön, daß Sie mich besuchen!“

„Laß mich nur erst zu Athem kommen!“ entgegnete ich mühevoll, während sie mir den Mantel und Hut abnahm. „Die Treppen sind ja entsetzlich steil!“

„Das sind sie!“ erwiderte Auguste, „aber wir grämen uns nicht darüber!“ Dabei sah sie mich an und lächelte mir fröhlich zu.

Es war gut, daß ich saß, denn diese Antwort machte mich ganz perplex.

Auguste, die sonst gleich maulte, wenn ihr etwas unbequem schien, war mit diesen Hühnerstiegen von Treppen zufrieden! Ehe ich antworten konnte, sagte sie: „Ich mache Ihnen eine Tasse recht heißen Kaffee, der wird Ihnen bei dem unangenehmen Wetter gut thun.“ Und fort aus dem Zimmer war sie.

Ich hatte nun Muße, das Wohnzimmer gründlich studiren zu können. Es war nicht groß. aber auch nicht klein, nur ein bischen gar zu niedrig für Jemand, der mehr Höhe gewohnt ist. Die Tischdecke war weiß und sauber, auf der Kommode stand die Lampe, daneben lag ein Album. Nirgendwo war zu viel, aber auch gerade nicht zu wenig.

An dem Fenster stand der Nähtisch. Neugierig, wie ich war, ging ich hin, um zu sehen, was Auguste arbeitete. Ich denke, mich soll der Affe frisiren, als ich das Tuch aufhebe, welches sie über ihre Arbeit geworfen – es waren bunte Federblumen.

Auguste kam mit dem Kaffeegeschirr, als ich mich gerade wieder an meinen Platz begeben und einigermaßen gefaßt hatte. Sie ging ab und zu und holte bald dies, bald jenes. Auch Kuchen legte sie auf ein Tellerchen und dann machte sie den Kaffee.

„Kind!“ rief ich erstaunt. „Nimm mir's nicht übel, aber wo hast Du alle die kleinen Geschicklichkeiten gelernt? Das war doch früher nicht!“

Sie schwieg ein wenig, dann sagte sie: „Es lernt sich Manches, wenn man muß.“ – Aha, dachte ich, ihr Mann wird sie wohl gehörig zurechtsetzen. Aber ich verwarf diesen Gedanken wieder, weil er doch eigentlich nie viel mehr war als ein schüchternes Lamm. Der Kaffee war für die Ackerstraße recht gut, vielleicht hatte Auguste auch ein paar Bohnen mehr genommen, um mir zu imponiren. Das liegt so in der Bergfeldtschen Art, wenn ich nur allein die Mutter bedenke.

Auguste fragte mich, ob es mir recht sei, wenn sie beim Plaudern ihre Arbeit fortsetzte . . – „Du nähst auch wohl schon Allerlei, woran Du früher nicht dachtest!“ sagte ich und schmunzelte ein wenig dabei. „Gewiß!“ antwortete sie und stellte einen Kasten mit bunten Federn auf den Tisch und begann eifrig, Blumen daraus zu formen.

„Aber Kind, was machst Du denn da?“ rief ich.

„Ihnen kann ich es gerne sagen,“ antwortete Auguste, „denn Sie sind eine Freundin, wenn ich es auch nicht an die große Glocke hängen möchte. Diese Blumen arbeite ich für eine Fabrik und verdiene damit, wenn auch nicht viel, so doch Etwas!“

„Du wirst doch nicht nöthig haben, für Geld zu arbeiten? Dein Mann hat ja Gehalt – –“

„Wir könnten auch auskommen, wenn wir uns einrichten,“ erwiderte sie, – „aber – – –“

„Nun aber?“ drängte ich.

„Wir haben Schulden,“ flüsterte sie leise und wurde roth. „Das Sopha ist erst zum Theil bezahlt und die Stühle – –“

„Ich dächte, die Einrichtung hätten Deine Eltern übernommen?"

Auguste wurde noch röther. „Mama nahm die Sachen auf Borg. Die Hochzeit kostete viel, neue Kleider wurden angeschafft und manches Unnöthige dazu und schließlich hat der Hauswirth Papa wegen des Lärms auf dem Polterabend doch noch gekündigt. Der Umzug wird auch wieder kosten. Sie wissen, Papa besitzt keine Kapitalien."

Damit erzählte sie mir gerade nichts Neues. Um sie zu trösten, meinte ich: „Nun, wenn Deine Eltern jetzt auch nicht mit dem Möbelfritzen in Ordnung kommen, so werden sie es später. Diese Art Leute giebt ja Kredit bis zum jüngsten Tag!"

„Mama hatte unserem Lieferanten mehr versprochen als sie halten konnte. Darüber ward der Mann aufgebracht. Er kam zu uns und wollte die Möbel wieder abholen und machte uns eine abscheuliche Szene. Die Nachbarn standen auf den Treppen und freuten sich an den groben Redensarten des Mannes, der erst ging, als mein Franz ihm mit Hausfriedensbruch drohte."

„Da wart Ihr ihn ja los!"

„Aber die Schande blieb bei uns. Wir waren grenzenlos vor den Nachbarn blamirt. Mir war, als wenn alle Freundlichkeit aus unserer kleinen Wohnung verschwunden sei und nie wiederkehren könnte. O, ich wagte es nicht, meinen Mann anzublicken!" Auguste trocknete die Thränen, welche ihr die Erinnerung in die Augen trieb.

„Und was sagte er? Er war natürlich entsetzlich grimmig."

„O nein," rief Auguste, und ihr ganzes Gesicht verklärte sich. „Er hatte kein hartes Wort, weder für die Mama, noch für mich. Er fragte, indem er meine beiden Hände faßte und mich kummervoll anblickte: 'Auguste, wär' es nicht besser gewesen, Du wärest aufrichtig gewesen und hättest mir gesagt, wie unsere Angelegenheiten standen? Es hätte dann Alles in Güte geordnet werden können.' Da warf ich mich an seine Brust und weinte: 'Verzeihe, Franz, ich will nie wieder ein Geheimniß vor Dir haben.' Ich versprach ihm, stets aufrichtig zu sein, wie er es gegen mich von jeher gewesen ist."

„Das war ganz nett von Dir," sagte ich, „aber ich begreife nur nicht, wie man sich wegen der paar Möbel so exaltirt benehmen kann?"

„Es war der erste Kummer, den ich meinem Franz bereitete, seit ich ihn liebe!"

Ich mußte lachen. „Na," rief ich, „als Bräutigam hat er gerade nicht die besten Tage bei dir gehabt!"

Auguste erröthete noch mehr als vorher. „Mama hat mir den Bräutigam ausgesucht," antwortete sie verschämt und doch ernst und bestimmt, als wollte sie sich vertheidigen, „und ich glaubte in meiner Dummheit, die Freundschaft, die ich für ihn hegte, sei das, was die Leute Liebe nennen."

„Nicht mehr als blos Freundschaft?"

„Auch die nicht einmal. Ich wollte verlobt sein und Mama wünschte mich verlobt zu sehen, und da Franz am bequemsten zu erreichen war, so fiel das Loos auf ihn. Hätte er mir die Verlobung aufgekündigt ... ich würde einen Augenblick wüthend vor Ärger geworden sein, aber wirklich gegrämt hätte ich mich nicht."

„Und nun liebst Du ihn wirklich?"

„Über Alles!" erwiderte sie und ihre Augen glänzten.

„Er ist ja jetzt mein Mann!" – Dann beugte sie sich ganz verlegen, als hätte sie zuviel gesagt, über den Federkasten und arbeitete mit größerer Hast denn zuvor.

Mir kam die Auguste wie ein räthselhaftes Wesen vor, so hatte sie sich verändert. Obgleich es draußen noch immer leise regnete, beschloß ich dennoch aufzubrechen. Auguste wollte mich bei sich behalten, bis ihr Franz gekommen sei, den sie jeden Augenblick erwartete, und als ich mich nicht erweichen ließ, bestand sie darauf, mir ihre ganze Wohnung zu zeigen. Dies interessirte mich natürlich.

Neben dem Wohnzimmer lag ein einfenstriges Gemach, in welchem Bücherrepositorien, ein Schreibtisch und ein Lehnstuhl standen. Dies war das Studirzimmer. die Küche lag auf der anderen Seite, daneben eine leere Kammer.

„Habt Ihr gar kein Mädchen?" fragte ich.

„Das ist uns vorläufig zu kostspielig," gab sie zur Antwort. „Ich habe selbst Arme und Hände."

Das Schlafzimmer war recht behaglich, die Betten waren sauber und, wie mir schien komplett und die Inlette gut von Federn. Auguste ging auf das eine derselben zu und strich die Decke glatt, obgleich keine Falte drauf zu sehen war. Ich fragte: „Hier schläft wohl Dein Franz?"

„Ja!" sagte sie.

Gerade als ich nun gehen wollte, kam Herr Weigelt. Wir begrüßten uns; er gab seiner Frau eine Kuß und sie strahlte vor Freude. Ich sah mir den jungen Mann genau an, aber ich muß gestehen, er machte auf mich denselben paddenhaften Eindruck wie früher, und ich drückte mich bald.

„Mein Geschmack wäre er nicht," sagte ich zu mir, während ich die Stiegen herunterkraxelte, „für Auguste scheint er jedoch der Rechte zu sein. Nun wir wollen abwarten, ob die Flitterwochen bei ihnen ewig dauern?"

Als ich in die Klinkerfuesschen Niederschläge hinaustrat, fröstelte mich und der Regen schien mir kälter als zuvor, ja es war mir fast, als wenn ich dort oben im warmen Sonnenschein gesessen hätte, obgleich die Fenster nach Norden gehen und die Wolken grau am Himmel hingen.

Badeleben

Da sitze ich denn nun in Flunderndorf mit meiner Emmi, fern von dem schönen Berlin, wo man Abends sein Gartenkonzert haben kann, seine Weiße und alles, was drum und dran hängt, mit all seinen Annehmlichkeiten, von denen die Leute hier nicht einmal im Traum eine Ahnung haben. – Ach Berlin, wie sehne ich mich nach Deinen Gefilden!.

Sie wundern sich gewiß, daß mich schon nach so kurzer Zeit ein poetisch angehauchtes Heimweh überfällt und werden sicherlich denken, wenn die gute Frau mit ihrer Tochter nach Misdroy oder Heringsdorf gegangen wäre, würde sie Berlin nicht vermissen, aber gerade weil ich Berlin entfliehen wollte, mußte ich ein wenig bekanntes Ostseebad wählen, und das eben ist Flunderndorf. Wir würden anderwärts überall Bekannte treffen, die von Emmis verunglücktem Auftreten in der Grün-Reiffersteinschen Oper wenigstens gehört haben, und diesem Zusammentreffen wollten wir thunlichst ausweichen. Oder mögen Sie Gesprächsstoff sein?

Dann aber hatte ich noch einen zweiten Grund, mich hierher zu begeben. Ich erfuhr nämlich, daß Dr. Wrenzchen alljährlich einige Wochen in Flunderndorf seebadet, und da junge Leute im Bade sich gut kennen lernen, weil sie ja gewissermaßen auf einander angewiesen sind, so dachte ich denn beim Einpacken an allerlei Möglichkeiten. Daß für Dr. Wrenzchen ein geregelter Hausstand eine absolute Nothwendigkeit ist, kann man daraus sehen, daß er neulich seinen Geburtstag wieder mit dem raffinirtesten Luxus und der unerhörtesten Verschwendung begangen hat. Onkel Fritz sagte, es sei haarsträubend gewesen, so etwas Ausnahmsweises, wie die Geburtstagsfeier des Doktors gäbe es überhaupt nicht . Wenn er meine Emmi nähme, so würden wir den Tag gemüthlich unter uns feiern. Morgens mit einem Napfkuchen, Nachmittags Damenkränzchen und Abends ein Achtelchen Bier mit belegten Stullen. Das Verschwenden wollte ich ihm bald abgewöhnen und seine Spießgesellen sollten schon ausrücken, wenn sie mich nur sähen.

Es ist ja ganz schön in Flunderndorf, aber Alles ist doch noch von einer fürchterlichen Primitivität. Wenn ich nur allein die Betten nehme. Seegras ist drin, aber man meint, man läge auf vorjährigen Kartoffeln, und die Decken sind von einer Dicke, daß man darunter ersticken kann. Ich liege natürlich immer nur so, d. h. mit einem einfachen Laken zugedeckt. Alle Badegäste liegen so, wie man stets zu hören bekommt, denn wenn man sich Morgens trifft, ist das erste Gespräch, wie man gelegen hat, ob man viel Mücken gehabt hat oder wenig, ob man tüchtig gestochen wurde oder gar nicht? In einem Bade giebt der Mensch sich ganz wie er ist: man wird eben ganz Natur und dieser Umstand wirkt neben dem Salzgehalt hauptsächlich auf die Gesundheit ein.

Wir sind hier rund gerechnet gegen vierzig Badegäste, und da es sich billig in Flunderndorf lebt, ist es selbstverständlich, daß Bleichröder nicht mit dazwischen ist. Viele wohnen bei den Fischern, die ihre sogenannte beste Stube vermiethen, Andere haben Quartier in dem Hotel genommen, wo man gemeinschaftlich speist. Am Strande sind Badekarren und auf dem Sande ist eine nach der Seeseite hin offene Bretterbude errichtet, in der man auch bei minder gutem Wetter Luft schnappen kann. Scheint die Sonne, dann wühlen alle im Sande, sowohl die Damen, wie die Herren und Kinder. Anfangs wollte ich mich nicht dazu herablassen, aber ich buddle jetzt ganz tapfer mit. Ich glaube, es ist auch besser, wenn einige ältere Damen beim Sandwühlen dabei sind.

Außer uns ist aus Berlin nur noch eine Familie hier und zwar, wie man gleich sieht, wegen offenbarer Gesundheitsrücksichten. Der Mann ist ja nur noch ein Schatten und die Frau und das kleine Töchterchen kommen auch gewiß nicht oft an die frische Luft. Es ist mit Menschen wie mit Kleidern, man merkt es gleich, wenn sie zu lange im Spinde gehangen haben.

Die Leute haben gewiß einmal bessere Tage gesehen. Ich wollte sie schon manchmal theilnehmend ein bischen aushorchen, weil man doch gern wissen will, mit wem man in den Ozean steigt, aber sie waren 'nicht rühr' an' – der reine Polargletscher mit 'nem Eisbären drauf.

Dagegen weilt eine Hamburgerin mit ihrem Söhnlein hier, die sich gleich an uns attachirte. Eine sehr nette Dame, immer sehr elegant in Zeug. Neulich hatte sie ein Kleid an, das ganz aus schwarz und weißem Plissé gearbeitet, einen strahlenden Effekt verbreitete, wozu noch große Bouqets von Pensees kamen: eins vorn, eins hinten und eins links oben an der Taille. Meine Emmi und ich waren ganz hingerissen. Auch sehr hübschen Schmuck besitzt die Frau, Alles dick aus Gold und, wie sie selbst sagt, gediegen. Meistens sind es Geburtstagsgeschenke, wie sie sagt, da sie nicht dafür ist, selbst dergleichen zu kaufen. Ich lobte hierauf ihren freigebigen Gemahl, worauf sie mir mit dem Ellenbogen die Seite stieß und lachte. Als ich mich hierüber wunderte, erklärte sie mir, ihr Mann sei über See und mache dort horrende Geschäfte, während sie mit dem kleinen Hannis – so heißt das Kind – in Hamburg ein ruhiges Leben führe. Sie würde mich gern einladen, sie einmal zu besuchen, aber da ihr Haus gerade abgebrochen wäre, wohnte sie jetzt selbst zur Miethe. – Klein Hannis war sehr zuthunlich zu Emmi, aber er wollte immer etwas geschenkt haben. Er meinte, er hätte in Hamburg so viele hübsche Tanten, die ihm Spielzeug und Boltjes mitbrächten, nun sollte Emmi ihm auch eine liebe gute Tante sein. Die feine Madame aber wischte klein Hannis eine Tachtel aus und rief auf plattdeutsch: „Willst Du verdammte Sleef gliik dat Muul holl'n!“ worauf das Kind schwieg.

So elegant die Hamburger Dame auch immer gekleidet war, so schrecklich ging sie jedoch mit der deutschen Sprache um. Morgens, wenn wir an dem Strand spazierten, sagte sie stets: „Wollen wir uns nun ein bitschen auf die Banke setzen,“ so daß ich mich gedrungen fühlte, sie darauf aufmerksam zu machen, daß es nicht die Banke heiße, sondern die Bank. Sie aber lachte mich aus und meinte, so etwas aus Holz, worauf man sitzt, das nennt man eine Banke, aber das Haus in Hamburg, mit dem Wachtposten davor, am Adolfsplatz, worin alles Silber und Gold aufbewahrt wird, das sei die Bank. Unmöglich könne man doch die Bank eine Banke nennen, ebensowenig wie eine Banke eine Bank sei.

Die übrigen Damen halten sich ziemlich isolirt. Wenn sie nicht baden, suchen sie Muscheln und Bernstein oder gehen in das kleine Gehölz, das auf der Landzunge liegt, welche die Flunderndorfer Bucht kennzeichnet, und pflücken dort Waldblumen. Eine von den Gästen, eine Stettinerin, ist recht hübsch. Die feine Madame meinte, die könne ihr Glück machen. Mir gab diese Bemerkung einen Stich durch die Seele, denn ich dachte an die bevorstehende Ankunft des Dr. Wrenzchen, der um diese Zeit fällig sein mußte. Ich fragte daher, ob meine Emmi nicht auch recht hübsch sei und ebenso gut Aussichten habe, wie die Stettinerin?

Die feine Hamburger Dame sagte, meine Emmi sei ja ganz nett, aber es käme doch auf die Stimme an und die Garderobe.

Diese Antwort verschnupfte mich stärker, als ich merken ließ, denn ich mußte annehmen, daß die Madame auf Emmi's Malheur bei der Grün-Reiffersteinschen Aufführung anspielen wollte. Was ging sie sonst Emmi's Stimme und Garderobe an? Etwas kühl verabschiedeten wir uns und ließen die feine Madame mit ihrem Hannis am Strande. – Im Dorfe gingen wir zufällig an dem Bauernhause vorbei, in welchem Dr. Wrenzchen Quartier zu nehmen pflegt; natürlich erkundigten wir uns, ob er schon avisirt sei, und wann er zu kommen gedenkt? Der Bauer theilte uns mit, der Berliner Herr werde wohl noch an diesem Abend spät eintreffen, worauf ich zu Emmi sagte: „Du ziehst morgen früh Dein cremefarbenes Kleid an, und machst Dich so niedlich, wie nur irgend möglich. Der Doktor wird eine Mordsfreude haben, wenn er solche Aufmerksamkeit wahrnimmt.“

So weit war ja alles recht gut, aber es sollte doch wieder anders kommen, als wie ich dachte. Schuld ist natürlich kein Anderer als der Doktor; ich wenigstens brauche mir keine Vorwürfe zu machen.

Am nächsten Morgen stehen wir zeitig auf. Ich ziehe das Kind an, daß die Stettinerin wirklich Mühe haben sollte, dagegen aufzukommen. Das Wetter war herrlich. Über dem Meere lag ein ganz leichter Dunst, der allmälig immer zarter wurde, bis das Wasser klar wie ein Spiegel vor unseren Blicken lag, in dem die Sonne sich besah. Und über dem Meere war der Himmel so blau, daß man glauben konnte, man sähe in ein frisch gemaltes Küchenspinde. Es war ein landschaftliches Gemälde von trefflicher Stimmung, wie man immer in den Berichten über die Kunstausstellung liest. Mein Plan ging nun dahin, den Doktor am Morgen zu begrüßen, uns sehr über seine Ankunft freuen, ihn dann den ganzen Tag nicht außer Acht lassen und am Abend zu einer kalten Kalbskeule einzuladen. Dies konnten wir thun, da er als Hausarzt mit uns auf bestem Fuße steht und es nie als unschicklich gedeutet werden kann, wenn man seinem öfteren Lebensretter Artigkeiten erweist. Darauf hätte ich ihn gebeten, mir und dem Kinde Unterricht im Skatspiel geben zu wollen, und das Übrige wäre dann meine Sorge gewesen. Bratkartoffeln, die er so gern ißt, hätte er selbstverständlich auch bekommen. – Aber was nützen die besten Absichten, die schönsten Pläne, wenn die Menschen, mit denen man etwas vorhat, schlecht sind.

Einem Kossäthenkinde gab ich einen Nickel mit der Weisung, mir sofort Nachricht zu bringen, wenn der neue Herr aus Berlin aufgestanden sei. Emmi und ich warteten im Garten und banden jede einen Blumenstrauß. Mit welchen Empfindungen eine Mutter Morgens früh Blumen windet, wenn der Tag womöglich über das Geschick ihres Kindes entscheidet, das ist unmöglich zu sagen, aber alle Mütter, die wissen, wie schwer es heutzutage ist, eine Tochter an einen anständigen Mann zu bringen, können taxiren, wie mir zu Muthe war, als ich dachte: Hier sitzest du nun im Garten, mit den Blumen, bei dir sitzt dein Kind, drüben in dem Bauernhause schläft der Doktor und über uns Allen ist die Sonne so herrlich aufgegangen. Wie viel klüger sind wir wohl geworden, wenn sie untergegangen ist?

Nun kam das Kossäthenkind angerannt und rief:

„Hei rührt sick all.- Un sung'n hett hei ok all, ümmer op un dahl. Wenn Sei gau taulopen, drapen's em noch!"

„Er wird wohl nur so gethan haben," meinte Emmi. Bei diesen Worten machten wir uns auf, um dem Doktor die zugedachte Morgenüberraschung zu bereiten. Wer aber überrascht wurde, das waren wir.

Das Fenster öffnete sich. „Werf zu, Emmi," rief ich, und Beide schleuderten wir unsere Blumensträuße in das Fenster hinein. – „Ich danke Ihnen, meine Damen," rief eine fremde Stimme, und der Mann, dem diese Stimme gehörte, ward sichtbar. Es war Herr Meyer, der angehende Opernsänger, um dessentwillen wir von Berlin geflohen waren.

„Mein Herr!" rief ich wüthend, „wie können Sie sich unterstehen, uns nachzureisen." – „Bitte, ereifern Sie sich nicht. Mein Arzt hat mir Flunderndorf verordnet und mir gleichzeitig die Adresse dieser Wohnung gegeben, da er in diesem Jahr keine Zeit zum Baden hat!" – „Ihr Arzt?" schrie ich höhnisch. – „Gewiß!" antwortete er, „Dr. Wrenzchen hatte die Güte, mir – – – –" Ich ließ ihn gar nicht erst ausreden, sondern nahm Emmi bei der Hand und zog sie mit mir fort.

Es war mir unmöglich, an diesem Morgen ins Wasser zu gehen, so alterirt war ich; mich hätte ja der Schlag treffen können. Emmi war wieder ganz weg in dies lange Reff von Sänger, seitdem sie ihn aufs Frische gesehen, so daß wir uns genau auf dem alten Stadium befinden. Wir müssen fort von hier ... aber wohin? O, dieser Doktor, uns solchen Streich zu spielen – – –!

Nach dem Table d'hôte.

- – Wir bleiben! . Die feine Hamburger Madame hat Herrn Meyer engagirt, sie ist nämlich Inhaberin einer Konzert-Sing-Spiel-Halle, oder sonst eines Stullentheaters, wo die Verzehrung über die Kunst geht. Meyer wird bei ihr auftreten. Und mit solcher Person waren wir intim! Diese Erniedrigung Meyer's hat die Neigung meiner Emmi wie Seegras aus ihrem Herzen geschwemmt, ein wahres Glück, das ich hochpreise. Er wird heute Abend im Wirthshaussaale eine Soirée geben, auf der wir selbstverständlich fehlen. Wir werden dagegen einen weiteren Spaziergang mit den Leuten machen, welche uns so grenzenlos ärmlich schienen. Er ist ein Obergerichtsrath und von Adel dazu, der mit seiner Familie ganz der Natur lebt. Da dies auch mein Fall ist, werden wir schon Umgang mit einander finden, denn die Natur vereinigt gleichgestimmte Seelen viel inniger als die Kunst, weil kein Brodneid dabei ist. Die Leute haben sehr etwas Vornehmes an sich, selbst wenn sie blos Dickmilch und Schwarzbrod essen. Die Frau Obergerichtsräthin hatte am Morgen bemerkt, daß Emmi geweint hatte (NB. über Meyer) und dies gab den ersten Anlaß zu unserer Bekanntschaft. Wie theilnehmend sie war, dann kann man sich kaum denken, und auch er wurde ganz aufgeknöpft und umgänglich; unser

bisheriger Verkehr war ihnen nicht ganz sympathisch gewesen.

Der Doktor soll mir noch büßen. Ich wollte nur, ich wäre erst seine Schwiegermutter!

Wieder ein Jahresanfang

Hatte das Schicksal aufgehört, Steine auf den Lebenspfad der Frau Buchholz zu werfen, oder lagen andere Ursachen vor, die sie vom Schreiben abhielten, denn nach dem Briefe aus Flunderndorf hörte man nichts mehr von ihr? Der Sommer war vergangen, mit dem Herbste waren die letzten Ausflügler nach Berlin zurückgekehrt, dann hatte man angefangen einzuheizen und die Tage schrumpften ein, wie sie im Winter zu thun pflegen. Das alte Jahr rüstete sich zum Abschied, wie alle seine Vorgänger es thaten, es wurde alt und schwach und kümmerlich. Ein altes Jahr, das vor dem Abbruch steht, macht einen wehmüthigen Eindruck, wenn man bedenkt, daß es einmal jung war und auch einmal eine Kindheit hatte, gerade wie wir Menschen, die wir in Staub zerfallen, wenn wir nicht ausnahmsweise in einem Museum aufbewahrt werden.

Was aber wird aus den alten Jahren? Irgendwo müssen sie doch bleiben. Es ist freilich wahr, daß sie mit dem Glockenschlage Zwölf am Sylvester in das Meer der Vergessenheit tauchen, so habe ich wenigstens sehr oft in Blättern gelesen, an deren Aufrichtigkeit ich zu zweifeln durchaus keine Ursache habe, wenn mir auch immer unklar geblieben ist, warum die alten Jahre sich zum Baden keine wärmere Jahreszeit aussuchen?

Daß die alten Jahre aus ihrer Vergangenheit nicht wieder zurückkehren, kann man ihnen nicht verdenken, denn was wird ihnen nicht Alles nachgeredet? Gewöhnlich heißt es, daß sie schlecht waren und nichts taugten, ganz im Gegensatz zu Menschen, von denen man nach dem Tode nur Gutes spricht, mit Ausnahme von den Hingerichteten. Und mit welchem Jubel wird das neue Jahr begrüßt, von dem man höchstens weiß, ob es ein Schaltjahr ist oder nicht, und das ist wenig genug.

Nur einen jungen Mann habe ich getroffen, der nicht viel von neuen Jahren hielt. Er sagte, sie fingen stets mit Kopfschmerzen an. Das haben Andere mir bestätigt. Warum schilt man denn aber auf die alten Jahre, die meistens so fidel endigen? Außerdem muß berücksichtigt werden, daß die Jahre sich gar nicht ordentlich entwickeln können: – die Zeit ist ja viel zu kurz. ich sprach einmal mit einem Gelehrten darüber, ob es nicht möglich sei, die Jahre dreimal oder viermal so lang zu machen, als sie jetzt sind? Er meinte, das wäre allein wegen der Zinsen unmöglich. Der Mann ist nämlich Nationalökonom und muß es wissen. Ferner, sagte er, ginge es nicht wegen der Neujahrsrechnungen. Ich kenne aber Leute, denen es auch um Neujahr nicht einfällt, ihre Rechnungen zu bezahlen, und mußte mich daher sehr wundern, daß ein studirter Volkswirthschafter von den simpelsten Dingen keine Ahnung haben kann. Er versprach mir, bei den Geschäftsleuten von Haus zu Haus zu gehen und sich das Material für die Statistik unerledigter Conten im neuen Jahr geben zu lassen, sobald er mit der wichtigen Arbeit fertig sein würde, die er vorhätte. Er berechnete nämlich, wie hoch die Malzsteuer aufschlagen könnte, wenn es möglich wäre, die uns zugewandte Seite des Mondes mit Gerste zu bebauen. Wenn er das heraus hat, will er auch die andere Seite in Betracht ziehen, wovon er sich eine außerordentliche Wirkung auf die wissenschaftliche Welt verspricht.

Was aus den alten Jahren wird, wußte er jedoch nicht. Ich wandte mich deshalb an einige Dichter, denn die sind es, die das alte Jahr tauchen lassen. Man hat zwei Arten von Dichtern: solche, die nicht davon bleiben können, weil der Genius sie treibt, und solche, die nur um Neujahr davon befallen werden, vom Dichten nämlich. Diejenigen, welche vom Genius getrieben werden, haben die längsten Haare, weil es ihnen an Zeit gebricht, zum Friseur zu gehen. Daran erkennt man sie früh genug von Weitem, um ihnen ausweichen zu können, wenn man ihnen begegnet. Andere, welche anfallweise dichten, bereuen hinterher die mit Versemachen vergeudete Zeit, wenn die Redaktion ihnen statt des erhofften Honorars die Anzeige schickt, daß ihr Gedicht nur aus besonderer Gefälligkeit aufgenommen worden sei. Es ist eben ein Unglück, daß das Dichten vor der Patentgesetzgebung erfunden wurde. Mit den Licenzen könnte man Summen erwerben, viel größere, als mit dem patentirten Kunst-Lakritzen aus Hartgummi verdient werden, von dem eine zahlreiche Familie mit einem einzigen Stück für die ganze Lebenszeit auskommt.

Die Dichter wußten jedoch auch nicht, was aus den alten Jahren wird. Sie kümmerten sich nicht weiter um das, was sie zu Grabe gesungen hätten, sagten sie, denn die Hauptsache wäre das richtige Versmaß. Ich konnte nicht umhin, diese Äußerung für herzlos zu halten.

Zuletzt fragte ich eine liebe alte Frau mit Silberhaar und einem Antlitz, das immer noch schön ist, obgleich jedes Jahr ein kleines Fältchen darauf schrieb. Die sagte: „Mein Junge, aus den alten Jahren wird die gute alte Zeit. Sie kommen alle wieder als Erinnerung, und dann sind sie viel holder, denn je zuvor." – „Großmama," fragte ich, „wie ist es denn aber mit dem Tauchen?" – Sie lächelte. – „Das geht so zu," sprach sie. „Wenn die Jahre in die Vergessenheit tauchen, dann verlieren sie alles Schlimme und Herbe, was sie brachten, und nur das Gute und Liebe, so wenig es auch sein mag, bleibt und breitet sich später wieder vor unserm geistigen Auge aus. Denkst Du noch an die Regenschauer des Tages, wenn am Abend ein herrlicher Sonnenuntergang den Himmel färbt? O nein, dann erscheint Dir der ganze Tag schön, und Du zürnst nicht mehr. So ist es auch mit den Jahren, aus denen die gute alte Zeit wird."

Dem mag wohl so sein, denn woher soll die alte Zeit kommen, wenn nicht von den Jahren, die gewesen sind? Und nie habe ich anders gehört, als daß die alte Zeit – gut war!

Auch Frau Wilhelmine beschäftigte sich damit, den Schatz ihrer Erinnerungen durchzukramen, nachdem sie von Flunderndorf zurückgekehrt war. Sie hatte vor einigen Jahren in Begleitung von ihrem Karl und Onkel Fritz das Land Italien besucht, dessen heilsames Klima Herrn Buchholz von Dr. Wrenzchen gegen einen festen Rheumatismus verordnet worden war, und nun, da ihr die Reiseerlebnisse als gute alte Zeit erschienen, versuchte sie die im Süden erhaltenen Eindrücke auf dem Papier wiederzugeben. So entstanden „Buchholzens in Italien" und da kein Ungemach sie bei der Arbeit störte, verliefen die Tage, Wochen und Monate in Ruhe und Frieden. Vielleicht auch blieb Frau Buchholz unbehelligt, weil sie zum Aufstöbern von Widerwärtigkeiten zu wenig Zeit hatte.

Ganz ohne Kummer sollte jedoch das alte Jahr nicht vorübergehen, es tauchte nicht eher in die Vergessenheit, als bis es eine unangenehme Erbschaft ausfindig gemacht hatte, die es Frau Wilhelmine hinterließ. Wir schrieben das Jahr 1882, als zum ersten Tage des neuen Jahres der Postbote wieder einen Brief aus der Landsbergerstraße zu besorgen hatte.

Herrn Bergfeldt's Unglück

Dieser Schreibebrief wird Sie gerade am Neujahrsmorgen treffen, wenn Stephan seine Postmaschinerie gut geölt hat, wie sonst immer. Wenn Sie wüßten, mit welchen Empfindungen ich diesmal die Feder ergreife! Ach, könnte ich doch vergnügter mit meiner Neujahrsgratulation zu Ihnen kommen! Denn wenn mich Jemand in diesem Augenblick abphotographirte und Ihnen das Bild schickte, würden Sie rufen: „Herr Du mein, was fehlt der Buchholzen? Die sieht ja aus, als hätte sie 'n Topf voll Mäuse hintergeschluckt!"

Natürlich liegt wieder alles an Bergfeldts, besonders an ihr. Er, Bergfeldt selber, ist ja ein netter Mann. Sein Beamtengehalt reicht genügend aus, und dann verdient er sich damit noch etliche Groschen nebenbei, daß er kleinen Geschäftsleuten und Handwerkern die Bücher in Ordnung hält.

Aber sie, die Bergfeldten! Man begreift nicht, wie der Mann sie hat nehmen können, denn er zählt doch halbwegs zu den Studirten, während sie jeglicher Spur von Bildung mit Konsequenz aus dem Wege gegangen ist. Natürlich liest so Etwas weder ein erhebendes Buch, noch ein belehrende Zeitung, sondern das sitzt den ganzen Tag und trinkt Kaffee und ißt Kuchen dazu. Darunter leidet die Wirthschaft, und die Folge davon ist, daß man mit dem, was der Mann verdient, nicht auskommt. Daß eine Frau zuweilen mit der Feder Einiges dazu erwirbt, das kommt freilich nur selten vor und ist von der Bergfeldten auch nicht zu verlangen.

Mit einem Worte: es steht bei Bergfeldts nicht so, wie es stehen sollte, und ihm habe ich schon seit langer Zeit angemerkt, daß er Sorgen hat. Sie kümmert sich selbstverständlich nicht darum.

Nun kommt noch hinzu, daß sie ihre Auguste doch ein bischen aussteuern mußten und Schulden machten. Wegen des Skandals auf dem Polterabend kündigte der Wirth ihnen die Wohnung, und sie mußten eine neue suchen. Und was ein Umzug kostet, davon kann Jeder, der in Berlin sich einmal veränderte, Trauerhymnen singen. So ein Möbelwagen ist wirklich das Grab der Habe, namentlich der Glassachen.

Emil studirt immer noch auf den Assessor, und daß er sich mit meiner Betti verlobte, ist das Dümmste, was je geschehen konnte. Die Bergfeldten wußte darum, die hätte die Verlieberei nicht leiden müssen, denn in ihrem Hause keimte das plemperige Verhältniß auf, während ich durch die Thatsachen gezwungen war, Ja und Amen zu diesem Bunde zu sagen, der den größten Verdruß meines Lebens bildet. Und keine Aussicht, ihn zu zerreißen, denn in Bezug auf ihre Liebe zu Emil ist Betti bockbeiniger, als in allen übrigen Dingen! –

Oft dachte ich in meinem Kummer, es könnte ja doch noch Alles gut werden, man hat ja Fälle gehabt, daß befähigte Juristen schließlich sehr hohe Posten erhielten, allein wenn ich Emil mitunter darauf ansehe, ob er wohl Grips zum Landesdirektor oder Minister hätte, so kommt er mir stets geistig nicht genügend verassekurirt vor, wenn sich auch nicht leugnen läßt, daß er äußerlich ein strammer junger Mensch geworden ist. Aber das ewige Zupfen an dem Schnurrbart ist doch kein Zeichen vorwärts strebenden Seelenlebens? Zum Obergerichtsrath gehört mehr, besonders Anlage! Man wird mir auch zugeben, daß, wo die Bergfeldten Mutter in einer Familie ist, die Kinder überhaupt froh sein können, wenn sie lesen und schreiben und die vier Spezies begreifen lernen.

Meine Betti sagte schon im zehnten Jahre zum Geburtstage ihres Vaters ein französisches Gedicht auf und zwar so gut, daß die Schulmamsell behauptete, ein geborener Pariser könnte es nicht besser, während die Bergfeldtens natürlich für den französischen Kursus nichts übrig hatten. Bei einer solchen Ungleichheit der Charaktere ist es meine Pflicht, die Ehe zwischen Betti und Emil so weit als möglich hinauszuschieben.

Vorläufig ist auch – dem Himmel sei Dank – nicht im Geringsten daran zu denken, denn Bergfeldts sind schrecklich in der Klemme.

Ich merkte schon seit langer Zeit, daß etwas nicht richtig sei, denn Herr Bergfeldt nahm zusehends ab. Von Zeit zu Zeit hatte er Unterredungen mit meinem Karl, der jedesmal, wenn Herr Bergfeldt bei ihm gewesen war, ein ebenso sorgenvolles Gesicht machte wie dieser. – „Karl!" sagte ich zu ihm, „Ihr habt ein Geheimniß, Du und Dein Freund Bergfeldt. Ich bin nicht neugierig, aber ich will es wissen, was es ist, denn ich sehe, wie es an Dir zehrt, und wie es Dich mitnimmt." – „Wilhelmine!" antwortete mein Karl ernst: „Es ist nicht mein Geheimniß, sondern das meines alten, lieben Freundes, und deshalb erfährst Du von mir keine Silbe!" – „Karl, so kommst Du mir, Deiner Gattin?" – „Wilhelmine, ich bitte Dich, werde nicht heftig!" – „Ich heftig? O nein, dazu ist mir die ganze Heimlichthuerei viel zu gering. Aber das sage ich Dir, besucht Dich Dein Freund Bergfeldt noch einmal ... dann ..." – „Nun dann?" – „Dann rede ich mit ihm und zwar so deutsch und deutlich, wie es in der Landsbergerstraße Mode ist!"

Mein Karl lachte laut auf.

„Karl, ich bitte mir aus, daß Du die Mutter deiner Kinder respektirst!" – „Mit Dir ist heute nicht auszukommen," erwiderte mein Karl. „Du brauchst mit dem Abendbrod nicht auf mich zu warten." Und damit ging er fort.

Ich ließ ihn ruhig ziehen, that auch der Kinder wegen, als vermißte ich ihn gar nicht. Als er um Elfen noch nicht da war, gingen wir schlafen. Was bleibt Einem in solchen Fällen auch übrig als das Bett, das so zu sagen der Mutterschoß für den Erwachsenen ist, wenn auch nur ein mangelhaftes Surrogat, ohne ein fühlendes Herz. Schläft man erst, so kann es ganz einerlei sein, wo und wie man liegt, aber das Einschlafen, das ist das Wesentliche. So ein Kopfkisssen sagt kein liebes Wort, es streichelt nicht Wange noch Haar, es schließt die Augen nicht mit einem sanften Kuß, es singt kein Wiegenlied und ist tückisch genug, gerade dann heruntergerutscht zu sein, wenn der Schlummer einen Ansatz macht.

Ich bin oft zu Bett gegangen, ohne aufzusitzen, um meinen Karl zu erwarten, und freute mich jedesmal, wenn er früher nach Hause kam, als ich berechnete. Aber dann hatte er auch kein Geheimniß vor mir, kein Geheimniß, an dem diese unglückseligen Bergfeldts Schuld waren, das mir den Schlaf raubte und meinen Mann ins Wirthshaus trieb. War dies Geheimniß nicht ebenso gut wie eine Wand, die man zwischen uns aufgerichtet hatte?

Und konnte ich anders vermuthen, als daß die Bergfeldten der Grund alles Übels sei? Wie ich diese Person verabscheute, das ist gar nicht zu sagen. Wäre sie bei mir gewesen, ich hätte ihr die Wurst schon aufschneiden wollen.

Schon zweimal hatte ich das Kopfkissen neu aufgeschüttelt und mein Mann kam immer noch nicht. Die Uhr hatte bereits Eins geschlagen. „So!“ dachte ich, „nun wird mein Karl auch noch ein Säufer und Nachtschwärmer wegen dieses Weibes. Die armen Kinder! Sie werden ihren Vater nicht mehr achten, und er wird immer tiefer sinken, wenn er fühlt, wie die Liebe der Seinigen von Tage zu Tage erkaltet. Aber den Schwur thust du, Wilhelmine, wenn du auch keine Liebe mehr zu ihm hegst, Mitleid wirst du ihm nie versagen, und sollte es auch noch so weit kommen!“ Das sagte ich zu mir selber, und ich mußte bitterlich weinen, als ich an all' das Unglück dachte, das die Zukunft bringen würde.

Da kam mein Karl.

Ich that, als ob ich schliefe. Er zündete das Licht an, zog leise seine Stiefel aus und machte seine Nachttoilette, als sei gar nichts vorgefallen. Nicht ein Wort, nicht einen Gruß hatte er für mich. Dann legte er sich nieder und löschte das Licht. Es war dunkel um mir und in mir. Ich hätte vergehen mögen vor Kummer.

„Weinst Du, Wilhelmine?“ fragte mein Karl nach einer Weile.

Ich konnte nicht antworten. Die Kehle war mir wie mit einem Stricke zugeschnürt. Ich mußte weinen und weinen, sonst wäre ich erstickt.

„Wilhelmine,“ sagte mein Karl, „was ist Dir? Du erschreckst mich, soll ich ein Brausepulver holen?“

„Nein!“ schluchzte ich. „Ich bin nicht krank, aber so elend, so schrecklich elend und unglücklich!“

„Wilhelmine, was ist geschehen?“ Deutlich hörte ich, wie mein Karl sich erhob und aufstehen wollte.

„Nichts!“ erwiderte ich, „bleibe nur ruhig liegen. Mache Dir meinetwegen keine Sorge. Was ist Dir auch Dein Weib? – Bergfeldtens sind Dir ja mehr.“

„Du bist albern!“ sagte mein Mann strenge.

„O nein!“ antwortete ich. „Du hast Geheimnisse mit Bergfeldtens, die Du vor mir verbirgst. Und das müssen schreckliche Dinge sein, die Du mir, Deiner bisherigen Lebensgefährtin, nicht mitzutheilen wagst. Ach, es ist Alles aus, Alles!“

Karl schwieg einen Augenblick. Dann sagte er: „Ich hätte Dich für gescheidter gehalten, Wilhelmine. Mein Freund Bergfeldt hat schwere Sorgen, die er mir, seinem alten Schulkameraden, offen darlegt, weil er weiß, daß ich ihm beistehe, so weit und so gut ich vermag. Selbst seine Frau weiß nicht darum ...“

„So?“ unterbrach ich ihn.

„Nein,“ entgegnete Karl. „Es gibt Sorgen, die der Mann allein trägt, ohne sie der Frau zu offenbaren, die er liebt. Das sind Sorgen, die er zu überwinden hofft und niederzuhalten trachtet, mit denen er allein kämpft, damit sie Anderen nicht auch noch Weh bereiten. Wie würde Euch Frauen das Leben verbittert, wollten die Männer Euch mit jeder Widerwärtigkeit im Geschäft, mit jeder Sorge in dem Ringen um die Existenz behelligen, und wie qualvoll macht die Frau ihrem Manne das Dasein, wenn sie ihm jeden kleinen Hausärger auftischt, jeden Zank mit dem Dienstmädchen vordeklamirt, jeden Verdruß von den Nachbarn von ihm gerächt wissen will. Mache das Jeder mit sich in seinem Departement ab, damit Sonnenschein im Hause ist, wenn die Familie sich in den Stunden zusammenfindet, die der Erholung und der Ruhe gewidmet sein wollen!“

„Du hast wohl Recht, Karl!“ erwiderte ich, „aber ich bin doch der Meinung, wenn der Hausherr das Dienstmädchen hin und wieder einmal gehörig anlappt, so wirkt das mehr, als wenn die Frau es vornimmt. Und was nun Deinen Freund betrifft, so halte ich es für sehr unrecht, daß er seine ganzen Angelegenheiten nicht für sich behält, sondern sie Dir aufhängt und dadurch das Familienglück anderer Leute stört. Aber natürlich gilt Dir die Bergfeldten mehr als Dein Weib!“

„Wilhelmine, sei nicht komisch. Morgen, wenn Du vernünftig geworden bist, sollst Du wissen, warum es sich handelt. Du mußt es sogar wissen, weil ich ohne Deine Zustimmung nicht gerne vorgehen möchte.“

„Meinst Du, daß diese Zusicherung mir Ruhe giebt? Was ich morgen erfahren soll, sagst Du mir am besten jetzt, denn schlafen kann ich so wie so nicht.“

„Nun," sagte mein Karl nach einer kleinen Weile, „Du weißt, daß Bergfeldts in letzter Zeit Ausgaben hatten und etwas zurückgekommen sind ...."

„Durch wessen Schuld?" fragte ich. „Wenn eine Frau so unpraktisch ist, wie die Bergfeldten ...."

„Einerlei wodurch!" unterbrach mich mein Karl. „Die Verhältnisse sind einmal so, wie sie sind, und nicht zu ändern. Aber das Schlimmste kommt noch. Bergfeldt hat sich verleiten lassen, eine Bürgschaft zu übernehmen, und da der Mann, für den er gut gesagt hat, vor dem Banquerott steht, muß er zahlen." – „Das ist unerhört!" rief ich. – „Er hat mich in sein Vertrauen gezogen, und nun kommt die Reihe an uns, Wilhelmine. Wir müssen helfen, wenn er nicht ganz zu Grunde gehen soll."

„Wir?" fragte ich entsetzt. „Und wie viel soll er zahlen?" – „Zweitausend Mark," erwiderte mein Karl kleinlaut. – „Nie!" rief ich, „das hieße einen Raub an unsern Kindern begehen. So reichlich haben wir es doch auch nicht. Dürfen wir unser bischen sauer Erworbenes zum Fenster hinauswerfen?"

„Ich weiß," sagte mein Karl, „Du hegst keine allzu freundlichen Gesinnungen gegen die Bergfeldten, aber trotzdem wirst Du Deine Einwilligung geben. Wir haben ja die Erbschaft von der Tante aus Bützow." – „Das war meine Tante, Karl!"

„Eben deshalb wünsche ich Deine Zustimmung. Könntest Du noch eine frohe Stunde haben, wenn Du sehen müßtest, wie eine Familie durch Deine Unbarmherzigkeit ganz ins Verderben geräth? Und Bergfeldt verliert sein Amt, wenn er gezwungen wird, sich ebenfalls Konkurs zu erklären!"

Ich antwortete nicht. Ihr wäre die Demüthigung recht heilsam, dachte ich. Aber ihm und der Auguste und seinem Sohne könnte ich doch nie wieder gerade in die Augen sehen.

„Du schweigst, Wilhelmine? Hast Du auch keine Antwort, wenn ich Dich recht von Herzen bitte?"

„Thu', was Du nicht lassen kannst, Karl?" sagte ich, „Ich will nicht Schuld an ihrem Unglück sein."

„Ich wußte, daß Du nicht nein sagen würdest," rief mein Karl froh. „Du bist im Grunde gut und liebreich, wenn Du es auch nicht immer scheinen willst. Und nun sollst Du auch einen Kuß haben!"

„Karl!“ rief ich, „erkälte Dir die Füße nicht!“ Aber er ließ sich ja nicht rathen. – Und dann erzählte er mir, wie Alles gekommen, und wie Bergfeldt in das Unglück gerathen sei, und was geschehen müsse, um ihm zu helfen. Der ganze Plan war schon beinahe fertig, und alles dünkte mich klug und praktisch. – Nein, einen solchen herzensguten Mann wie meinen Karl giebt es nicht zum zweiten Male auf der Welt! – –

Am nächsten Morgen erschien mir die ganze Angelegenheit jedoch nicht in demselben rosigen Versöhnungslicht, wie in der Nacht und je weiter ich meinen Mann über die Einzelheiten abhörte, um so brenneriger kam mir die Bürgschaft vor, welche Herr Bergfeldt für einen Kneipwirth übernommen hatte. ich beschloß daher, erst einmal die Wirthschaft in Augenschein zu nehmen, um zu sehen, ob man sein Mitleid auch vielleicht an Unwürdige verschleuderte. –

Es war Nachmittags gegen Fünfen, als ich an Ort und Stelle gelangte, denn ich wählte absichtlich eine Zeit, in der es in den Wirthschaften still zu sein pflegt.

Was mir bei meinem Eintritt in das Restaurationszimmer gefiel, das war eine wirkliche Sauberkeit. Es lagen weder Cigarrenstummel, noch Knöchelchen auf dem Fußboden, sondern man hatte, wie ich an den Flecken von dem Sprengwasser erkannte, frisch ausgekehrt und der Kellner stand gerade im Begriff, die kleineren Tische für die Abendzeit zu arrangiren. Das Zimmer war ziemlich groß; nach der einen Seite hin bog es sich im Winkel zu einem schmaleren Raum aus, an dessen Ende sich das Büffet befand, in dessen Nähe ein größerer runder Tisch stand, den ich natürlich gleich für einen der sogenannten Stammtische hielt, an denen gewissenlose Familienväter die Existenz und das Glück der Ihrigen frevelhaft opfern und von den Genossen alle jene Untugenden lernen, mit denen sie das Zartgefühl ihrer Gattinnen verletzen. Ich wiederhole es: der Stammtisch ist der Opfertisch, auf dem die Häuslichkeit geschlachtet wird. Manches gebildete Mädchen würde verheirathet sein, wenn den jungen Männern dies verabscheuenswürdige Stück Möbel verboten werden könnte.

Trotzdem ließ ich mich an dem runden Tische nieder und fragte den Kellner, ob es mir vergönnt sein könnte, Frau Helbich – die Speisewirthschaft heißt nämlich 'Cafe Helbich'- in einer wichtigen Angelegenheit zu sprechen.

Es dauerte auch nicht lange, als die Frau erschien. Sie machte einen ebenso sauberen Eindruck wie das Lokal und gefiel mir deshalb gleich. Ihre Figur war mehr untersetzt und rundlich, als lang und zerrig, wie ich dem Namen nach anzunehmen glauben mußte. Das Gesichtchen sah freundlich und niedlich unter dem einfachen Häubchen hervor, und doch schien es mir, als ob die Augen eben mit Weinen fertig geworden wären und im nächsten Moment wieder anfangen wollten.

Sie fragte, womit sie mir dienen könne.

„Liebe Frau," antwortete ich, „es handelt sich um ernste Dinge. Ich bin nämlich wegen der Bergfeldtschen Angelegenheit zu Ihnen gekommen. Sie wissen wohl, wegen der Bürgschaft, die Herr Bergfeldt für Herrn Helbich übernommen hat!"

„Ach Du lieber Gott!" rief die Helbichen aus. „Sie sind gewiß seine Frau und wollen uns Vorwürfe machen!"

„Nein!" unterbrach ich sie indignirt. „Ich bin die Buchholzen und Gott sei Dank nicht die Bergfeldten, aber ich weiß von Allem Bescheid." Und nun sagte ich ihr, daß Bergfeldts total in die Verschmetterung geriethen, wenn andere Leute ihnen nicht beisprängen, und daß andere Leute es auch nicht so dicke hätten und Räuber und Mörder an ihren eigenen Kindern werden müßten, und daß die ganze Sache himmelschreiend unverantwortlich sei. „Und wenn Sie, meine Liebe," so schloß ich, „am Ende besser aufgepaßt hätten und vielleicht etwas ökonomischer gewesen wären, dann würden andere Leute nicht mit in die Verluste hineingerissen."

Ich wollte aber doch, ich hätte diese Worte nicht gesagt, denn als ich nun die kleine runde Frau strafend ansah, und zwar mit einem Blick von der Nummer, vor der selbst meine Köchin den Muth verliert, da schlug sie ihre treuherzigen Augen zu mir auf und schüttelte den Kopf ganz leise und fast unmerklich. Hätte sie aufbegehrt und auf den Tisch geschlagen, es wäre mir angenehmer gewesen, denn dieser stumme Vorwurf biß mir ins Gewissen. Sollte ich ihr Unrecht gethan haben?

Es trat eine Pause ein, die mich sehr verlegen machte und deshalb stotterte ich: „Sie müssen meine Offenherzigkeit schon verzeihen, aber wäre ich zu Ihnen hergekommen, wenn ich es nicht gut mit Ihnen meinte? Wir wollen Ihnen ja helfen aber ehe wir uns entschließen, müssen wir klar auf den Grund sehen!"

„Es kommt Alles auf den Bierbrauer an," entgegnete die Frau.

„Wieso?" fragte ich.

„Das ist nicht leicht auf einmal zu sagen," antwortete Frau Helbich. „Aber wenn Sie sich nicht geniren, und mit mir hinter in die Küche kommen wollen, wo ich noch vielerlei für den Abendtisch zu besorgen habe, dann erzähle ich Ihnen, woran es liegt, daß wir dicht vor dem Ruin stehen. Unsere Schuld ist es nicht, Frau Buchholzen!"

Ich folgte der Frau durch die Schenke nach der Küche. Auch hier war Alles sauber und ordentlich. „Du kannst die Kartoffeln in der Aufwaschküche schälen," sagte Frau Helbich zu dem Mädchen, „und wenn Du damit fertig bist, rupfe die Hühner, aber vorsichtig, daß die Pelle nicht eingerissen wird." Das Mädchen ging. Frau Helbich nöthigte mir einen Knickebein auf und wir setzten uns an den großen Küchentisch, wo sie eine Rehkeule zum Spicken vornahm. Und da ich mich auch nützlich machen wollte, ging ich an einen Korb mit Teltower Rübchen und fing an, die zu putzen. Sie wollte dies zwar nicht zugeben, aber ich ließ nicht ab, und es war, als wenn wir durch die Rüben so befreundet wurden, als hätten wir uns schon lange gekannt.

„Sehen Sie," begann die kleine Frau, „wir sind zu der Wirthschaft gekommen, als unser erstes Geschäft nicht mehr gehen wollte. Mein Mann hatte eine kleine Pappenfabrik, aber als in unserer Nähe die Konkurrenz aufkam mit großem Kapital und neumodischen Maschinen, da war es vorbei. Es ging rascher zu Ende, als wir dachten, und das Bischen, was wir retteten, reichte gerade hin, diese Wirthschaft zu kaufen. Von allen Seiten redete man uns zu, dies Geschäft zu übernehmen, und mein Mann und ich wollten arbeiten und thätig sein. Wir dachten mit Fleiß und Ordnung schon vorwärts zu kommen!"

„Wo ist Ihr Mann?" fragte ich.

„Der schläft gerade," erwiderte sie. „Na," dachte ich im Stillen, „das ist ja ein recht netter Fleiß."

„Die Hauptsache war jedoch, daß wir Kredit beim Brauer bekamen, und es fand sich ja auch einer, der sich auf den Kredit einließ; nur pro forma, wie er sagte, wollte er ein bischen Bürgschaft haben. Es würde ihm nie einfallen, uns zu drängen, wenn es mal mit dem Gelde knapp sei, und wenn er Kredit gäbe, würden Schlächter und Bäcker auch mit sich reden lassen. Und so kam es, daß Herr Bergfeldt, der ein Freund von meinem Manne ist, gutsagte. – Es war ja blos zum Schein."

„Und nun ist es Ernst geworden," warf ich ein.

Die kleine Frau wischte die Augen. „Anfangs ging Alles nach Wunsch," fuhr sie fort. „Wir konnten mit der Kundschaft zufrieden sein, den Gästen schmeckten die Speisen und das Bier war gut. Wir kamen langsam vorwärts. Miethe und Steuern waren rechtzeitig da, nur bei dem Brauer waren wir im Rückstand, denn es mußte mancherlei Inventar angeschafft werden, und da der Hauswirth den Keller nicht umbauen lassen wollte, blieb uns nichts übrig, als ihn für unsere Rechnung machen zu lassen. – Da bekamen wir das erste schlecht Bier."

„Die Gäste murrten. Mein Mann machte dem Brauer Vorstellungen, der aber sagte, so wie die Kunden zahlten, so wäre auch das Bier, und es blieb beim Alten. Da fingen die Gäste an, sich allmälig wegzugwöhnen, und in der Küche verdarben die theuren Sachen. Die Schulden beim Schlächter und Bäcker wuchsen von Tage zu Tage; es war schier kein Einhalten. Für Geld und gute Worte bekam mein Mann bei einem anderen Bierverleger anderes Bier. Wir glaubten schon uns durchzuhelfen, aber nun der Brauer erfahren hat, daß wir uns nach anderem Bier umgesehen haben, will er ohne Nachsicht bezahlt sein. Steckt er sich nun hinter den Bäcker und Schlächter, so sind wir am Bettelstab, und ich weiß, er thut das, denn er hat schon einen neuen Reflektanten auf diese Wirthschaft."

„Aber," warf ich ein, „Sie müssen, der Küche nach zu urtheilen, doch noch Kundschaft haben."

„Eßkundschaft, ja!" rief sie, „aber was wird daran verdient? Ich stehe selbst den ganzen Tag vor dem Herd, allein was nützt das, wenn die Gäste nicht bleiben, um einige Seidel zu trinken? Freilich sitzen einige Kunden bis spät in die Nacht, aber die spielen Skat und vergessen das Verzehren, die bringen den Gas nicht ein. Gestern wurde es wieder gegen zwei Uhr und nun ruht mein armer Mann sich von dem Nachtwachen ein wenig aus!"

„J so!" sagte ich und fügte dann hinzu: „Glauben Sie mir, liebe Frau, das Skatspiel ist eine ganz teuflische Errungenschaft, die nur Unglück in die Familie bringt."

„Gewiß!" bestätigte die Frau, „da sitzen sie, als ginge es um ihrer Seelen Seligkeit und nachher giebt es Krakehl. Da ist ein Herr Kleines darunter, der jedesmal Stank anfängt. Wenn die Andern ihm sagen, daß er schlecht gespielt hat, dann wirft er die Karten auf den Tisch und führt schreckliche Reden und schwört, nie wiederzukommen. So, denke ich dann, nun bleiben die letzten paar Gäste auch noch weg."

„Thun sie das denn?"

„Nein. Sie bringen immer wieder einen frischen Bekannten zum Spielen mit, bis Herr Kleines auch wiederkommt und den gleichfalls weggrault. Er überlegt ja nie, was er spricht."

„Schade, daß es nicht mein Sohn ist," sagte ich, „den wollte ich schon erziehen."

„Ach nein," erwiderte die Frau, „der hat keine Stelle, wo man ihn erziehen kann, den schlägt man gleich kurz und klein, so dürr ist er. Der muß schon baufällig auf die Welt gekommen sein."

„So meine ich's nicht, liebe Frau. Ich würde ihn moralisch nehmen."

„Das schlägt bei ihm ebensowenig an, wie das Essen."

„Das fragt sich," antwortete ich. „Wer sind denn die andern Spielgesellen?" forschte ich weiter. – „Sehr achtbare Leute, aber sie reden sich meistens mit Beinamen an." – „Das finde ich sehr ungebildet." – „Es klingt aber ganz spaßig. Das Lokal hier nennen sie Nifelheim und sich selbst Mäxchen, Don Carlos, Arm Gottlieb – der sieht aber blos zu – lieben Fritz, Onkel Hans, nur den Dr. Wrenzchen tituliren sie richtig." – „So?" rief ich, „also Dr. Wrenzchen ist auch dabei, das ist ja sehr schön. Die Skatspieler müssen auch mit heran. Meine Idee ist nämlich folgende, liebe Frau. Wir sind viele Bekannte und Sie werden auch Freunde haben, die Skatspieler nehmen wir ebenfalls dazu, Dr. Wrenzchen ist ein Gentleman, der schließt sich gern mit an, und so giebt es mehrere. Wir Alle gründen Ihre Wirthschaft! Jeder zahlt fünfzig oder hundert Mark und statt der Dividende geben Sie Biermarken. Geht das Geschäft dann flott, so fangen Sie an, die Gelder allmälig zurückzuzahlen."

„Ware dies möglich?" rief die kleine Frau.

„Gewiß," sagte ich. „Es hat mich Jemand auf diese Idee aufmerksam gemacht und ich bin gekommen, um zu sehen, wie es bei Ihnen hergeht. Sie sind eine ordentliche Frau und Alles ist so propper und sauber, und es wäre schändlich, wenn sie wegen eines Biertyrannen ins Unglück gerathen sollten."

Die kleine Frau stand auf und umarmte und küßte mich und weinte, wie sie nur konnte. „Sie sind unser rettender Engel," schluchzte sie.

„Ich bin nur praktisch," sagte ich, „und mein Mann und Onkel Fritz werden mit Ihrem Manne sprechen und das Geschäftliche besorgen."

„O, wenn wir nur gutes Bier haben, wird es uns nicht fehlen!“ rief sie. „Ich lasse mich ja keine Mühe verdrießen, aber es ist hart, mit aller Arbeit rückwärts zu kommen. – wie oft habe ich nicht ein Faß Bier zuschlagen müssen, weil es nicht zu trinken war und jeder Schlag klang mir, als wenn ich auf den Sarg schlug, in dem unser bischen Glück begraben werden sollte.“ Sie weinte und dann lachte sie wieder: „Wenn es möglich wäre. – Es wäre zu viel!“

Die Rüben waren geputzt, ich hatte nichts mehr zu thun und brach daher auf. Im Lokal war der Gas angezündet und der Kellner stand da und wartete auf Gäste, aber die gingen dem Bier aus dem Wege.

Ich möchte nicht Wirth sein, man ist doch zu sehr abhängig vom Brauer und dem Publikum.

P.S. Onkel Fritz hat Alles in Ordnung gebracht. Er sagte, die Sache habe sich über Erwarten leicht reguliert, nur Dr. Wrenzchen hätte sich anfangs gesperrt. Herr Kleines hat sehr erfolgreich in seinen Kreisen gewirkt, ich lade ihn nächstens einmal ein, da er nicht nur gebildet, sondern auch amusant ist und drei lebende Sprachen spricht. Onkel Fritz sagt zwar, die fremden Sprachen wären bei ihm durcheinander wie Vogelfutter, aber was schadet das? Wenn ich ihn einlade, soll er ja doch nur Spaß machen.

Und wie kam Herr Bergfeldt dazu, die Bürgschaft zu übernehmen? Seine Frau brummte immer, wenn er Abends einmal ein Glas Bier trinken ging, und um den Zank zu vermeiden, hatte er sich dafür den Frühschoppen angewöhnt, der das Verderblichste für die Männer sein soll, was es nur auf der Welt giebt. Wie können sie auch am Nachmittage mit dem Bierschädel auf dem Posten sein? Der Frühstückstisch ist noch viel schlimmer als der Stammtisch am Abend. Den Beweis lieferte Herr Bergfeldt, der die unselige Bürgschaft in der Frühschoppenlaune leichtsinnig übernahm. Aber, wer trieb ihn zum Morgentrunk? – – Sie, die Bergfeldten. Sie verdient es kaum, daß er von seinen Verpflichtungen so butterglatt losgekommen ist.

Der Erstgeborene

Ich bin fest überzeugt, wenn Virchow später das Gehirn der Bergfeldten nachmißt, er es viel zu kurz finden wird, denn die Frau hat wieder einmal ganz Unglaubliches geleistet. Es ist um geradezu auf die Bäume zu klettern, aber wenn man längst weiß, daß Eine dumm geboren ist und nichts zugelernt hat, so wundert man sich kaum mehr, sondern schüttelt blos den Kopf.

Ich sitze also neulich Nachmittags und stricke, als ganz unerwartet Herr Weigelt auf der Bildfläche erscheint. Meine Emmi brachte die Lampe, meine Betti fragte, wie es Augusten ginge und warum sie nicht mitgekommen sei, und ich bat ihn, Platz zu nehmen, mein Mann müsse jeden Augenblick da sein.

Herr Weigelt hatte von jeher etwas Unbestimmtes und Tunteriges in seinem Wesen, aber so bekniffen, wie heute, war er mir doch noch nie vorgekommen. Er setzte sich halb auf einen Stuhl und warf mir einen so delinquentenhaft flehenden Blick zu, daß ich fragte: „Mein Gott, Herr Weigelt, was ist Ihnen denn passirt? Sie sehen ja aus wie'n krankes Huhn, das kein Geld für'n Apotheker hat?“ Er antwortete jedoch keinen Ton, sondern sah erst meine Betti, dann meine Emmi und dann mich wieder an. – „Aber ich bitte Sie, Herr Weigelt,“ fragte ich ihn abermals, „was soll man von Ihnen denken? Sie haben doch am Ende keinen Mord auf dem Gewissen?“ – Nun knickte er zusammen, wie'n mißrathener Bibberpudding und brachte nur mit Mühe die Worte hervor: „Wenn es irgend anginge, möchte ich gerne mit Ihnen alleine sprechen, Frau Buchholz – –“

„Geht hinaus, Kinder,“ rief ich, „und wartet bis Vater kommt.“ Die Kinder entfernten sich und ich brannte vor Neugierde, zu erfahren, was Herr Weigelt denn eigentlich wollte. Ich vermuthete, daß er eine Szene mit seiner Frau oder mit der Bergfeldten, vielleicht mit beiden gehabt hätte.

Als wir unter vier Augen waren, begann er nach einigem Zögern trübselig: „Es ist nun so weit.“ – „Was?“ fragte ich. – „O, Frau Buchholz,“ antwortete er, „mein armes Weib! meine arme Auguste!“ – „Du meine Güte, was giebt's denn?“ – „Noch nichts ... aber, aber“ – seine Stimme zitterte – „sie kommt nicht durch, es ist unmöglich, daß sie durchkommt!“ – Dies Benehmen von einem Manne mißfiel mir sehr und ich rief daher strenge: „Hören Sie einmal, Herr Weigelt, Sie flößen mir durchaus keinen Respekt ein. Ein Mann muß vor allen Dingen forsch sein – –.“ – „Ich war ja auch noch so forsch bis vor Kurzem,“ unterbrach er mich, „aber in der letzten Zeit hab' ich zu viel gelitten!“ – „Wieso das?“ fragte ich. – „Nun denn,“ erwiderte er, „zuerst fing der Kummer mit dem Mädchen an. Auguste behalf sich mit der Scheuerfrau so lange es gehen wollte, aber sie mußte reellen Beistand haben, und wir schafften deshalb ein billiges Mädchen an, das meine Schwiegermutter und besorgte.“ – „Ja,“ lachte ich, „wenn die ihre Hände dazwischen hat, dann wird es meistens hübsch!“ – „Das Mädchen ist herzensgut," fuhr Herr Weigelt fort, „aber dumm wie ein Stück Torf. Kein Tag vergeht, an dem meine Auguste sich nicht über dasselbe ärgert, und gerade vor Ärger muß man sie bewahren. Mir haben Leute gesagt, daß Verdruß direktes Gift für sie werden könnte. Ich sage Ihnen, ich lebe in steter Todesangst, aus reiner Sorge um Augusten!"

„Ja!" antwortete ich sehr ernst, „ein Mann, der seine Frau aufrichtig liebt, dem wird wohl beklommen zu Muthe, wenn er bedenkt, daß dem Weibe keine dornenlosen Rosen blühen und ihr Weg durch dieses Jammerthal zuweilen hart am Abgrunde vorbeiführt. – Haben Sie denn schon für eine zuverlässige Wartefrau gesorgt?"

„Wir haben bereits eine an der Hand," erwiderte er. „Aber das ist das Wenigste. Das größte Unglück hat meine Schwiegermutter angerichtet." – „Da bin ich doch gespannt!" rief ich, „was hat sie denn nun wieder ausgeübt?" – „Es ist kaum zu sagen," antwortete Her Weigelt. „Ihre Bildung läßt ja leider zu wünschen übrig – –" – „Das wissen die Götter!" bemerkte ich. – „Aber," fuhr er fort, „sie ist noch abergläubisch dazu, und so fiel es ihr ein, eine Kartenlegerin aufzusuchen und die zu befragen, ob Auguste durchkommen werde. Die Karten hatten geweissagt, sie würde es nicht und die Bergfeldt hatte nichts eiliger zu thun, als Augusten diese Hiobsprophezeiung brühwarm zu hinterbringen." – „Die Möglichkeit!" rief ich aus, „sie muß wirklich ihre Fünf nicht beisammen haben! Und wie nahm Ihre Frau diesen Wahnsinn auf?" – „Erst lächelte sie darüber, aber dann brach sie in ein krampfhaftes Schluchzen aus, daß sich mir das Herz im Leibe umdrehte. Seit jener Zeit gleicht sie einer stillen Dulderin, deren Tage gezählt sind. Sie glaubt selbst, daß sie nicht durchkommt, und ich glaube es auch und die ganze Nachbarschaft auch. Wenn sie nicht durchkommt, bin ich Schuld daran. Warum habe ich das zarte kleine Geschöpf auch geheirathet? Ach, ohne mich würde sie noch leben. Und sie hatte sich so sehr auf den nächsten Frühling gefreut, wir wollten dann meine Eltern besuchen. Und wie würden die sich gefreut haben. Die Landluft hätte ihr so gut gethan. Das ist jetzt Alles vorbei und ich wanke verzweifelnd hinter ihrem Sarge her!" – Und nun weinte er richtig.

„Trösten Sie sich doch, Herr Weigelt," beschwichtigte ich ihn. „Wer giebt überhaupt etwas auf Karten? Noch lebt Auguste ja und mit Gottes Hülfe wird schon Alles gut werden. Es giebt Frauen, die so schwach aussehen, als könnte der Wind sie umblasen, und haben ein Stücker Sieben bis Acht und sind kreuzfidel. Ihre Auguste ist noch lange die Schwächste nicht, die hat nur einen einzigen Fehler und das ist ihre Mutter, die Bergfeldten!"

„Sie mögen nicht Unrecht haben, liebe Frau Buchholz," entgegnete Herr Weigelt und trocknete seine Thränen, „es war schrecklich unvernünftig von ihr, Augusten mit traurigen Vorahnungen zu quälen. Und wenn ich es recht bedenke, ist Auguste eigentlich gar nicht so schwach. Sie hat ganz nette Kräfte. Sie konnte vor einem halben Jahre noch den kleinen Rohrstuhl mit steifem Arm heben. Wie gut Sie sind Frau Buchholz, und nicht wahr, Sie thun es meiner Frau zu Liebe und kommen zu uns und sehen nach dem Rechten, wenn es so weit ist? Darum wollte ich Sie bitten und deshalb bin ich hier!"

„Sie können doch die eigene Mutter nicht übergehen!" wandte ich ein.

„Wenn Sie wollen, daß meine Auguste gemordet werden soll ... dann sagen Sie nein. Aber das können Sie nicht, das wollen Sie nicht. Sie haben ja auch immer so viel von ihr gehalten!"

„Gut!" gab ich zur Antwort. „Gehen wir lieber gleich, damit ich Alles mit ihr besprechen kann und sehen, wo es noch fehlt."

In diesem Augenblick wurde heftig an der Hausglocke gerissen. „Das ist mein Karl," sagte ich, aber ich hatte mich geirrt, denn Betti kam und meldete, draußen stehe ein Dienstmann und Herr Weigelt möchte so gut sein und so rasch wie möglich nach Hause kommen.

Als der arme Mensch diese Botschaft hörte, wich alle Farbe aus seinem Angesicht. Seine Augen waren rein verglast und seine Lippen bebten. „Seien Sei ein Mann!" fuhr ich ihn an. „Munter, rasch eine Droschke geholt, in zwei Minuten bin ich angezogen und fertig!"

Er holte die Droschke, aber an diese Fahrt will ich mein Leben denken. Bald rief er: ich bin ihr Mörder, bald stöhnte er, wie einer, der hingerichtet werden soll. Dann rief er: Ach wir kommen noch früh genug zu ihrer entseelten Hülle. Endlich sagte ich: „Wenn Sie mit Ihren Verrücktheiten kein Ende machen, lasse ich halten und steige aus. Warten Sie doch erst ab, wie es kommt, ehe Sie lamentiren, wie nicht recht gescheidt." – Da legte er sich blos noch aufs Seufzen.

Als wir nun in seiner Wohnung anlangten, wollte er mir nichts dir nichts ins Schlafzimmer stürzen. – „Halt!" rief ich und hielt ihn am Schlaffittchen fest. „Das sind Frauensachen, die Euch Männer nichts angehen. Sie würden die Auguste nur erschrecken mit Ihrem Ungestüm; ich will Ihnen schon Bescheid sagen, wie es geht!" Und bei diesen Worten öffnete ich vorsichtig die Thür und ging hinein. – – –

Was er nun anstellte, weiß ich nicht, ich hoffe aber, daß er die Zeit nützlich anwandte und einmal ernsthaft über sich nachdachte. Als ich wieder zu ihm kam, konnte ich ihm guten Bescheid bringen. „Kommen Sie nur!“ flüsterte ich. „Auguste erwartet Sie.“ – Er trat herein und blieb stehen, als getraute er sich nicht näher, denn auf dem Schooß einer fremden Frau, die auf einem Schemel vor einem Badewännchen saß, lag ein kleines lebendes Wesen, ein Menschenkindlein, das sie in weiche Tücher und Windeln hüllte. Und da streckte Auguste ihm ihre Hand entgegen. „Franz!“ rief sie leise. Er sank vor ihrem Bette auf die Knie und bedeckte ihre Hand mit Küssen, und dann küßte er ihren Mund und sagte: „Mein süßes, mein liebes, liebes Weib!“

Nun schrie das Neugeborene. Herr Weigelt spitzte ordentlich die Ohren und warf einen langen langen Blick auf das kleine verrunzelte, rothbraune Geschöpf, dessen Gesichtchen eher einem vorjährigen Apfel, als einem angehenden Weltbürgers-Antlitz glich. Meine waren in dem gleichen alter viel hübscher, namentlich war die Jüngste engelhaft.

„Na ja!“ sagte die fremde Frau. „Sehen Sie sich den Jungen man an, et is Ihr erster!“ – „Ein Knabe?“ stammelte er. „Mein Knabe?“ – Die Frau lachte. „Wollen Sie'n mal uf'n Arm nehmen?“ fragte sie. – „Wenn ich ihn nur nicht zerdrücke!“ meinte er und griff ungeschickt nach dem Kinde. – „Nee, lassen Sie man,“ sagte die Frau, „Vater müssen Sie erst besser lernen, das steht Ihnen noch nicht an. Und nun sollen 's Kind und die Frau schlafen; wie wär's, wenn Sie die Thüre von draußen zumachten?“

Er gehorchte willig und wir sorgten für Mutter und Kind. Als die Beiden zur Ruhe gebracht waren, mußten wir auch an den Mann denken, denn es war schon ein bischen späte Abendbrodzeit geworden. In der Küche war die Magd. „Höre mal,“ sagte ich zu ihr, „nun gehe zum Destillateur und hole eine Flasche Rum, aber nicht in der Flasche, denn im Liter ist es billiger. Hier hast Du Geld.“ Die Dirne trabte ab und ich kalkulirte, wenn Herr Weigelt nach all der ausgestandenen Angst eine kleine Herzstärkung bekäme, so würde ihm das ganz dienlich sein, denn mein Karl trinkt auch stets seinen Grog bei außergewöhnlichen Fällen. Für die kluge Frau und die Wärterin machte ich Kaffee, denn den nehmen sie am liebsten und dann belegte Stullen dazu, so kam denn Niemand zu kurz.

Wir setzten uns zum Abendbrod, ich und die Frau und Herr Weigelt. Die Magd hatte Rum in einem Milchtopf geholt, weil ich beordert hatte ihn nicht flaschenweise zu nehmen. Eine gräßlich dumme Person!

Es schmeckte Herrn Weigelt prächtig und er war sehr froh, als wir beiden erfahrenen Frauen ihm versicherten, daß Auguste brillant durchkommen würde und er mit Recht in die Zeitungen setzen könnte, 'leicht und glücklich'. Und daß es ein Junge war, machte ihm zu viel Vergnügen. „Er muß Franz heißen, so wie ich," meinte er, „das heißt, wenn Auguste es auch wünscht."

Ich sagte: „Herr Weigelt, ich weiß nicht, ob der Grog Ihnen so recht ist, Zucker steht auf dem Tisch, heißes Wasser kann Ihnen das Mädchen noch bringen. Sie können sich nach Geschmack zugießen, und über den Namen sprechen Sie morgen mit Ihrer Frau, heute ist sie dazu wohl nicht recht aufgelegt."

Auguste hatte mir den Schlüssel zum Wäschespind gegeben, damit ich herausnehmen könnte, was nothwendig war, und es gab außerdem allerlei zu thun, so daß ich Herrn Weigelt allein lassen mußte. Ich wollte jedoch, ich hätte besser auf ihn geachtet, denn das einfältige Mädchen hatte, wie ich nachher sah, ihm statt des Topfes mit heißem Wasser den ganz ähnlichen Milchtopf hingestellt, in dem sich der Rum befand, und davon hatte er nun unbewußt statt des Wassers zum Grog gegossen.

Ich bin in der Küche und spreche mit der klugen Frau, als ich plötzlich singen höre. Ich stürze ins Wohnzimmer und merke natürlich gleich, was los ist. Die Gemüthsbewegung, der Rum und die angeborene Dämlichkeit hatten ihre Schuldigkeit gethan – Herr Weigelt war molum.

„Ich will nach Augusten," rief er: „Sie ist ein Engel," und dann sang er: „Sie allein nur lieb' ich, sie allein!"

„Wollen Sie Frau und Kind mit dem Skandal tödten?" pustete ich ihm zu. „Sie sind ja ein Kannibale!"

„Ich meine es so gut mit Ihnen, Wilhelmine," sagte er zu mir. „Komm alte Seele, gieb mir einen Kuß!"

Ich wehrte seine Berührung mit aller mir innewohnenden Hoheit ab. „Schämen Sie sich, Herr Weigelt, eben erst sind Sie Vater geworden, und nun ein solches Betragen?! Schämen Sie sich vor Augusten, vor der Wartefrau, vor dem neuen Mädchen und vor Allem vor Ihrem eigenen Kinde!"

„Das hat ja noch gar keine Augen!" entgegnete er.

Ich verwies ihm das Unpassende dieser Bemerkung und hoffte, daß er sein Kind doch wohl nicht zu den Feldmäusen und jungen Möpsen rechnete, denn die kämen, so viel ich wüßte, blind auf die Welt. Genug, ich war sehr erzürnt und rieth ihm, sein Bett aufzusuchen, und beschwor ihn bei den Häuptern seiner Familie, sich ruhig zu verhalten. Endlich nahm er Vernunft an. Ich eilte zu Augusten, die wach geworden war, und nach dem Grund des Lärmens fragte.

Ich sagte, ihr Mann könnte sich vor Freude gar nicht fassen, aber ich hätte ihn vermocht, sich zur Ruhe zu begeben, ohne sie weiter zu stören. So mußte ich mich allen Unannehmlichkeiten aussetzen und obendrein lügen, blos weil die einfältige Trina von Dirne ihm den Rum im Milchtopf vorgesetzt hatte.

Nach einer Weile denke ich, nun wird er wohl liegen, und hielt es für meine Pflicht, nachzusehen, ob er das Licht auch ordentlich ausgelöscht hatte. Aber bewahre, mein Weigelt lag noch lange nicht. Im Gegentheil, er saß auf dem Bettsopha und hatte ein aufgeschlagenes Buch in den Händen, das er dem Büchergestell entnommen. „Herr Weigelt, wollen Sie sich denn nicht legen?“ – „O, Frau Buchholz,“ stöhnte er, „das arme Kind, das arme Kind!“

„Nanu,“ fragte ich, „Was ist denn nun wieder los?“

„Ich stieß eben zufällig an das Bürgergestell,“ sagte er, „und da blieb mir dies Buch in der Hand. Das arme Kind. Es muß ja auch das Gymnasium besuchen. Aus dieser Grammatik habe ich gelernt. Griechisch! Es muß auch Griechisch lernen. Die Verba auf 'mi' begreift es nicht, ich habe sie auch nicht begriffen. Dann schlagen sie es und es ist so klein und kann das Anfassen nicht vertragen. Aber ich bringe den Schulmeister um, der mir das Kind anrührt. Es ist mein Junge. Meiner ganz allein! Können Sie die Verba auf 'mi'?“ – „Herr Weigelt,“ entgegnete ich mit Würde, „ich weiß nicht, welche Beleidigung diese Frage enthält und will deshalb nicht mit Ihnen rechten. Machen Sie aber, daß Sie zu Bett kommen. Ziehen Sie erst die Stiefel aus. So und nun helfe ich Ihnen den Rock ausziehen und die Weste, ich bin eine verheirathete Frau und geniere mich weiter nicht; mit dem Rest werden Sie wohl selbst fertig; mehr wäre gegen mein Zartgefühl!“ Und damit ließ ich ihn allein.

Nach einer Viertelstunde sah ich wieder bei ihm ein. Richtig hatte er das Licht brennen lassen und schnarchte wie eine Sägemühle. Wenn mein Karl schnarcht, lege ich ihm eine Schlummerrolle unter den Kopf, das hilft etwas, aber da ich hier nichts Derartiges fand, stopfte ich Augusten's Mann die alte dumme

Grammatik unter den Nacken. Dann nahm ich das Licht mir und dachte noch im Stillen: nein, wie ein ganz anderer Mann ist doch mein Karl.

Auguste schlief, als ich auf den Fußspitzen ins Schlafzimmer schlich, um noch einmal bei ihr nach dem Rechten zu sehen. Als ich an die Wiege trat und mich über das Kleine beugen wollte, schlug sie die Augen auf; selbst im Schlafe hatte sie gemerkt, daß Jemand sich ihrem Kinde näherte. Sie sah mich an, und in dem Dämmerlichte, das dort herrschte, konnte ich doch erkennen, wie holdeste Seligkeit aus ihrem Auge leuchtete und unaussprechliches Glück auf ihren Zügen ruhte. Sie war wirklich hübsch in diesem Moment, obgleich sie sich über Schönheit nie beklagen konnte. Ich nickte ihr freundlich zu und dann ging ich.

„Auf einen Löffel Suppe“

Es ist mit dem Schicksal akkurat wie mit dem Wetter. Man hofft, daß es endlich einmal schön werden soll, man sieht nach dem Barometer, man betrachtet die Abendwolken, man spricht darüber, daß es sich doch ändern muß, man liest die Berichte der Seewarte und sagt zu seiner Familie: 'Liebe Kinder, morgen wird das Wetter gut, legt die Kleider nur zurecht, wir gehen aus,' aber am nächsten Tage gießt es, als wäre die Wasserleitung im Himmel geplatzt. Und gerade so steht der Mensch dem Schicksal gegenüber, er mag sich anstellen wie er will, hoffen und wünschen, sich mühen und plagen und, wie die Dichter sagen, die Weltenuhr ein bischen vorstellen, es hilft doch Alles nichts. Schließlich und zuletzt muß er seine Ohnmacht einsehen und zerknirscht die Gewalt der ewigen Urgesetze anerkennen.

Das heißt jedoch, ich für meine Person nehme den Kampf mit den ewigen Gesetzen auf, dafür bin ich zu resolut. Rom wurde auch nicht an einem Tage ruinirt, o nein, es steht noch eine ganze Menge davon da. –

Ich hielt es für geboten, dem Doktor zu zeigen, daß wir ihn nicht ausschließlich als Hausarzt schätzten, sondern, daß wir auch den Hausfreund in ihm sähen, und lud ihn deshalb zum Sonntag auf einen Löffel Suppe ein. Daß er blos auf Suppe kommen würde, durfte ich nicht erwarten, und deshalb fügte ich hinzu, daß wir aus Mecklenburg eine Kalbskeule von zwanzig Pfund geschenkt erhalten hätten, die nur von Kennern gewürdigt werden könnte.

„Wilhelmine, was ist das für ein Schwindel mit der Kalbskeule?“ fragte mein Karl, als ich ihm die Einladung zur Begutachtung vorlegte.

„Sie wird schon da sein, wenn es soweit ist,“ entgegnete ich, „und nachgewogen braucht sie nicht zu werden.“

Mein Karl schüttelte den Kopf, aber ich bedeutete ihm, daß es Dinge gäbe, von denen die Männer nichts verständen. Der Doktor müßte einmal eingeladen werden, das sei man ihm und uns schuldig.

Der Doktor sagte zu. Er schrieb, daß er am Nachmittag um Fünf allen seinen Verpflichtungen nachgekommen sein werde und sich freue zu erscheinen. Daraus konnte man sehen, wie gewissenhaft er es mit der Praxis nimmt, denn es giebt Ärzte, die keinerlei Sonntagsarbeit verrichten, einerlei ob sie bestellt sind oder ob sich ihnen zufällig etwas bietet. Ein solcher Arzt, wie Dr. Wrenzchen, mit so soliden Ansichten, mußte ja jeder Familie willkommen sein. Mein Mann fragte, ob wir Onkel Fritz nicht auch bitten wollten, aber für diesen Vorschlag hatte ich nur ein vielsagendes Lächeln. Ich konnte keine Gesellschaft gebrauchen, ihn allein wollte ich haben, ihn, den Doktor ganz allein. Diesmal sollte er mir nicht entschlüpfen! Ich sorgte rechtzeitig für den Braten und der Sonntag war da, als die Woche Feierabend gemacht hatte. –

Um drei Uhr schob ich die Keule in den Bratofen. Emmi war gerade in der Küche und fragte, ob sie nicht rasch zu Bergfeldtens laufen sollte, um sie einzuladen. So unschuldig war das Kind, es hatte keine Ahnung von der Wichtigkeit des heutigen Tages. Ich umarmte sie, Thränen füllten meine Augen und erstickten meine Stimme; ich konnte nur sprachlos auf die Kochmaschine deuten, als wenn dort die ganze Zukunft meines Kindes briet.

„Du hast wohl Recht, wenn Du über den Braten unglücklich bist, Mama,“ sagte Emmi, „Du sollst sehen, er wird nie alle. So viel Kalbfleisch haben wir noch nie auf einmal im Hause gehabt. Und kein Mensch mag ihn!“ – „Einer wird ihn mögen!“ rief ich mit Beziehung. „Geh nur, mein Kind, und schmücke Dich. Zieh die gepuffte Sammettaille an, stecke Dir die Blumen ins Haar, die ich vom Markt für Dich mitgebracht habe. Es sind Orangenknospen.“ – „Die sehen nach Nichts aus,“ entgegnete Emmi. „Aber sie sind symbolisch!“ erwiderte ich. „In Italien windet man ... den Brautkranz daraus. Nun geh, mein Kind!“ – Emmi wurde roth bis über die Ohren, sah mich groß an, und entfernte sich, ich aber wandte mich zu dem Braten, der sich bereits schön bräunte, und sagte zur Köchin: „Jette, nach zehn Minuten wird er zum ersten Male begossen. Mir liegt daran, daß er vorzüglich werde." – „Mir ooch!" entgegnete Jette, „Madame kann sich ruhig anziehen, ick werd' schonst Acht jeben." –

Der Tisch war gedeckt. Mein Karl sah so nett frischgewaschen aus, daß ich ihm einen Kuß gab, und die Töchter glichen seraphischen Gestalten, namentlich Emmi in dem stahlblauen Sammet. „Wie eine kleine niedliche Doktorsfrau," flüsterte ich meinem Karl zu. Je näher der Zeiger auf Fünf rückte, um so beklommener wurde mir. Wenn der Dokter noch im letzten Moment absagte? Wenn einer seiner Patienten nach ihm schickte? Dann überkam mich die Angst, der Braten könne ansengern und die gute Sahnesauce verdorben werden. Ich flog nach der Küche. Die Jette begoß den Braten gerade mit liebevoller Sorgfalt; er sah herrlich aus. Wir gaben die Sauce durch ein Sieb, ich machte sie noch mit einem Theelöffelchen voll Kraftmehl seimig und zog ein Stückchen frischer Buttter durch, damit sie so recht milde und schmackhaft würde. „Der Doktor wird sich alle zehn Finger lecken," dachte ich und schmunzelte und die Jette schmunzelte auch, als wenn sie ebenso dächte wie ich.

Präzise um Fünfen war der Doktor da. Mir fielen die ganzen Alpen vom Herzen. „Sie müssen mit uns allein vorlieb nehmen, lieber Herr Doktor," sagte ich. „Einige Freunde, die leider ....." Hier unterbrach mich mein Karl, dem Nothlügen ziemlich fatal sind, und sagte: „Je kleiner der Kreis um so größer die Gemüthlichkeit." – Und der Doktor fiel lächelnd ein! „Wenn's Herz nur schwarz ist!" – Unter Lachen und Scherzen setzten wir uns zu Tisch. Ich reichte dem Doktor meinen Arm, ihm gegenüber kam Emmi zu sitzen. Mein Karl saß des Einschenkens halber zu seiner Linken und Betti an meiner anderen Seite.

Erst hatten wir eine einfache Hausmannsbouillon mit Marx und Portwein dazu, den der Doktor ausgezeichnet fand. Dann gab es Zander mit Austernsauce (natürlich nur amerikanische Dosen-Austern), und dann kam der Kalbsbraten. So muß Napoleon die Pyramiden angelächelt haben, wie der Doktor die Keule. Auf einen Wink von mir lächelten Emmi und Betti auch, obgleich sie schon den Mund verziehen wollten. Die Keule war delikat und ward denn auch sichtlich kleiner. Ich hatte die schwache Seite des Doktors getroffen, und wenn er auch, wie Onkel Fritz sagt, Alles heruntertrinkt, was naß ist, und es noch obendrein lobt, so hatte mein Karl doch für vorzügliche Weine gesorgt: einen Johannisberger Schloßabzug für eine Mark zum Fisch und ein Chateau la Pancha für eine Mark und Dreißig. Der Doktor erklärte, er ließe sich einen Nagel in den Leib schlagen, wenn er jemals besseren Wein wünschte. – Wir waren ungemein heiter. Namentlich freute es mich, wenn er sich mit Emmi unterhielt und ihr die kleinen Geschichten erzählte, die er in der Zeitung gelesen hatte. Wir kannten sie zwar, weil wir auf dieselbe Zeitung abonnirt sind, aber ich konnte ihm doch ein Kompliment darüber machen, daß er so gut von Gedächtniß sei.

Als wir gegessen hatten, tranken wir den Kaffee im andern Zimmer und die Herren zündeten eine Cigarre an. Mein Karl bat hierauf den Doktor um Entschuldigung, wenn er ihn auf eine halbe Stunde verließe, er habe einen wichtigen Gang. Dies war auch richtig, denn er hatte Kassenrevision in seinem Bezirksverein. Betti ging, ohne ein Wort zu sagen, nach Bergfeldts und die Jette schickte ich mit einem Stück Zander nach der Ackerstraße zu Weigelts, von woher sie vor 'ner Stunde nicht zurück sein konnte. Als ich Alle entfernt hatte, bat ich selbst den Doktor um ein Viertelstündchen Urlaub, auf einen kurzen Sprung in die Nachbarschaft. Ich verließ das Haus aber gar nicht, sondern kehrte von der Hausthür auf den Zehen leise zurück und verbarg mich in der Speisekammer. Dort setzte ich mich auf einen Küchenstuhl.

„Gut gegessen und getrunken hat er," dachte ich. „Wenn er nur eine Spur dankbar für das Genossene ist, trägt er ihr Herz und Hand an. Aber" – so regte sich der Zweifel – „giebt es nicht auch Menschen, die sich aus einer Einladung gar nichts machen, die es sogar für ein Opfer halten, mit Leuten zusammengebracht zu werden, die ihnen nicht zusagen?" – Vor mir auf dem Tisch stand eine Schale mit weißen Bohnen. Ich nahm eine Hand voll heraus und sagte: „Ist die Zahl paar, dann werden die Beiden heute noch richtig mit einander." – Ich zählte die Bohnen auf den Tisch. Es waren siebenundzwanzig. – Also unpaar. „Das erste Mal gilt nicht," dachte ich, „nun also einmal unpaar." Es waren ausgerechnet vierzehn!

Aber aller guten Dinge sind drei. Ganz vertieft in das Bohnenorakel hörte und sah ich Nichts von der Außenwelt, als plötzlich zwei kräftige Arme mich faßten und mir Jemand einen Kuß aufdrückte, daß mir die Ohren klangen. Ich sprang auf. In der Dämmerung erkannte ich, daß ein militärischer Mensch, so ein richtiger Siebenfüßer, vor mir stand. „Wer sind Sie? – Was wollen Sie?" herrschte ich ihn an. Er stellte sich in Positur und schnarrte: „Jefreiter Jehren vom Jarderrrmt." – „Was wollen Sie?" rief ich. – „Zu Befehl," antwortete er, „die Jette hat mir heute zu Kalbsbraten injeladen!" – „Die Jette?" rief ich ergrimmt. „Der ist verboten, einen Bräutigam in die Küche kommen zu lassen." – „Sie is ooch nich meine Braut, sie is man blos meine Schwester!" erwiderte der junge Reichs-Goliath. – „Ihre Schwester?" fragte ich empört, „das ist nicht wahr! So wie Sie mich eben, faßt man keine Schwester an, das würde nicht einmal mein Karl sich erlauben. Machen Sie, daß Sie fortkommen." Er ging aber nicht sondern liebäugelte mit dem Kalbsbraten, den er auf dem Speisekammertisch entdeckte, und den ich am Abend zum Punsch als Aufschnitt geben wollte, wenn wir dazu kämen, die Verlobungsbowle anzusetzen. – „Gehen Sie oder ich rufe nach Hilfe!"

Schmach, Zorn und Wuth übermannten mich. „Mörder!" schrie ich, „Einbrecher, Diebe, zu Hilfe!" Kaum merkte der Soldat, daß ich Ernst machte, als er auf der Hintertreppe verschwand. Der Doktor und Emmi kamen angestürzt. Was sollte ich nun thun? Die Wahrheit konnte ich nicht sagen. Ich murmelte etwas von Schreck, Gespenstern und that, als wenn ich ohnmächtig werden würde. Emmi war ganz außer sich, als sie mich in diesem ungewohnten Zustande sah, aber ich dachte: „Wilhelmine, du bist doch überraschend schlau, denn so ruchlos kann kein Doktor sein, der auf Pflicht und Gewissen hält, daß er eine arme Leidende verläßt, zumal wenn er vorher reichlich Kalbsbraten bekommen hat und mit dem Wein so außerordentlich zufrieden war." – Ich erholte mich daher langsam und erzählte, ich müßte mich wohl über das Küchenhandtuch im Halbdunkel erschreckt haben, denn durfte ich bekennen, daß ich, statt in die Nachbarschaft zu gehen, mich lauernhalbers in die Speisekammer gesetzt hatte; konnte ich auch nur ein Wort von dem verwegenen Überfall des Soldaten sagen, der mich für die Jette gehalten? – Nein, niemals! –

Der Doktor benahm sich nun bezaubernd gegen mich; es ist förmlich ein Vergnügen, Patient bei ihm zu sein. Er meinte, so ein Schreck sei nur etwas Äußerliches und würde sich bald geben. Ihm thäte es blos leid, jetzt gehen zu müssen, da er verpflichtet sei, einen Patienten zu besuchen, der an der fixen Idee litte, jeden Sonntag-Abend einen Lachs zu fangen, und ehe dieser Mann, der obendrein Familienvater sei, nach Dalldorf käme, wolle er versuchen, ihn nach allen Regeln der Kunst zu erleichtern. Da er sich auf keine Weise halten ließ, mußte ich ihn schweren Herzens ziehen lassen.

Als er fort war, fragte ich Emmi: „Nun, wie war er gegen Dich?" – „Sehr nett!" – „So? und worüber sprach er?" – „Er meinte, es müßten Orangenblüten im Zimmer sein, die möchte er nicht riechen, denn als Kind sei ihm einmal ein Brechmittel mit Orangenblüthenwasser verordnet worden, und seit der Zeit wäre ihm der Geruch äußerst fatal." – „Nun und Du?" – „Ich sagte, ich würde die Blumen aus meinem Haar nehmen; aber er meinte, das könne er nicht verlangen. Ich that's aber doch, und da setzte er sich zu mir heran . . ." – „Und da?" – „Da erzählte er mir allerlei von seinem guten Papa und seiner lieben Mutter, wie die ihm immer sagte, eine Schwiegertochter wäre das Beste, was er ihr einmal bringen könnte, und da ...“ – „Und da?“ fragte ich athemlos. – – „Und da fingst Du an zu schreien, Mama, und wir stürzten nach der Küche.“ – –

Mir ward schwarz vor den Augen. Wie vernichtet glitt ich auf das Sopha. So nahe am Ziel – schon lag ihm das erlösende Wort auf den Lippen, als das Schicksal in Gestalt eines hungrigen Kriegers grausam dazwischen trat. Mein erster Gedanke war, die Jette sofort nach ihrer Zuhausekunft durch einen Schutzmann abholen zu lassen, da sie doch offenbar die Thür nicht verschlossen hatte, damit die bewaffnete Macht ins Haus dringen konnte. Aber ich durfte nicht. Was würden mein Karl, die Kinder, Dr. Wrenzchen und gar Onkel Fritz von meiner freiwilligen Verbannung in die Speisekammer gesagt haben, die dabei zur Sprache kommen mußte? Entsetzlich. – Und die Jette ist seitdem so frech und impertinent, daß ich ihr kaum ein Wort zu sagen getraue, ja ich gehe Abends nicht einmal in die Küche, weil ich fürchten muß, den Gefreiten dort anzutreffen. Statt des erhofften Glücks habe ich nur Kummer und Verdruß geerntet und wer weiß, wann es mir wieder gelingt, den Doktor einzufangen? Ich bin sehr niedergeschlagen und gebeugt, aber ich gebe trotzdem den Kampf mit dem Schicksal um den Doktor nicht auf. – – – –

P.S. Der Doktor ist an dem betreffenden Abend gar nicht bei einem Kranken gewesen. Im Gegentheil, er hat mit seinen Kumpanen in Nifelheim bei Helbichs Skat gespielt. Onkel Fritz hat ihn dort getroffen und sagte mir, 'Lachs fangen' bedeutet soviel, als das Bier im Skat ausspielen. Also verhöhnt hat er mich trotz der Kalbskeule und des Zanders mit Austernsauce. Ich möchte wohl mal sehen, ob er sich das als Schwiegersohn erlauben würde? Das Lachsfangen wollte ich ihm schon abgewöhnen.

Taufe

Seinen Namen hatte das Kleine bei Weigelts ja schon auf civilstandsamtlichem Wege erhalten, aber es ward nach diesem nun doch die höchste Zeit, daß es getauft wurde und nicht länger als junges Heidenkind in den Tag hineinlebte. Die Verzögerung hatte jedoch ihren guten Grund, denn Herrn Weigelt's Vater ist Landpastor, dort irgendwo an der pommerschen Küste, und nun wollten Weigelts doch gerne, daß der Großvater den Enkel taufen möchte, aber dem war es schwer geworden, von seinem Amte auf einige Tage abzukommen. Jetzt aber hatte er geschrieben, daß er Zeit habe und den Tag seines Eintreffens in Berlin angemeldet.

Dies Alles setzte mir Herr Weigelt auseinander, als er zu uns kam, um meine Emmi zur Gevatterin zu bitten. Natürlich gewährte ich ihm diesen Wunsch, denn Emmi und Auguste waren von jeher gute Freundinnen, und man kann sich nichts Reizenderes denken, als eine junge niedliche Gevatterin. Es rangirt das gleich nach Brautjungfer, obgleich Braut in meinen Augen noch einen bedeutenden Grad höher steht.

Als er mir nun sagte, daß sein Vater kommen werde, fragte ich, wo der denn logiren solle, da doch die Räumlichkeiten bei ihnen nur beschränkt seien und eine Taufe außerdem allerlei Unruhe verursache. – „Ach, Frau Buchholz," sagte er, „Sie sind stets so wohlwollend zu uns gewesen, und Platz haben Sie auch. Wenn mein guter alter Papa bei Ihnen wohnen könnte, ich wüßte nicht, wie dankbar ich sein würde! Bei meinen Schwiegereltern fehlt es leider auch an Raum!" – Ich überlegte einen Augenblick und sagte dann: „Ihr Herr Vater soll mir sehr willkommen sein. Ganz außerordentlich willkommen, aber ich fordere einen Gegendienst." – „Mit Freuden," antwortete er. – „Sie bitten Dr. Wrenzchen ebenfalls zu Gevatter. Sie sind mit ihm bekannt. Wollen Sie?" – „Was an mir liegt, soll geschehen," erwiderte Herr Weigelt, „und müßte ich ihn mit der Raupenschere heranzerren!" – Wir lachten beide über dies grausame Mittel, das kürzlich von einem Mörder ersonnen war, um seine Kunden zu erwürgen, und dann verabschiedete Herr Weigelt sich seelenvergnügt.

Als er fort war, sagte ich mir: Wilhelmine, dieser Einfall ist Goldes werth. Der Doktor entrinnt Dir nicht. Daß Emmi aussieht wie eine junge Fee, dafür wirst Du schon sorgen.

Am nächsten Tage kam Herr Weigelt wieder heran. „Er hat zugesagt!" rief er mir schon in der Thüre entgegen. – „Ohne viele Ausflüchte?" fragte ich. – „Im Gegentheil, als er hörte, daß Fräulein Emmi mit ihm Gevatter stehen würde, acceptirte er sofort und sah so fidel aus, als hätte er einen Grand mit Vieren in der Hand." – „Das geht ja vortrefflich," dachte ich, „er scheint schon selbst zu der Ansicht gekommen zu sein, daß er reif ist." – Nun beredeten wir noch allerlei praktische Dinge in Bezug auf das Tauffest, ich versprach ihm, unsere Punschbowle mit den Gläsern hinzuschicken und was sie sonst brauchten, denn Bergfeldts ihre hat beim Umzug natürlich einen Stoß wegbekommen und ist ohne Schamröthe nicht mehr auf den Tisch zu stellen. In meiner Freude hätte ich ihm unsere ganze gute Stube geliehen, wenn es möglich gewesen wäre.

Nun richteten wir das Fremdenzimmer für den alten Herrn ein. Die Kinder meinten zwar, es würde tödtlich langweilig sein, einen Geistlichen im Hause zu haben, da dürfte man ja kein lustiges Wort reden und müsse sauer aussehen, aber ich sagte mit Beziehung: „Kinder, nach Regen folgt Sonnenschein, aus der Säure wird noch eitel Honigseim werden. Überdies sucht Eure Gesangbücher hervor und legt sie auf den Nähtisch, das wird einen guten Eindruck machen. Du, Emmi, bekommst ein weißes Kleid mit blaßblauer Garnirung. Mattes Blau steht Dir sehr gut. Im Winter kannst Du damit zu Ball gehen, ich sage Dir, weggeworfen ist es nicht." Das war am Freitag.

Wir hatten mithin noch Zeit genug zur Herstellung der Toilette, denn der alte Herr Weigelt traf erst am Dienstag Nachmittag ein und am Mittwoch sollte die Taufe sein.

Der alte Herr hatte natürlich erst seine Kinder besucht und dann kam er mit seinem Sohne zu uns. Mir war anfangs etwas beklommen, denn man ist doch nicht gewöhnt mit der Geistlichkeit umzugehen, allein der alte Herr hatte so viel Herzliches und Gewinnendes, daß wir nach zehn Minuten schon so nett miteinander waren, als hätten wir uns bereits seit Jahren gekannt. Als wir zum Abendbrod gingen, bot er mir galant den Arm und das erste Glas Wein nahm er und sprach, er wünsche die Gesundheit der Familie zu trinken, von der sein Sohn und seine Schwiegertochter ihm so viel des Guten gesagt hätten, und im Namen seiner Kinder dankte er uns für die vielen Beweise der Freundschaft. Mein Karl entgegnete, so viel Lob mache seine Frau ganz verlegen, aber der alte Herr reichte mir seine Rechte mit herzlichem Händedruck und sagte, er wisse recht gut, woran er sei und habe kein Wort zu viel gesagt.

Nachdem wir gespeist hatten, beschwor ich Herrn Weigelt junior, doch um des Himmels willen noch einmal nach dem Doktor zu sehen und ihn an seine Zusage und seine Pflicht als Christenmensch zu erinnern, und deshalb verließ der uns auch bald. Der alte Herr unterhielt sich mit den Töchtern. Er fragte, ob sie auch spielten und sängen, als er das Klavier bemerkte. Ehe wir es nur dachten, saß er an dem Instrument und erzählte, wie er früher als Student den 'Freischütz' gesehen habe und wie alle Welt davon begeistert gewesen sei, und sang ganz munter die Arie 'Durch die Wälder , durch die Auen'. Emmi sang dann auch einige Lieder, aber zu seinem Leidwesen kannte sie das 'Kommt ein schlanker

Bursch gegangen' nicht. „Nun," sagte er, „als ich noch jung war, wurde das Lied überall gesungen, mir gilt es als eine Erinnerung an die ferne Jugend." Da spielte er es und sang dazu, und wir Alle lauschten, wie den welken Lippen noch so frohe Töne entquollen. Ich hatte mir den Pastor ganz anders gedacht, finster und gänzlich scherzlos, aber nun ich ihn so gesellig und gemüthlich fand, reifte ein Plan in mir, der nicht fehlschlagen konnte.

Ich ließ die Töchter sich absondern und dann sagte ich ihm vertraulich: „Herr Pastor, Sie werden morgen einen Gevatter vor sich haben, der ein recht angenehmer Mensch und mir als Schwiegersohn willkommen ist, aber das sündhafte Berliner Leben hat ihn ganz umgarnt. Reden Sie ihm doch ein bischen ins Gewissen und malen Sie ihm das Glück der Ehe recht hübsch aus. Wenn er Gevatter steht, muß er schon zuhören." – Der Pastor überlegte einen Augenblick und sagte dann: „Ich will versuchen, ihn auf den rechten Weg zu führen." – „Sie thun ein gutes Werk," erwiderte ich, „Sie haben keine Ahnung davon, wie verderbt die Berliner jungen Leute sind. Auch meinem Bruder Fritz könnte eine Ermahnung nicht schaden!" –

Am nächsten Tage war die Taufe. Weigelts hatten Alles sehr niedlich eingerichtet, es war so freundlich bei ihnen und sauber, und ich mußte staunen, wie doch ein paar Blumentöpfe und fröhliche Gesichter eine Wohnung festlich machen, wenn sie noch so klein ist. Von den Bekannten waren selbstverständlich Bergfeldtens von A bis Z da, Herr und Frau Krause, die den kleinen Eduard mitgebracht hatten, Onkel Fritz, der Hauswirth Herr Meier mit Frau und Tochter, ein paar Freunde des Herrn Weigelt, worunter ein Herr Theophile, der Chemiker studirt und nachher allerlei Kunststücke machte. Dazu kamen wir noch Alle und Dr. Wrenzchen, so daß die Wohnung voll war wie ein Omnibus bei Regenwetter. Wegen Dr. Wrenzchen war die Taufe um 6 Uhr angesetzt und er kam auch mit dem Glockenschlage. Herr Bergfeldt hielt seinen Enkel und Dr. Wrenzchen und Emmi standen rechts und links von ihm.

Der alte Pastor fing seine Rede an. Er wies darauf hin, daß das so sanft schlummernde Kind (es schlief nämlich herrlich) eine junge Knospe sei, die sich in dem großen Garten der Menschheit entfalten solle, bei der die Gevatter die Gärtnerpflicht übernähmen, damit die Blüthe dem Herrn des Gartens gefalle. Dies führte er mit manngifachen Vergleichen aus und wußte unser Gemüth zu bewegen, daß in uns Allen recht innige Wünsche für den jungen Erdenbürger wachgerufen wurden. Dann aber wandte er sich zu den Gevattern und sprach, wie die Pflicht, die sie übernähmen, so zu deuten wäre, daß ihr Schützling nun auch Anforderungen an sie stelle. Er wisse wohl, daß Berlin, wie dereinst Babel, der Versuchungen voll sei und namentlich Denen mit dem Untergange drohe, die ihre Wege, unbekümmert um Andere, wandelten. Da lauerten das Spiel, der Trunk und die Sünde in gleißenden Farben und zögen den jungen Menschen in den Abgrund. – Nur ein Mittel gäbe es zur Rettung, das wäre das eigene Heim, die Sorge für Andere in Leid und Noth und Trübsal. Die Prüfungen, welche der Ehestand mit sich brächte, führten den dem Verderben Zueilenden auf den rechten Weg und zur Erkenntniß. Darum solle jeder junge Mann das Joch der Ehe auf sich nehmen, damit er aus den Schlingen böser Gesellschaft errettet werde und den Thorheiten der Welt entsage. – Mich überlief es eiskalt, denn er ging mir weiter als ich wünschte, der gute Pastor, aber er war einmal im Zuge und ließ sich nicht halten. Dr. Wrenzchen hörte sehr genau zu, aber trotzdem schien er nicht sehr erbaut. – „Welches Glück," fuhr der Pastor fort, „wenn einem jungen Manne sich ein Haus öffnet, in dem ein guter Geist waltet, wo die Töchter das Gesangbuch nicht in den Winkel werfen, aus dem sie fromme Verse lernten, wo eine Mutter waltet, die ihre schützende Hand auch über den Verlorenen ausstreckt, den sie ihren Sohn nennt." – Nun verzog Dt. Wrenzchen den einen Mundwinkel. „Das bedeutet nichts Gutes," dachte ich. „Wenn der Pastor nur aufhören wollte, er macht den Doktor noch ganz rabiat." – „Zwei Wege giebt es, meine Theuren," schloß der Pastor, „den der Zucht und Ordnung, der Entsagung und des Friedens und den der sündigen Welt mit ihren Genüssen, dessen Ende Verzweiflung und Gewissensqualen sind. Wer kann sich da lange besinnen? Nur der Verstockte, dem Bösen Verfallene, der Verruchte. Und was verlangt unser Täufling? Daß seine Gevattern ihm auf der Bahn des Guten vorangehen!"

Dann folgte die Taufhandlung und der kleine Franz wurde in das Schlafzimmer zurückgebracht.

Ich war neugierig, welche Wirkung die Rede wohl auf den Doktor ausgeübt haben würde. Der Pastor hatte er zu gut gemeint, denn für so ganz verloren, wie er ihn hinstellte, erachtete ich den Doktor keineswegs, aber wenn die Pastoren auf die Sünde zu sprechen kommen, malen sie meistens reichlich schwarz.

Es wurde rasch gedeckt und wir setzten uns zu Tische. Doktor Wrenzchen führte Emmi, die allerliebst aussah, der Pastor saß mit der Bergfeldten auf dem Sopha und Krauses nahmen ihren Eduard zwischen sich. Ich wunderte mich, daß der Junge während der Taufe so ruhig gewesen war, aber das dicke Ende kam nach, denn er hatte die Konfektschüssel entdeckt und sich gehörig daran gehalten. Auguste mußte rasch zum Konditor schicken, um den Schaden wieder gut zu machen. Da ich noch mit der Krausen etwas gespannt war, sagte ich nichts, aber ich warf Blicke, die sie wohl verstand.

Auguste hatte ein sehr gutes Essen bereitet. Es schmeckte uns Allen, und als wir schon ein bischen in Stimmung waren, ging das Toasten los. Herr Krause ließ die Eltern leben, mein Karl sehr hübsch den alten Weigelt, und der wieder die Gevattern. Onkel Fritz ließ die vier Franzen leben: den Täufling, den Vater, den Großvater und Dr. Wrenzchen, der auch Franz heißt, und meinte, wenn es so weiter ginge, würde es noch ein ganzes Kaiser Franz-Regiment in der Familie geben, worüber wir Alle in ein lautes Gelächter ausbrachen und Dr. Wrenzchen stark erröthete. Der Doktor unterhielt sich zwar mit meiner Emmi, aber, wie mir schien, ein bischen reservirt und kühl. Ich war sehr unruhig darüber.

Zum Dessert kam die Punschbowle, und nun machte Herr Theophile verschiedene sehr amüsante Kunsttücke. Er fraß Feuer, ohne sich zu verbrennen, und verschluckte Messer und Gabeln. „Das sind ja fast Wunder wie zu Mosis Zeiten und Aarons!“ sagte der Pastor lächelnd.

„Meinen Sie den Nietenkommissarius Aarons?“ fragte die Bergfeldten, „das ist doch ein sehr ordentlicher Mann, ich glaube nicht daß der Feuer frißt!“ – Jedermann schwieg ob dieser grenzenlosen Bornirtheit.

Der kleine Krause war aufgestanden und zu dem Herrn gegangen, um die Kunststücke in der Nähe zu sehen, und rief mit einem Male laut: „Äh, äh, er hat das Messer gar nicht gegessen, das liegt auf seinem Schooß. Äh, äh!“

Herr Krause gebot Eduard Stillschweigen. Die Herren standen theilweise auf und rauchten ihren Ziehgarn, und ich setzte mich zum Doktor. „Nun, lieber Doktor,“ fragte ich, „wie hat Ihnen denn die Taufrede gefallen?“

„Sie hat mir viel Stoff zum Nachdenken gegeben,“ antwortete er. „Meine gute Frau Buchholz, ich liebe die persönliche Freiheit, ohne gerade den Sündenweg zu wandeln, und würde mich doch sehr besinnen, ehe ich mich unter Kuratel, selbst der ausgezeichnetsten Schwiegermutter stellte. Der Himmel mag wissen, wer dem alten Herrn bei seiner Rede geholfen hat, aber für das Joch der Trübsal bin ich nicht erwärmt worden! Auch kann ich nicht annehmen, daß Ihnen ein verruchter Schwiegersohn willkommen wäre.“

Nun wußte ich's. Das war eine Ablehnung, und zwar in der Größe eines Waschkorbes. Warum kannte der alte Her den Doktor nicht besser? Er hätte sich doch sagen können, daß delikate Angelegenheiten auch delikat behandelt werden müssen.

Ich wollte dies Thema noch ein wenig weiter verfolgen, denn Zureden hilft manchmal, als die Krausen rief: „Wo ist Eduard?" – Ja, wo war Eduard? Im Zimmer keineswegs, denn sein Platz war leer. Im Nebenzimmer war er nicht; in der Küche auch nicht. – „Mein Gott, wo ist Eduard?" Herr Krause suchte überall, Eduard war nicht zu finden. Im Nebenzimmer war ein Fenster geöffnet, um den Tabaksrauch und die Hitze auszulassen. Sollte er aus dem Fenster gefallen sein? Herr Krause blickte hinab. Unten auf dem Trottoir lag etwas Dunkles. „Mein Kind!" schrie die Krausen, „es liegt unten zerschmettert!" Dabei fiel sie in Ohnmacht. Herr Krause und noch einige Herren eilten die Treppe hinunter, wir suchten indessen die Krausen ins Bewußtsein zurückzurufen. Ein Glück, daß wir einen Doktor bei uns hatten, denn der Pastor hatte schon die Ölflasche statt der Essigflasche ergriffen und wollte der Krausen die Schläfe einreiben. – Sie rührte sich noch nicht, als Herr Krause wiederkam. „Es ist nur das Fensterkissen, nicht unser Kind, erwache wieder, Adelheid, besinne Dich doch!" rief er. Sie kam wieder zu sich. „Wo ist Eduard?" schluchzte sie. „Ach, Ihr wollt mir nur das Schreckliche verbergen. Sagt mir die Wahrheit, die Ungewißheit tödtet mich!"

Wir wußten Alle nicht, was wir dazu sagen sollten, als plötzlich die Bergfeldten, die bisher stupide auf dem Sopha saß, laut aufkrähte und rief: „Mich hat Jemand gepiekt!" Und so war es auch. Der kleine Krause, die Kröte, hatte sich unter das Sopha verkrochen und dort eine vergessene Tapeziernadel gefunden, mit der er der Bergfeldten ins Bein stach.

Die Bergfeldten war außer sich und wollte gleich auf der Stelle nachsehen, ob es schlimm geworden sei. Nur mit Mühe konnte ich sie davon abhalten. Wir gingen ins Schlafzimmer und da stellte sich heraus, daß kaum ein Tropfen Blut geflossen war, nur ein kleiner rother Punkt war auf dem weißen Strumpf zu sehen. Übrigens wunderte ich mich, daß die Bergfeldten so stämmig zu Fuß ist.

Krausens waren wie närrisch über das glücklich wiedergefundene Kind. Sie küßte und hätschelte den Jungen, daß ich es nicht mehr ansehen konnte.

„Gehen Sie doch mit ihm nach der Mädchenkammer," rief ich, „die liegt nach dem Hof zu, da hört es Niemand, wenn er seine wohlverdiente Jacke voll kriegt."

„Was sagen Sie?" fuhr die Krausen wüthend auf. „Den süßen Engel schlagen? Sie sind keine Priesterin der Humanität."

„Der Himmel bewahre mich vor solcher Humanität," erwiderte ich. „Ich sage Ihnen nur, wenn Sie den Jungen weiter so verziehen, dann ist für ihn auch schon der Kalch mitgelöscht worden, als sie das neue Gefängniß in Moabit bauten!" – „Frau Buchholz, schonen Sie das Gefühl einer Mutter!" rief Herr Krause. – „Sie sollten ihm den Puckel nur gehörig mit hölzernem Balsam einreiben," erwiderte ich. – „Richtet nicht, auf daß Ihr nicht gerichtet werdet!" predigte Herr Krause. „Komm, Adelheid, so etwas brauchen wir uns nicht gefallen zu lassen!"

Krausens gingen, und da die Krausen schrecklich aufgeregt war, bat Herr Krause den Doktor, sie zu begleiten. – Und der Doktor ging mit! Er konnte gehen!

Wir blieben noch ein wenig, aber es kam kein Zug mehr in die Gesellschaft. Die Punschbowle war kaum zur Hälfte leer, als wir auch aufbrachen. Wie schön hätte man mit dem Rest noch Verlobung feiern können!

Emmi war sehr niedergeschlagen. Ich glaube, sie liebt den Doktor aufrichtig.

Das arme Kind! Es ist förmlich, als verfolgte das Unglück sie.

Eine Pfingsttour

Ich war noch nicht mit der Stadtbahn gefahren, die Kinder auch nicht, und deshalb sagte ich zu meinem Karl, es könnte doch wohl nichts Reizvolleres geben, als am ersten Pfingsttage einen Ausflug mit theilweiser Benutzung der Stadtbahn zu machen. Dies käme billiger als alles Andere, sei belehrend und interessant, zumal das Getobe vom Volk erst am zweiten Feiertag stattfände.

Mein Karl war damit einverstanden. Ich schickte Betti nach Bergfeldtens, ob sie auch mitmachten, aber als Betti wiederkam, hatte sie nur halbe Antworten bekommen und sah so windschief aus den Augen, daß mir irgend etwas sengerich roch; ich wußte nur noch nicht was. Hab's aber nachher erfahren.

„Warum haben Bergfeldts nicht fest zugesagt?" fragte ich. „Sie meinten, Stadtbahn sei zu ordinär!" – „Auch wenn wir damit fahren?" entgegnete ich scharf und fragte dann weiter: „Fährt denn Dein Emil mit uns?" – Sie schwieg. – „Oder fährst Du etwa mit Bergfeldts?" Abermaliges Schweigen.

„Ich denke doch, daß der Bräutigam an solchem Tage seine Braut nicht allein läßt," bemerkte ich. – „Ich habe Emil nicht gesprochen!" erwiderte Betti. – „Dann frage ihn morgen früh." – „Vielleicht!" antwortete sie – „Was heißt das, vielleicht?" rief ich, „habt Ihr Euch erzürnt? – Seid Ihr böse miteinander?" – „Nein," erwiderte Betti ganz leise. – „Nun, also was denn? Was giebt's? Heraus mit der Sprache!" – „Nichts," flüsterte sie, und dann brach sie in lautes Weinen aus und wollte reell ohnmächtig werden.

Ich that Alles, was man in solchen Fällen thut, ich holte Eau de Cologne, ich machte ihr das Zeug auf, es war ihr ein bischen knapp, denn sie hatte sehr zugenommen, und kajolirte mit ihr herum, bis sie wieder zu sich kam. – „Nun sag' mir doch, was ist denn passirt?" fragte ich, „Deiner Mutter kannst Du doch wohl Alles vertrauen?" – „O nein," rief sie aus. „Nein, nein, frage mich nicht, es ist zu schrecklich!"

Mir stiegen allerlei furchtbare Vermuthungen auf, aber ich lächelte, während mir das Herz zerspringen wollte.

„Es wird das Beste sein, Ihr macht bald Hochzeit," sagte ich endlich. „Nicht wahr, zum Herbst heirathet Ihr?"

Den Blick, den das Kind mir nun zuwarf, vergesse ich in meinem Leben nicht. Die Betti hat ja so hübsche Rehaugen, aber sie sah mich damit an, als wäre sie bis auf den Tod verwundet, so jammervoll und so wehleidig; es schnitt mir wie mit einem Messer in die Seele. – „Nie!", sagte sie, „nie!" – „Nanu?" rief ich. „Er wird Dich heirathen, so wahr ich Wilhelmine heiße." – „Aber ich nehme ihn nicht," entgegnete Betti. – „Nun wird's immer schöner. Und warum nicht?" – „Weil ich ihn hasse, ihn verabscheue; o – o – er –." Und nun bekam sie Zufälle, daß ich sie zu Bette bringen mußte. Was eigentlich vorgefallen war, konnte ich nicht aus ihr herauskriegen, denn sie ist von Natur etwas bockig, und was sie nicht sagen will, das sagt sie nicht. Sie schwieg auf alle Fragen, und ich blieb so klug wie zuvor.

Mit meinem Karl sprach ich nicht über meine Sorgen; ich dachte, wenn ich erst weiß, was los ist, soll er's schon erfahren. Um so eifriger betrieb ich die Vorbereitungen zu der Pfingstfahrt, zumal Betti am andern Morgen ganz so war wie gewöhnlich. Nur die Mundwinkel hingen tiefer und unter den Augen schien sie mir reichlich blau. –

Wir Damen hatten uns natürlich einfach, aber doch gefällig gekleidet. Emmi sah in ihrem neuen Cretonkleid reizend aus, daß ich wohl wünschte, Dr. Wrenzchen wäre ihr zufällig begegnet. Betti ging egal mit Emmi, und ich hatte mich in Taubengrau mit rothen Fuchsias drauf geworfen, was jetzt erste Mode ist. Mein Karl sah nobel aus wie immer.

Wir waren überein gekommen, erst zu Hause gemüthlich zu essen und den Nachmittag zur Ausfahrt zu benutzen, denn so den ganzen Tag mit neuen Kleidern unterwegs zu sein, das halte ich nicht für ökonomisch, und so kam es, daß wir denn gegen drei Uhr auf dem Bahnhof Alexanderplatz in ein ziemlich leeres Kopee stiegen und davonsausten.

„Siehst Du, mein süßer Karl,“ sagte ich, „am ersten Feiertage findet man schon Platz; schöner können wir es gar nicht wünschen.“ – Ehe mein Karl antworten konnte, hielten wir schon auf dem Bahnhof „Börse“. – „Die Leute, welche ihren Feiertag genießen wollen, fahren bereits früh aus,“ entgegnete mein Karl, „halb Berlin wird draußen im Freien sein.“

Ich wollte ihm meine entgegengesetzte Meinung ausdrücken, da fuhren wir schon in den Bahnhof Friedrichstraße ein. Und so dampften wir aus Berlin heraus am Zoologischen Garten vorbei nach dem Stadtbahnhof Charlottenburg, und von da gingen wir zu Fuß unter dem Viadukt durch, über die Haide nach dem Halensee.

„Kinder,“ sprach ich, „seht doch, was Alles hier auf der Haide blüht“ und wollte mir ein bescheidenes Blümchen pflücken, wie das auf Landpartien so Stil ist, aber ich kam doch zur Ansicht, daß, wenn die Natur zu dicht bei der Stadt liegt, sie nicht mehr unverfälscht bleibt, weil die Menschen überall ihre Spuren zurücklassen: ein einziges Butterbrodpapier, eine einzige Eierschale nimmt dem ganzen Tableau seinen unschuldigen Ausdruck. Es giebt eben zu viel schlechterzogene Menschen, namentlich im Freien.

Unser Ziel war das Wirthshaus am Halensee, denn aufrichtig gesagt, Bernau und Biesenthal habe ich satt, die Festverpflegung ist da zu grimmig und grüner sind die Bäume dort auch nicht, wogegen am Halensee nicht nur bestes Bier auf Eis liegt, sondern Ozonquellen ersten Ranges sein sollen. Außerdem kannten wir den Wirth persönlich, der mir schon im Winter sagte, wenn ich hinauskäme, sollte ich extra ausgesuchten Protektionsspargel bekommen. Er hatte dies zwar, wie wir erfuhren, vielen von seinen Bekannten versprochen, aber es giebt ja dicken Spargel genug auf der Welt, und das ist ein großes Glück für die Restaurateure, wie für das Publikum.

Es waren viele Leute draußen, aber wir erhielten einen netten Tisch mit entzückender Aussicht auf den See, auf dem die Gondeln nur so herumlavirten.

Hin und wieder fuhr ein Bahnzug am Horizont durch die Natur, während der Vordergrund, wie die Poeten sagen, anmutig mit weißbeschürzten Kellnern und festlich geschmückter, anständiger Gesellschaft belebt wurde.

Wir bestellten gleich Spargel im Voraus, zähmten uns ein Glas 'Echtes' und promenirten dann in dem Park. Es war wirklich amüsant und ich kann wohl sagen, unsere gewählte Toilette fiel gebührend auf. Auch die Kegelbahn besuchten wir und dort fanden wir zu unserem freudigen Erstaunen gute Bekannte, nämlich Herrn Kleines, Herrn Theophile, einen Hamburger Doktor, der uns vorgestellt wurde und sich als sehr gebildet erwies, und noch einige Andere. Und wer saß, als wir kamen, an dem Anschreibepult? – Dr. Wrenzchen! – ich begrüßte ihn herzlich, aber er kam nicht heran, sondern nickte nur ängstlich lächelnd mit dem Kopfe. Alle Anderen waren so artig, uns zu bekomplimentiren, aber er blieb sitzen, als wäre er festgenagelt, was ich natürlich sehr rücksichtslos fand. Nun luden sie meinen Karl ein, mitzukegeln, aber er lehnte ab, weil ja schon eine gerade Anzahl Spieler vorhanden sei, worauf der Doktor ihm gerne seinen Antheil einräumen wollte. „Ach," sagte ich, „wenn Sie doch nicht mitwerfen, lieber Doktor, dann fahren Sie uns ein bischen im Boot, ich weiß, Sie segeln gerne." – Er wurde ganz verlegen und machte allerlei Ausflüchte, und seine Kameraden, namentlich ein Herr King, lachten sehr verschmitzt, daß mir nichts übrig blieb, als meinen Karl, der schleißlich nicht übel Lust zum Kegeln zeigte, etwas energisch unterzuhaken und fortzuziehen.

„Du siehst, daß man uns dort nicht haben will," sagte ich erbost. „Der Doktor setzt die einfachsten Anstandsregeln bei Seite, er steht nicht einmal auf, wo er doch die schöne Kalbskeule bei uns verzehrt hat, und Herr Kleines wollte schon Lachkrämpfe kriegen, als ich den Doktor ironisch zum Gondeln aufforderte. Die heutige Jugend ist Pöbel, das ist meine Meinung."

Mit einem Worte, ich war sehr erzürnt. – „Tob' Dich nur aus, Mine," sagte mein Engels-Karl, „sonst bekommt es Dir nicht gut." Ach, wo giebt es einen Mann, der so zartfühlend ist, wie mein Karl? Ich wollte jedoch noch einige Bemerkungen machen, die gerade nicht von Zuckerkante waren, als mir das Wort im Munde stecken blieb, wie eine zu heiße Kartoffel. Denn vor dem Parkthor hielt eine Equipage und in der Equipage saß die Bergfeldten! Die Bergfeldten in blauer Seide, bramsig in die Kissen zurückgelehnt, wie eine reife Katharinenpflaume, und neben ihr eine ältere magere Dame. Auf dem Rücksitze saß Herr Bergfeldt mit einem jungen Mädchen, das, der langen Nase nach zu schließen, die Tochter der Mageren vorstellte. Emil hatte auf dem Bock Platz genommen und sah so kühn in die Welt hinaus, als hätte er das große Loos gewonnen.

„Die fahren Equipage und wir Stadtbahn Dritter," rief ich, aber weiter kam ich nicht, denn die Betti war weiß wie der Tod geworden – „Betti!... Kind!" rief ich. „Was ist Dir? – Karl, hole den Doktor! Schleife ihn an der Kravatte von der Kegelbahn, Du siehst, er ist nothwendig!" – Mein Karl stürzte ab. – „Betti, Du erschreckst mich, was fehlt Dir, mein liebes Kind? Ich will ja Alles verzeihen." – – – – „Es ist schon vorüber," sagte Betti. „Ich weiß nun genug. Sei unbesorgt, liebe Mutter. Du siehst, ich bin wieder ganz munter." – „Wir wollen nach Hause," sagte ich. – „Nein, wir bleiben," entgegnete sie fest. „Er soll nicht sagen, daß ich um seinetwillen mich auch nur eine Minute gegrämt hätte." – „Wer?" – „Er, den ich jetzt hasse ... Emil!" –

Mein Karl kam retour, aber ohne den Doktor. „Wenn es dunkler geworden wäre, wollte er erscheinen," sagte mein Karl. – „Er braucht sich unsertwegen nicht zu inkommodiren," erwiderte ich spitz. „Übrigens ist er auch nicht mehr vonnöthen. Und daß ich es Dir nur kurz sage, Betti ist mit Emil auseinander, und das kann uns nur recht sein; ich hatte so wie so nie Etwas mit dieser poweren Familie im Sinn. Unsere Betti an einen so habenichtsigen Zukunfts-Referendarius wegplempern! Das fehlte gerade. Morgen schreibst Du an Bergfeldt, daß wir die Verlobung aufheben, oder besser, ich bringe es ihr bei, daß ihr die Ohren summsen wie ein Telegraphendraht."

„Und was sagst Du dazu, Betti?" fragte mein Karl, indem er ihren Arm nahm und sie an sich zog. – „Möge Emil mit der jungen Dame glücklich werden, der er seine Neigung zugewendet hat, und sie ... mit ihm!" antwortete sie.

„Also wegen einer Anderen!" rief ich. „Wegen der langen dürren Person, die im Wagen saß? Wegen so einer Mamsell, so einem Knochenspinde. Na warte!"

Ich glaube nicht, daß man meine Stimmung hätte huldreich nennen können, aber doch war ich gewissermaßen froh, einmal weil ich wußte, warum Betti sich in der letzten Zeit gegrämt hatte, und zweitens, weil es nun mit Bergfeldts gründlich aus sein würde. – Wir blieben noch, um unseren Spargel zu essen, nachher kam auch Herr Kleines, der die Kinder sichtlich durch seine Erzählungen aufheiterte, aber wir gingen doch früher, als wir ursprünglich wollten. Spargel mit Ärger gegessen, liegen wie Blei im Magen und wenn sie noch so delikat sind. – – – –

Zu Hause fand mein Karl einen Brief von Herrn Bergfeldt vor. Vier Seiten lang. Drei Seiten nur Hin- und Hergeziehe und zuletzt die Bemerkung, sein Sohn müßte nach einer wohlhabenderen Partie aussehen und die biete sich ihm. Die Verlobung mit Betti sei auch nur ein unbesonnener Jugendstreich. Unsere Betti könnnte ja viel bessere Partien machen, als ihren Emil. – „Das hat sie ihm diktirt!" rief ich.

Wie lange ich sehr im Zorn war, weiß ich nicht, aber es war für Bergfeldts vortheilhaft, daß sich Keiner von der ganzen Sippe sehen ließ, denn es lag etwas wie ein Unglück in der Luft. Betti war am gefaßtesten! Sie erzählte, wie sie allmälig eine Umänderung Emil's im Benehmen gegen sie bemerkt habe, wie die Bergfeldten von den schlechten Aussichten der Juristen und reichen Partien gesprochen und wie sie längst schon gefühlt, daß es aus sei. Und nun, da sie Gewißheit habe, sei sie ruhiger und zufriedener als je zuvor. – Das besänftigte mich wieder.

Als ich mit meinem Karl allein war, besprachen wir uns ernst. Auch er hielt dafür, daß die Lösung der Verlobung das Beste sei.

„Wäre es nach mir gegangen, so hätten Betti und Emil sich nie verlobt," rief ich, – „daran sind nur Onkel Fritz und Dein weiches Herz Schuld. Und dieser Doktor," fügte ich hinzu, „kann auch bleiben, wo er ist. Eine solche Unhöflichkeit ist mir noch nicht passirt. Kommt nicht zu mir, nicht einmal zu dem kranken Kinde."

„Er konnte nicht, Wilhelmine, mit dem besten Willen nicht."

„O, wenn er nur hätte wollen."

„Er konnte wirklich nicht."

„Warum nicht?"

„Er hatte die Hose beim Kegeln zerplatzt. Im Übrigen legt er Dir und den Töchtern die devotesten Huldigungen zu Füßen."

Es freute mich, daß der Doktor durch triftige Gründe verhindert gewesen war, aber warum nimmt er sich einen Schneider, der zu eng arbeitet? Das muß anders werden. – Den nächsten Tag kam er jedoch bei uns heran, um sozusagen eine Entschuldigungsvisite von Stapel zu lassen, was ich gebührend aufnahm. Gleichzeitig gebrauchte ich die Gelegenheit, ihm zu sagen, daß meine Nerven sich in Zerrüttung befänden. Er empfahl mir, spazieren zu gehen, da er mich für ein Rezept noch nicht herunter genug schätzte.

Das that ich auch, aber das Mittel war wohl nicht richtig gewählt, denn nach und nach überkam mich eine Unruhe, die nicht weichen wollte. Im Schlafe und im Wachen sah ich nämlich Kinder vor meinen Augen, viele kleine Kinder, daß sie gar nicht zu zählen waren. Hiergegen verordnete er mir Marienbader, der ihm stets vollendete Dienste leiste. „Doktor," fragte ich, „sehen Sie denn auch zuweilen bei Tag und bei Nacht Kinder?" – „Nein," sagte er. – „Na," sagte ich darauf, „dann bleiben Sie mir nur mit Ihrem Marienbader vom Leibe!" – Hierauf empfahl er mir wieder fleißige Spaziergänge und ging einen Kunden weiter.

Als er fort war, legte ich mir die Frage vor: Was ist doch eigentlich die Medizin? – Viel ist sie nicht, denn wenn man den Ärzten nicht Alles selbst sagt, wissen sie auch nichts. Dr. Wrenzchen hätte doch sofort ahnen müssen, daß es nämlich gerade die Spaziergänge waren, denen ich mein Leiden verdankte.

Es ist ja ganz einerlei, wohin man geht: vor den Thoren und in der Stadt, überall, wo nur ein größerer Platz ist, da grimmelt und wimmelt es von Kindern. Im Thiergarten, im Friedrichshain, im Humboldtshain, auf dem Mariannenplatz bei Bethanien und ganz besonders auf den Belle-Alliance-Platz, da sieht es aus, als käme es auf eine Hand voll Kinder mehr oder weniger gar nicht an. Von allen Sorten, von jedem Alter, von jeder Größe, von jeder Farbe sind da, die Hunderte und die Tausende. Viele werden ja noch auf dem Arm getragen, und manche liegen zu zweit und auch zu dritt im Korbwägelchen, aber die meisten sind doch schon so weit, daß sie laufen können. Und das krabbelt und wühlt und schwankt und wankt daher, wie kleine Kähne, die man zu voll geladen hat, und das fällt und steht wieder auf, das lacht und schreit und weint und quarrt, das stößt sich und das haut sich, das ißt und trinkt und weiß nichts vom hellichten Tage.

Wenn man nun die bloßbeinige Gesellschaft sieht, die Schlafenden, welche schon müde von der Luft sind, die Spielenden, welche in den Sandhaufen buddeln und Alles um sich her im Eifer der thörichten Arbeit vergessen, die Laufenden und die sich Haschenden, die Masse von unschuldigen, kleinen Erdenwürmern, dann kann es Einem heiß überlaufen und plötzlich ist es, als wenn Jemand fragt: „Was soll aus all' diesen Kindern werden?"

Über die Jungens will ich mir keine Sorge weiter machen, die lernen das Ihrige, werden Soldat und müssen zusehen, wie sie durchkommen, denn als Rentiers werden doch wohl nur die wenigsten geboren. – Aber die kleinen Mädchen ... da hapert's.

Früher, als ich jünger war, da wußten wir nicht anders, als daß wir Mädchen verheirathet würden, wenn es an der Zeit sei, und nur, wenn Eine einsah, daß sie doch wohl leer ausgehen würde, dann belernte sie sich als Gouvernante oder so etwas Ähnliches, und war dies nicht, dann gab es immer noch so viel Angehörige und verwandte Familien, daß sie sich um ihr Sterbekleid keine Sorge zu machen brauchte. Die Tanten hatte man immer gern und sie waren auch nützlich, wenn irgendwo die Familie gerade größer wurde, oder wenn Jemand krank lag oder die Frau gestorben war, und wo sie sonst überall verwendet werden konnten. – Jetzt aber werden nicht mehr Familien gegründet, als eben nothwendig sind, der Familienzusammenhang wird immer dünner, und Alleinstehende giebt es immer mehr. Daher kommt es auch, daß die jungen Mädchen heutzutage schon frühzeitig Gouvernante und dergleichen lernen, als wäre es ausgemacht, daß sie nie heirathen würden.

Früher gab es doch noch Klöster, wo sie Nonnen werden konnten, (obgleich mir dies ja nie eingefallen wäre), wenn man anfing, in der Welt mit ihnen herumzustoßen; jetzt lernen sie von Klein auf solche Herumstoßgeschäfte, wie Lehrerin, Malerin, Holzschnitzerin und so etwas. Musik ist ja derart im Preise gesunken, daß es nicht werth ist, damit anzufangen, und die Erfahrungen, welche ich in dieser Beziehung mit Emmi machte, können mich nur in meiner Abneigung bestärken. Das Klavier ist ein Hausthier, das mit seinen weißen und schwarzen Zähnen viel zu viel Zeit frißt und obendrein Geld verschlingt, statt daß es Nutzen schafft.

Betti will nun auch etwas werden, entweder Gouvernante oder Malerin, sie weiß nur noch nicht, wozu sie die meiste Neigung hat, sie will es machen, wie so viele junge Mädchen, die arbeiten, arbeiten, arbeiten, damit sie ihr Leben haben, oder damit ihr Leben irgendwo nach aussieht.

„Betti," sagte ich, „Was willst Du malen oder Kinder erziehen, es giebt genug für Dich in unserm Hausstand zu thun!" – Da sagte sie blos „Hausstand?" mit einem verächtlichen Ton, und zog die Oberlippe hoch, daß ich sofort schwieg, denn in solchem Fall ist alles Reden für die Katze. Das Nasenrümpfen, das Lippenziehen über Geringes und das Hochhinauswollen taugt nicht; warum kann man nicht zufrieden sein mit dem, was man hat?

Die Zufriedenheit ist eine so herrliche Erfindung, daß man die Leute nicht begreift, die Nichts von ihr halten und ohne Ruhe dem Glück nachjagen. Aber mit dem Glück ist es, wie mit dem Bier, es sieht machmal wunderschön aus, allein wenn man es kostet, ist es sauer, und wenn man meint, es liefe aus purer Forsche über den Rand, so ist es schlecht eingeschenkt und eitel Schaum.

Wer weiß, was das Schicksal all dem kleinen spielenden Volk einschenkt, wenn es hinaus muß in den Kampf um's Dasein, wie sie das Leben jetzt nennen, und der ja auch Mode bei den Mädchen geworden ist? Wenn ich die vielen Kinder sehe, dann denke ich auch an meine beiden: es geht mir durch und durch, und ich möchte laut aufschreien. Wenn's nicht noch einen Herrgott im Himmel gäbe ... es wäre zu gräßlich auf dieser Welt.

Sommerfrische

Es ist ja am Ende keine Kunst, dicke zu thun und mit einem billigen Extrazug irgendwo hinzureisen, um nachher sagen zu können: wir waren in der Schweiz oder Zoppot oder sonst in der fern entlegenen Fremde, aber bescheiden in der Nähe von Berlin zu weilen, daß Frau und Kinder sich am Luftwechsel erfreuen und der Mann Sonntags herauskommt und auch sein Vergnügen hat, --- das halte ich für keine leichte Aufgabe. Da heißt es, die Krone des Hochmuths abzulegen und das einfache Waschkleid der Tugend anzuziehen.

Deshalb entschieden wir uns dafür, nach Tegel hinauszuziehen, sowohl wegen der Wohnung und der Umgebung, die uns sehr gefiel, als auch wegen meines Karl.

Mein Mann hat trotz des Schutzzolles ja brillant zu thun, so daß ich glaube, wenn dieser fehlte, würde er in zwei Jahren bereits zu den oberen Zehntausend gehören, und darum kann er nicht auf Wochen vom Geschäft bleiben. Soll er nun ganz auf mich verzichten und seine Kinder? – Nein, er muß die dankbaren Gesichter derer sehen, für die er sich abarbeitet, wenigstens alle acht Tage einmal. Und für solche Zwecke liegt Tegel sehr angenehm.

Und dann ist von dem Dorf Tegel das Schloß Tegel mit seinem Park nicht weit entfernt, und in dem Park liegt Alexander v. Humboldt begraben, dieser außerordentliche Gelehrte, der ja auch den Globus erfunden hat, der jetzt zu den beliebtesten Zimmerzierden gehört, obwohl seine blaue Farbe nicht immer mit den Möbelstoffen harmonirt. – Hat man einen solchen historischen Hintergrund in unmittelbarer Nähe, so fühlt man auf den Spaziergängen das Walten des

Genius und ist glücklich in dem Bewußtsein, ebenfalls zu den Gebildeten zu gehören.

Emmi ist beim Vater in der Stadt geblieben, um ihm die Wirthschaft zu führen, ich und Betti sind hier draußen. Betti mußte aus den alten Verhältnissen herausgerissen werden, die sie überall an den treulosen Emil erinnern. Das Kind war so still und schweigsam geworden, daß es mir durch die Seele schnitt, wenn ich es heimlich beobachtete, und sagen durfte man nichts, denn dann gab es gleich schroffe Antworten und Thürenzuschlagen. Dies Alles, dachte ich, sollte sich in Tegel ändern. Wir wohnen hier allerliebst. Dieselben großen Linden und Ulmen, welche das Dach der kleinen Kirche beschatten, halten die Sonnenstrahlen von den Fenstern unseres Vorderzimmers ab, und wenn wir vor der Thüre sitzen, haben wir den alten Kirchhof mit seinen Denkmälern, Trauereschen und blühenden Gesträuchen vor uns. Der Anblick ist zwar ein ernster, aber wer ein reinliches Contobuch im Himmel hat, der wird durch ihn erbaut und gehoben. Ich glaube nicht, daß die Krausen ihn ertragen könnte. Doch von den schrecklichen Ereignissen später.

Nach hinten liegen zwei kleine Zimmerchen mit Aussicht auf den Garten und auch die Küche; die andere Hälfte des Häuschens ist ebenso gebaut, und dort wohnen die Hausleute, die zum Umgang für uns zu niedrig stehen, da sie, obgleich in Tegel geboren, von Humboldt und seiner Bedeutung auch nicht die geringste Ahnung haben.

Überhaupt hatten wir uns vorgenommen, mit der dortigen Einwohnerschaft nicht kordial zu werden, und daran thaten wir gut, denn man wird doch nur mißverstanden. Aus Rache dafür nennen sie uns die Gespensterfamilie. Das hat nun folgende Bewandtniß.

Es giebt in und um Tegel nämlich erschreckend viele Mücken, die der See ausbrütet. Als Betti und ich den ersten Abendspaziergang an den Gestaden des Sees machten, kamen wir Beide schön zugerichtet wieder heim. Bei mir hatten diese Geißeln des Menschengeschlechts es namentlich auf den Hals abgesehen, so daß ich aussah, als hätte ich einen Kropf, und wenn ich auch nicht leugne, daß mein Hals ein bischen fett ist, so findet mein Karl ihn doch immer sehr schön, und ich habe nicht nöthig, mir ihn ruiniren zu lassen. Für den nächsten Spaziergang rieben wir uns deshalb mit Lorbeeröl ein, das gut gegen Mückenstiche sein soll, aber das Zeug riecht so niederträchtig, daß es den Genuß an der balsamischen Natur vollkommen verkümmert. Ich schrieb daher an

Emmi, sie sollte uns die beiden Mousselinballröcke mit herausbringen, und daraus haben wir zwei egyptische Schleiergewänder hergestellt, die den Oberkörper und die Arme schützen. Wenn wir am Waldrande sitzen und im Anblicke der Natur schwelgen, schmücken wir die Gewänder mit Feldblumen und verzieren die Sonnenschirme mit großen Blättern. Dies poetische Treiben halten die Tegeler nun für Verrücktheit, und wegen der weißen Schleier nennen sie uns die Gespensterfamilie. Ihnen zum Ärger gehen wir mit unserm Kostüm und den geschmückten Schirmen unentwegt durch das Dorf, um zu zeigen, daß wir über lächerliche Vorurtheile hoch erhaben sind.

So waren ich und Betti ganz allein auf uns angewiesen. Das wäre ja auch recht schön gewesen, wenn Betti ihr verschlossenes Wesen nur ein wenig abgelegt hätte. Es kamen aber Stunden, in denen Sie kein Wort redete, auf Fragen keine Antwort gab, und wenn ich in sie drang, sagte: „Mama, Du weißt ja doch Alles besser, was nützt Dir meine Weisheit?"

Neulich kam sie mit einem weißen Kaninchen an, das sie von den Dorfknaben, die es hetzten und peinigten, für einige Nickel gekauft hatte. „Kind," rief ich, „was soll das schaudervolle Geschöpf?" – „Ich will ein Wesen haben, das ich liebe," antwortete sie. – „Liebst Du mich denn nicht, Betti?" – „O gewiß, so meine ich es nicht, aber das Kaninchen wird mich zerstreuen. Es ist so hübsch und hat so klare rothe Augen." – Wohin nun aber mit dem Thiere? Da der unterste Kommodenkasten leer war, thaten wir es da hinein, und ich mußte mich zufrieden geben, weil Betti sich wirklich an dem kleinen Vieh erfreute. Wir nahmen es auf unseren Spaziergängen mit ins Freie. Aber die Kommode und das Zimmer rochen sehr strenge nach dem Stallhasen, so viel wir auch lüfteten.

Unser Leben regelte sich gar bald. Morgens wurde erst im See gebadet und Betti schwamm bald ausgezeichnet. Dann frühstückten wir und Betti besorgte das Kaninchen, während ich die Wohnung in Ordnung brachte. Dann kam die Frau, welche die groben Arbeiten verrichtete, ich kochte und wir aßen zu Mittag. Dann nahmen wir ein paar Augen voll Schlaf und rüsteten uns darauf zum Spaziergang.

Natürlich waren wir auch mit Lektüre versehen; Onkel Fritz hatte den Kosmos von Humboldt besorgen müssen. Er sagte, als er ihn brachte: „Wilhelmine, er wird Dir zu hoch sein." Aber da kam er schön an. Ich erwiderte ihm:

„Ich habe leider oft genug erfahren, daß Du die Fähigkeiten der Frauen unterschätzest, weil Du ein Freigeist bist; deshalb ist jedoch noch lange nicht gesagt, daß ich nicht verstehe, was Du nicht zu begreifen vermagst!“

Hierauf lächelte er malitiös und sagte: „Glück mit dem Kosmos. Schicke ihn nur bald zurück, damit er wieder in die Bibliothek kommt.“

Es war nun erst recht meine Pflicht, den Kosmos zu lesen. Wir nahmen ihn und das Kaninchen, das wir Muck genannt hatten, mit in den Wald, und Betti las mir aus dem Buche von den Gebirgen in Mexiko vor und den Gesteinsschichtungen, die obendrauf liegen. Das erste Mal schlief ich leider ein, weil es sehr heiß war, das zweite Mal hatten wir Bohnen zu Mittag gehabt, wodurch wir beide müde wurden. Das dritte Mal las Betti sehr schlecht, weil Muck immer davon hüpfte und sie ihn wieder greifen mußte. Wir werden dessenungeachtet den Kosmos im Winter mit Ruhe lesen, denn es wäre doch lächerlich, wenn man ein gedrucktes Buch nicht verstehen sollte. Das sind Prätensionen von Onkel Fritz.

Als nun eine ausdauernde Regenzeit kam, wurde es ziemlich triste, zumal Betti meistens verstimmt war. Ohne Muck wäre es nicht auszuhalten gewesen. Betti nähte ihm eine blaue Jacke, und wir amüsirten uns, wenn er darin umherhopste.

An den Sonnabend-Abenden kamen mein Karl und Emmi heraus. Das waren dann wahre Festtage. Sie brachten stets allerlei Genußreiches mit, und wenn die Sonne schien, gingen wir in den Wald und delektirten uns an den guten Sachen. Aber wie kurz so ein Sonntag ist, davon macht man sich kaum einen Begriff. Wenn mein Karl am Abend wieder in die Pferdebahn stieg, war mir, als sei er erst eben angekommen, und wenn ich und Betti dann nachher noch vor der Thür saßen, den Kirchhof vor uns, war mir mitunter, als müßte einmal eine Zeit kommen, wo er mich umschlungen hielte und ich fest, ganz fest an seinem Herzen ruhte, ungetrennt für alle Ewigkeit. Mein lieber, lieber Karl! –

Wir sollten aber nicht ohne Umgang bleiben, nämlich Krauses zogen ebenfalls nach Tegel. Ich hatte mich freilich mit der Krausen auf der Taufe bei Weigelts wegen des kleinen Eduard ein bischen überworfen, aber wir trafen und eines Morgens auf dem schmalen Badesteg, so daß ich sie nicht schneiden konnte. Sie begrüßte mich sehr artig, und ich war auch froh, endlich Jemand zu haben, mit dem ich mich einmal aussprechen konnte, weshalb ich sie auf den Nachmittag einlud.

Sie kam auch, aber allein. Eduard war mit ihrem Manne auf die Schmetterlingsjagd an den See gegangen.

Anfangs wollte das Gespräch nicht recht in den Zug kommen, sie fand den Kaffee jedoch sehr schön und bald gab ein Wort das andere, und so erfuhr ich denn zu meiner Freude, daß sie den Umgang mit Bergfeldtens auch aufgegeben.

Sie sagte, man könne mit der Familie nicht mehr verkehren. Er sei wieder gänzlich verschuldet und Emil habe sich nur mit dem reichen Mädchen verlobt, um aus dem Dalles herauszukommen, Er trüge jetzt immer helle Anzüge, aber ob die Braut sie bezahle, wisse man nicht, die Verhältnisse seien nicht klar. Daß Bergfeldts nicht im Stande wären, ihn Aufwand machen zu lassen, das wisse ja Jedermann.

„Ja," sagte ich, „kümmerlich geht es nur her bei ihnen."

„Sagen wir ärmlich," meinte die Krausen. „Mir ist es schon öfter aufgefallen, daß ihre meisten Kaffeetassen keine Henkel haben, und als ich zuletzt da war, hatte sie Theelöffel, wie man sie in der ›Neuen Welt‹ bekommt!"

„Dem Manne werden die Augen erst aufgehen, wenn sie gefaßt wird," entgegnete ich. „Man kann schließlich nur froh sein, daß man nicht mit Leuten zu thun hat, die ohne Zweifel einmal in dem grünen Wagen fahren müssen. Zwei Jahre kriegt sie mindestens."

Es war ein Glück, daß Betti Muck gerade im Garten grasen ließ, denn sobald sie nur den Namen Bergfeldt hört, läßt sie den Kopf hängen. Aber sie soll gelegentlich doch erfahren, wie die Welt über jene Familie denkt.

Um vier Uhr wollte Herr Krause mit dem kleinen Eduard wieder zurück sein, und wir gingen nach dem See, um ihn zu empfangen. Das Dampfschiff kam gerade von Saatwinkel an, und viele Leute stiegen aus, so daß es recht belebt an der Landungsbrücke war. Auch Equipagen hielten unten. Herr Krause und Eduard waren schon da mit ihren Schmetterlingsnetzen. Wir begrüßten uns und sprachen über dies und das, als wir plötzlich einen lauten Schrei hörten. Die Krausen hatte ihn ausgestoßen. „Eduard!" rief sie. Eduard stand aber ganz ruhig auf der Brücke und sah in das Wasser hinab.

Was war geschehen? Leute eilten herbei. Ein Knabe, hieß es, sei in den See gefallen. Die Fischer machten ein Boot los, aber ehe sie damit fertig wurden, sprang Jemand rasch wie der Blitz in das Wasser hinab und tauchte unter. Es war ein ängstlicher Augenblick. „Da ist er," riefen die Leute. – „Hat er den Knaben?"

– „Nein, er taucht wieder unter." – Und abermals verschwand der Mann, welcher hinabgesprungen war. Dann aber kam er wieder empor .... er hatte den Knaben, den er in das mittlerweile herbeigeeilte Boot legte.

Am Ufer stand eine junge Frau; sie wollte sich in den See nachstürzen denn es war ihr Knabe, der nun in dem Boote lag. Man mußte sie mit Gewalt zurückhalten. Als das Boot landete und man den Knaben brachte, als sie ihn bleich und leblos vor sich liegen sah, brach sie zusammen. Dann trugen sie den Knaben in das Badehaus.

Mir war als sei mit einem Male die ganze Schönheit der Natur plötzlich verschwunden, als der Tod so plötzlich und unerwartet in die sonnenbeleuchtete Welt trat, um ein junges Leben abzurufen in sein fernes, trauriges Land.

Ich sah nicht mehr den blauen See mit seinen Ufern und dem klaren Himmel, ich sah nur das Badehaus, das den ertrunkenen Knaben barg, und blickte unverwandt auf die Leute, welche vor der geschlossenen Thür standen, als wenn ich von denen erfahren könnte, ob Hoffnung vorhanden sei, das entflohene Leben zurückzurufen. Die Eltern des Kindes waren in dem Badehause. Die Equipage hielt in einiger Entfernung, der Kutscher stand neben den Pferden und sah unverwandt auf das Bretterhaus im Wasser. Ob der Kleine wohl je wieder auf den Pferden reiten würde? Ob er ihm wohl je wieder sagen würde: „Johann, wir fahren spazieren, ich sitze bei Dir auf dem Bock und Du giebst mir dann die Zügel?"

Es war ein heißer Sommernachmittag, und doch kam es mir vor, als wenn von Zeit zu Zeit ein kalter Hauch über den See herüberwehte, der mich frösteln machte. Und es war so still, trotz der vielen Leute.

Da flüsterte Betti mir zu: „Mama, Mama! ich habe eben etwas Furchtbares gesehen."

„Was hast Du gesehen?" fragte ich leise.

„Wenn der Knabe lebt, will ich dir es sagen," entgegnete sie kaum hörbar. „Vielleicht habe ich mich getäuscht. Aber die Krausen sah es auch."

„Wo sind Krauses?"

Wir sahen uns überall nach ihnen um. Krauses waren verschwunden.

Ich wollte Betti weiter fragen, als die Thür des Badehauses sich öffnete. Die Leute schritten vom Steg herab an das Ufer. – „Lebt er?" – „Er lebt!" – Dann kam der Vater, der den Knaben trug, den man in ein Plaid und in weiche Tücher gehüllt hatte. Die Mutter folgte von der Badefrau unterstützt. Sie nahmen Platz in dem Wagen; der Kutscher stieg auf den Bock und sah in den Wagen hinein. Dann verklärte sich sein Gesicht, und fort ging's in raschem Trabe.

Die Leute zerstreuten sich. Nur eine Gruppe junger Männer blieb noch stehen, als warteten sie auf Jemand. Der Erwartete trat aus dem Badehause. Er war durch und durch naß. Das war der junge Mann, der den Knaben gerettet hatte.

Die jungen Leute eilten auf ihn zu und streckten ihm ihre Hände entgegen, und dann, so schien es, hielten sie eine Berathung. Ich ging auf sie zu. „Meine Herren," sagte ich, „ich wohne in der Nähe. Überlassen Sie es mir, für Ihren wackeren Freund zu sorgen, denn in den nassen Kleidern kann er nicht bleiben!" – Sie machten Einwendungen, aber sie kannten mich schlecht: – ich ließ nicht locker.

Sie gingen mit uns. Vor dem Hause nahmen sie Abschied und sagten, daß sie gegen Abend wieder vorsprechen und sich bis dahin im Schloßrestaurant aufhalten würden. Einer von ihnen trat auf den Retter des Knaben zu und legte ihm seine Rechte auf die Schulter. Dann blickte er ihn fest und innig an und sagte: „Gehab' Dich wohl, Felix!" Die Beiden mußten gute Freunde sein, und das gefiel mir gut. – Die jungen Leute schlugen den Weg zum Schloß ein und wir traten in das Haus.

Der junge Mann sagte: „Gestatten Sie, daß ich mich Ihnen vorstelle, ich heiße Felix Schmidt."

„Und ich bin die Buchholzen. Nun kommen Sie nur in das Schlafzimmer. Hier ist ein Hausrock von meinem Mann und hier Hose und Weste und hier ein Nachthemd und Strümpfe. Die Morgenschuhe stehen in der Ecke. Kleiden Sie sich nur um. – Wollen Sie Kaffee oder trinken Sie lieber einen Grog?"

„Ein Grog würde nicht schaden – –"

„Sollen Sie haben. Aber jetzt nur rasch aus dem nassen Zeuge!"

Ich ging in die Küche und machte ein gehöriges Feuer an. Nach einer Weile öffnete sich die Thür, die vom Schlafzimmer in die Küche führt, und Herr Felix Schmidt stand auf der Schwelle.

„Ich mache Ihnen zu viel Mühe," sagte er verlegen.

„Nichts da!“ rief ich und nahm ihn beim Arm. „Nun kommen Sie nur mit in's Wohnzimmer.“

Dort setzte ich ihn in den großen Lehnstuhl, und wie er so da saß, sah ich mir ihn an. Äußerlich war es freilich mein Karl, und doch war er es wieder nicht. Mein Karl ist dunkel, der junge Mann ist blond, mein Karl trägt einen Backenbart, er dagegen einen braunen Schnurrbart, der ihm gar gut zu Gesicht steht. Aber doch sind sie sich ähnlich, denn so jugendfrisch und blühend sah mein Karl auch aus, als wir uns kennen lernten und ich noch nicht wußte, wie lieg ich ihn einst haben würde.

Mittlerweile mußte das Wasser kochen. Die Frau von der anderen Seite des Hauses erwartete mich in der Küche und fragte, ob sie mir behilflich sein könnte. Es that mir leid, daß ich sie immer links hatte liegen lassen, ich schämte mich jetzt sogar ein wenig vor ihr, aber ich nahm ihr Anerbieten gerne an.

Wir holten das nasse Zeug, wringten es aus und hingen es im Garten in den Sonnenschein auf die Leine. Die Stiefel stülpten wir über zwei Pfähle. Sie waren voll Wasser gewesen, denn auf dem Fußboden stand ein großer Pfuhl. Die Frau holte einen Scheuerlappen und wischte ihn auf.

Es war ein Glück, daß mein Karl eine Flasche von dem guten Meuckow'schen Cognac mit herausgenommen hatte, denn nun konnte ich einen deliciösen Grog brauen. Und das that ich auch. Und für uns machte ich einen kräftigen Kaffee auf den Schreck, obgleich wir schon einmal getrunken hatten. Auch die Frau bekam eine Tasse.

Drinnen im Zimmer saßen Herr Felix Schmidt und Betti, als ich mit dem Grog kam. Die beiden unterhielten sich ganz lebhaft. – Ich sagte ihm, daß er heute eine Familie vor großem Leid bewahrt habe. Er meinte, das hätten Andere an seiner Stelle auch gethan. Er habe gerade gesehen, wie der Knabe in das Wasser gefallen wäre, und sei am nächsten bei der Hand gewesen.

Betti fragte, ob er gesehen habe, wie der Knabe zu dem Fall gekommen sei?

Herr Felix Schmidt schwieg einen Augenblick und sagte dann: „Es stand noch ein zweiter Knabe auf der Landungsbrücke.“

„Ganz recht,“ antwortete Betti.

„Kennen Sie den Knaben?“

„O ja,“ rief ich. „Er ist ein kompleter Taugenichts.“

„Ich würde ihn nicht ohne Aufsicht lassen,“ sagte Herr Schmidt.

„Wie so?“ fragte ich.

„Er könnte auch leicht einmal hinabfallen,“ erwiderte Herr Schmidt kurz.

„O nein,“ lachte ich. „Unkraut verdirbt nicht.“

Herr Schmidt hatte den ersten Grog aus, und ich ging, ihm den zweiten zu mischen. Die Sonne war mittlerweile herumgegangen, und die Frau und ich mußten ihr mit dem nassen Zeuge nachrücken. Es trocknete aber schon recht gut. Die Wäsche konnte bald geplättet werden, und ich legte deshalb Bolzen ins Feuer. – Da kam Betti und sagte, Herrn Schmidt's Cigarren seien sämmtlich naß geworden; er möchte gern rauchen.

„Woher weißt Du das?“

„Ich habe ihn danach gefragt.“

„Wie kamst Du darauf?“

„Du weißt doch, Emil konnte keine Viertelstunde ohne Cigarre sein.“

„Papas Cigarren stehen auf dem Kleiderspinde. Nimm auch den Grog mit hinein und diese Stullen, er wird Hunger haben.“

Ich hätte laut lobsingen mögen. Zum ersten Male nach langer Zeit sprach Betti den Namen wieder aus, der ihr sonst Kummer verursachte, sobald er nur angedeutet wurde. Nun war er ihr gleichgiltig geworden. Endlich!

Die Bolzen waren roth, und ich machte mich an das Plätten. Die Wäsche konnte ja nicht so gut werden, als wenn sie neugestärkt worden wäre, aber ich konnte doch meine ganze Kunst an ihr zeigen. Es war gediegene Wäsche und hübsch gezeichnet. Der junge Mann war ordentlich, das konnte man sehen. Auch die weiße Weste bügelte ich; mein Karl trägt im Sommer stets weiße Westen, und er sagt immer, daß Niemand sie ihm so zu Dank macht, wie ich. Dann kam Betti wieder und brachte Herrn Schmidt's Uhr, die voll Wasser sei und nicht gehen wolle. – „Wird ihm die Zeit denn schon lang?“ fragte ich. – „Nein,“ erwiderte sie „wir sprachen nur davon, wie die Stunden rasch vergehen, und da sah er nach der Uhr.“ – Ich hing die Uhr über dem Feuerheerd auf, eine werthvolle, goldene Uhr, kein Spindenschlüssel, wie ihn Bergfeldt's Emil früher an der Kette trug. Bergfeldtens waren überhaupt eine Verirrung.

Die Frau hatte ich zum Schlächter geschickt; sie kam wieder und brachte Carbonaden, und setzte sich dann hin und schälte Kartoffeln. Das Zeug wurde nach und nach trocken. Wo ich konnte, half ich mit dem Plätteisen. Es war mir fast, als mühte ich mich für meinen Herzens-Karl, für den zu arbeiten mir ja die größte Freude auf der Welt ist. Dann legte ich das Zeug ordentlich bei einander auf mein Bett und stellte die Stiefel daneben, welche die Frau blank gemacht hatte, so gut es gehen wollte.

„So, Herr Schmidt," sagte ich, „es ist Alles wieder in der schönsten Konfusion – (man will doch auch einmal einen kleinen Witz machen) – die Maskerade kann nun ein Ende nehmen."

Er war erstaunt, wie Alles so rasch in Ordnung gekommen, aber was verstehen Männer auch von heißen Plättbolzen?

Betti und ich deckten nun den Tisch im Vorderzimmer. Wir legten sieben Couverts: für Herrn Schmidt, seine vier Freunde und uns Beide. Wein hatten wir im Haus, und mit Gläsern und Tellern half die Frau aus. Sie benahm sich wirklich scharmant und ich beschloß, von nun an mehr Umgang mit ihr zu pflegen.

Als Herr Felix seine Toilette beendigt hatte und in das Zimmer trat, sah er aus, wie aus dem Ei gepellt. Wirklich ein stattlicher, hübscher junger Mann. Nur sein Shlips was fort, und von meinem Karl war keiner vorhanden. Betti aber wußte zu helfen. Sie nahm meine Scheere, schnitt einen Streifen von dem Geisterkostüm und fertigte einen wohlgelungenen weißen Shlips daraus, den sie ihm aber selbst umbinden mußte. Anders wollte er ihn nicht annehmen.

Als nun die Freunde kamen, waren die Kartoffeln gar und Coteletts sind ja bald gebraten. Es schmeckte ihnen trefflich, und wir Alle waren guter Dinge. Der Freund des Herrn Felix erhob sein Glas und sagte, er wolle in ihrer Aller Namen dem gastfreien Hause den Dank abstatten für die Sorgfalt, die ihrem Kameraden gewidmet worden sei, und dann stießen Sie an auf das Blühen und das Gedeihen des Hauses Buchholz. – Ich toastete dagegen und sagte, ich bedauerte nur, daß mein Karl nicht zugegen sei und daß ich hoffte, sie Alle wiederzusehen. Das versprachen sie auch. Es war ein reizender Abend. Es mußte aber doch einmal geschieden sein, und Herrn Felix schien es schwer zu werden, wieder nach Berlin zurückzukehren. Aber auch er folgte den Andern, die schon weit vorauf waren.

Wir räumten ab und setzten uns noch ein wenig vor die Thür. Es war wundersam draußen, denn in den hellen Nächten schläft die Natur nicht, sondern drusselt nur ein bischen, weil der Morgen ja doch gleich wieder kommt.

Die Bäume und Sträucher dufteten in die Nacht hinein und in der Hecke sangen die Heuschrecken.

„Mama," sagte Betti, „das Kaninchen muß morgen fort, es ist unerträglich, Es verpestet die ganze Wohnung."

„Gottlob," sagte ich.

Nach einer Pause flüsterte Betti mir zu: „Mama, ich muß es Dir sagen, der Knabe ist nicht ins Wasser gefallen .... der kleine Krause hat ihn von hinten hineingestoßen."

„Betti!" rief ich entsetzt.

„Ich sah es und die Krausen sah es auch, sie wurde todtenbleich, und Herr Felix hat es auch gesehen."

„Sagte er das?"

„Nein, aber ich weiß, daß er es gesehen hat, ich las es in seinen Augen."

Ich schlang meinen Arm um Betti, und sie schmiegte sich an mich, wie sie seit langer Zeit nicht gethan. Wir schwiegen, jede hing ihren Gedanken nach, und erst als es spät geworden war, als der Himmel im Osten sich zu lichten begann, begaben wir uns in das Haus.

Erntefest

Dieses Kapitel wurde einer anderen Ausgabe entnommen. Re

Ich muß einmal wieder mit Ihnen reden und das aus schierem Vergnügen. Sie haben oft den Regenschirm des Trostes teilnehmend über mich gehalten, wenn die Wolken der Trübsal auf mich und die Meinen herabhagelten, und nun sollen Sie auch der erste sein, dem ich einen erfreulichen Familienwetterbericht sende.

Also die Aussichten sind folgende: Bettis Depression wegen Bergfeldtens Emil im Abnehmen begriffen, Dr. Wrenzchens Minimum wegen Emmi scheint in ein Maximum überzugehen, mein Karl und ich konstant heiter, Onkel Fritz unbestimmt. Sie sollen nach und nach erfahren, wie das alles gekommen ist. –

Muck ward also an die Luft gesetzt, die Kommodenschublade tüchtig ausgeseift und der Kosmos wieder zurückgeschickt, weil wir keine Zeit zum Lesen hatten und es uns auch ziemlich einerlei war, wie hoch die Berge in

Mexiko sind. Dagegen machten wir Entdeckungsreisen in den Tegler Wald, wo wir wundervolle Stellen fanden. Einen Platz nannten wir Wilhelminens-Ruhe, einen anderen Bettis Waldsaal, weil die Bäume dort im Kreise stehen und ordentlich eine große Halle bilden; die Wiese vor dem Wald hieß mit einer Anlehnung an Humboldt Mucks Savanne, und eine Anhöhe im Walde, von der man den See überblicken kann, nannten wir meinem Manne zu Ehren Karlshöhe. Ich nahm mir vor, hier einmal ein kleines Picknick zu arrangieren.

Weil wir nicht recht wußten, wo wir nun mit dem Kaninchen hin sollten, schenkten wir es dem kleinen Krause, unter der Bedingung, daß er es nicht markelte. Herr Krause versprach, auf das Tier zu achten, und da er Mitglied des Tierschutzvereins ist, so waren wir beruhigt. Als Eduard kam, um Muck abzuholen, begleitete ich ihn über den Kirchhof. „Hier liegen die Menschen begraben," sagte ich, „was meinst du wohl, wenn sie den kleinen Knaben auch hierher gebracht hätten, der damals ins Wasser fiel?" Er antwortete nicht, sondern machte sich mit dem Kaninchen zu schaffen. „Wenn er nun ertrunken wäre?" fragte ich weiter. – „Er hätte ja nur schwimmen können," antwortete die gefühllose Kreatur. – „So? meinst du? Aber nicht wahr, du hast ihn nur aus Versehen angetippt?" – „Er fiel ganz von alleine!" entgegnete er patzig. – „Eduard, wenn ich dir das nun nicht glaube?" – „Mama sagt, der fremde Junge hätte Streit mit mir angefangen." – „Der schwache zarte Knabe? Eduard, das kann ich mir nicht denken." – „Es ist aber doch wahr. Mama hat es gesehen." – „Dann wird es wohl so gewesen sein," erwiderte ich, „jetzt gehe nur und sorge gut für Muck." – Weg rannte er wie der Wind. Ich konnte mich gar nicht fassen über die Nichtswürdigkeit des Jungen. Was soll aus ihm werden? Wohin kann solche Erziehung führen? Ich fürchte, die Mutter wird noch einmal blutige Tränen über ihn vergießen, wenn es zu spät ist. – Zu spät! das furchtbarste Wort, wenn die eigne Schuld es dem Menschen zuschreit. Dagegen hilft kein Ohrenzuhalten. –

Wenn die Luft und das Baden Betti nicht so enorm gut bekommen wären, hätte ich Tegel je eher je lieber verlassen, denn ich hatte Bange, gelegentlich einmal mit der Krausen zusammenzugeraten, aber da die Ernte bald getan war und das Erntefest vor der Tür stand, zog ich es vor zu bleiben, weil mir diese Gelegenheit sehr geeignet erschien, einige Gäste bei uns in der Sommerwohnung zu sehen. Ich überlegte den Fall mit Betti.

„Wie wäre es, wenn wir Herrn Felix Schmidt und seine Freunde heraus bäten?" fragte ich ganz wie von ungefähr. – „Ich würde es nicht für taktvoll halten, sie direkt einzuladen," antwortete Betti. – „Aber sie versprachen doch, wieder bei uns vorzusehen, als sie an jenem Abend Abschied von uns nahmen." – „Wenn sie zufällig herauskämen, würde ich mich sehr freuen," sagte Betti, „aber wenn du sie extra einladest, dann gehe ich für meine Person nach Berlin." – „Was willst du in der Stadt? Papa und Emmi kommen ja heraus und Onkel Fritz dito." – „Aber ich gehe." – „Betti, du bist unvernünftig." – Betti hatte schon wieder eine Antwort bereit, aber ehe sie den Mund auftun konnte, hatte ich das Zimmer verlassen und die Tür mit einem gehörigen Baller hinter mir zugeworfen. Wäre ich ihr nicht zuvorgekommen, so hätte sie mit der Tür geknallt. Nun konnte sie auch einmal erfahren, wie abscheulich sich solches Tun ausnimmt. Nichts erzieht eindringlicher als Beispiele!

Am Nachmittag fuhr ich zur Stadt, und zwar allein, weil Betti launisch war, und unterwegs gab ich mich allerlei Gedanken hin. In meinen Augen war Herr Felix wie geschaffen für meine Betti. Daß er sein Herz auf dem rechten Fleck hat, das hatte er bewiesen, und daß er ordentlich und reell ist, das hatte ich an seiner Wäsche und seinem Zeug gesehen. Er ist Kaufmann. Mein Karl hat auch klein angefangen ... warum könnten die beiden nicht auch ihr Nest bauen, vorne mit einem Laden und einem Berliner Zimmer daran und oben die Wohnung?

Aber wie ihn heraus nach Tegel bringen?

Ich leugne nicht, daß es eine Vorsehung gibt. „Wenn ich Herrn Felix zufällig begegnen sollte," so dachte ich, „dann ist dieses Zusammentreffen ein Wink des Himmels." Und da es doch wohl erlaubt ist, den Fügungen des Schicksals ein wenig nachzuhelfen, nahm ich mir vor, durch die Königstraße zu gehen und zu versuchen, ob ich ihn dort nicht zufällig in seinem Geschäft anträfe. Er war aber nicht da, als ich dort ankam, dagegen traf ich ihn in unserem Hause in eifrigen Verhandlungen mit meinem Karl, und zwar über einen Posten wollener Socken, den sein Prinzipal von meinem Mann kaufen wollte. „Dies ist die Stimme des Himmels, " sagte ich mir und wartete so lange, bis das Geschäft abgeschlossen war und der junge Mann gehen wollte. Ich begrüßte ihn und sagte so obenhin: „Am Sonntag ist Erntefest in Tegel." – „Es ist meine Absicht hinauszukommen, wenn das Wetter gut ist und es nicht regnet," antwortete er und wurde rot. – „Sie fürchten doch die Nässe nicht?" erwiderte ich lustig, und er verabschiedete sich. – „Wird das Wetter am Sonntag schön," kalkulierte ich, „dann habe ich ein drittes Zeichen, und es soll mir nicht einfallen, mich gegen die Vorsehung aufzulehnen."

Mein Karl, der früher schon erfreut war, von mir zu hören, wie trefflich sich der junge Mann benommen hatte, nannte ihn jetzt auch noch einsichtsvoll, denn ihm sei es gelungen, seinen Prinzipal zu bewegen, mit uns Geschäftsverbindungen anzuknüpfen, von denen mein Karl sich guten Fortgang versprach. – „Karl," sagte ich, „siehst du, wie Wohltun Zinsen trägt? Hätte ich mich seiner nicht angenommen, wer weiß, ob du die Socken so glatt durch ihn losgeworden wärst? Und die Betti scheint sich für ihn zu interessieren." – – – Nun brauste mein Karl auf. „Für einen Posten Strümpfe ist mir meine Tochter nicht feil!" rief er. „Hast du noch nicht genug an deinen Heiratsstiftereien?" – „Karl," sagte ich mit stiller Würde, „was im Himmel beschlossen ist, kommt auf Erden zur Ausführung. Der junge Mann arbeitet in deiner Branche. Wir haben nur die beiden Töchter, ... wie schön würde es später einmal heißen: Buchholz und Sohn, Wollenwaren und Phantasieartikel en gros!" Mein Karl überlegte eine Zeitlang. „Wenn du mir gelobst, deine Hände ganz aus dem Spiel zu lassen, will ich deinen Wünschen nicht entgegen sein," sagte er dann.

„Das verspreche ich dir," sagte ich, „aber auf Sonntag habe ich ihn schon halb und halb eingeladen." – „Siehst du wohl," rief mein Karl, „du bist unverbesserlich; allein das sage ich dir: ich werde meine Augen offen halten."

Ich packte nun Sachen ein, deren wir für unsere Gäste bedurften, und dann ging ich zu Onkel Fritz und befahl ihm, ebenfalls mit einigen Freunden anzutreten, damit ich Betti einen Grund für die Teller, Bestecke und das Löffel- und Gabelwerk angeben konnte.

Am Sonntag war das herrlichste Wetter.

Mein Mann kam schon am Sonnabend heraus. Am folgenden Nachmittag kamen Onkel Fritz und Herr Kleines. Emmi sollte Polizeileutnants Mila mitbringen.

Wir warteten eine ganze Weile auf Emmi, aber vergebens, und auch Herr Felix ließ sich nicht sehen, so daß uns nichts übrigblieb, als ohne sie ins Dorf zu gehen, um die geschmückten Erntewagen vorbeipassieren zu lassen und die Ernteleute mit ihren Geräten. Der Zug war sehr hübsch arrangiert, jedoch machte er mir kein Vergnügen, denn ich hatte Sorgen, weil Emmi ausblieb und Herr Felix mit seinen Freunden. – Endlich kam Emmi, aber allein. – „Wo ist Mila?" fragte ich. – „Sie hatte nichts anzuziehen!" – „Unsinn! Warum kommst du so spät?" – „Ich ... ich sah erst, wie in der Französischen Straße die Pferdebahngeleise gelegt werden." – „Emmi, was hast du in der Französischen Straße zu tun; was geht dich die Pferdebahn an?" – „Oh, Mama, die ist so interessant!" – „Das war sonst doch nicht?" – „Wenn alles nur ordentlich erklärt wird, ist sie entzückend." – „Wer erklärt die Pferdebahnen? Heraus mit der Sprache!" – „Dr. Wrenzchen!" antwortete sie schüchtern. – „Was ist das?" – „Die neue Linie geht jetzt auch an seiner Wohnung vorbei." – „Woher weißt du das?"

– „Ich traf ihn neulich in der Pferdebahn." – „Wen?" – „Dr. Wrenzchen; ganz zufällig." – „Und heute auch ganz zufällig?" – „Nein, er holte mich ab." – „Um die Pferdebahngeleise zu besehen?" – „Ja. Und dann fuhren wir bis zum Halleschen Tor und wieder zurück." – „Lud er dich zu der Tour ein?" – „Ja, aber bezahlt habe ich selber, er bezahlt nie für mich, wenn wir auf der Pferdebahn fahren."

– „Also ihr gebt euch Rendezvous? Weißt du nicht, wie empörend er sich gegen mich benommen hat?" – „Mama, du hast ihn verkannt, er ist so gut." – „Wir sprechen weiter über dein Betragen," sagte ich „wie kannst du einem Manne, der dir in aller Form einen Korb gegeben hat, irgendwelche Annäherung gestatten und noch dazu in Pferdebahnen? Es wird besser sein, ich nehme dich heraus zu mir nach Tegel."

Nun werde jemand klug aus diesem Doktor. Ich setze ihm den schönsten Kalbsbraten vor, und er läßt sich nichts merken, kaum aber habe ich den Rücken gewandt, so schlängelt er sich an mein unschuldiges Kind heran. Gottlob, in der Pferdebahn sind sie unter Aufsicht.

Die Herren waren vorangegangen, ich und die Töchter folgten ihnen nach dem Schloßrestaurant, wo das Fest schon in vollem Gange war, und dort fanden wir denn auch Herrn Felix mit seinem Freunde Max. Wir begrüßten uns, nahmen einen Tisch in Beschlag und ließen uns häuslich nieder.

Onkel Fritz forderte die jungen Leute auf, ein Tänzchen zu machen. Herr Felix engagierte Betti, und Herr Kleines machte Emmi sein Kompliment, aber sie erklärte, nicht tanzen zu wollen, worauf er mit hängender Unterlippe verschwand. „Emmi, wie kannst du so unartig sein?" fragte ich. – „Oh, Mama," sagte sie, „den kennst du lange nicht. Neulich in der Friedrichstraße, beim Bahnhofe, bot er mir abends seine Begleitung an und war so ungezogen und so zudringlich, daß ich ihn gar nicht los werden konnte. Wenn Doktor Wrenzchen nicht gekommen wäre... ich weiß nicht, was ich hätte beginnen sollen!" – „Was redest du zusammen? Wie kamst du in die Friedrichstraße?" – „Ich war mit der Stadtbahn gefahren." – „Und woher kam der Doktor?" – „Der kaufte mir ein halbes Viertel von den roten französischen Fruchtbonbons." – „Und Herr

Kleines?“ – „Der redete mich an, als ich vor dem Laden auf den Doktor wartete.“ – „Emmi, das war mehr als leichtfertig!“ – „O nein, als er Herrn Kleines gehörig abgewiesen hatte und ich vor Aufregung an Händen und Füßen zitterte, da sagte der Doktor…“ – „Was sagte er?“ – „Es sei doch gemütlicher auf der Pferdebahn!“ – „Das war alles?“ – „Ja.“ – „Hat Herr Kleines dich denn nicht erkannt?“ – „Ich glaube kaum, ich war ziemlich dicht verschleiert.“ – „Emmi, sind das Fahrten, die sich für dich schicken? – Damit du nicht wieder in ähnliche Verlegenheiten gerätst, verbiete ich dir jeden Umgang mit dem Doktor, und mit Herrn Kleines werde ich reden.“

Ich suchte nun Herrn Kleines auf und stellte ihn. Anfangs leugnete er, aber ich redete ihm scharf ins Gewissen, bis er sich damit entschuldigte, daß er die Dame nicht gekannt habe. – „Um so schlimmer,“ sagte ich, „daß Sie ein solcher Trottoirwüstling sind, der wildfremden Töchtern anständiger Familien nachstellt.“ – „Überdies,“ sagte er, „empfahl ich mich sofort, als ich vom Doktor hörte, die Dame, welche unter seinem Schutz stände, sei seine Braut. War diese Dame Ihr Fräulein Tochter, so kann man ja gratulieren!“ – „Ist das wahr?“ fragte ich. – Nun spielte er den Beleidigten. Wie ich einen Zweifel in seine Worte setzen könnte? – „Gut,“ erwiderte ich, „ich will Ihren jugendlichen Leichtsinn verzeihen, wenn Sie mir geloben, sich zu bessern und den Mund zu halten.“ Das versprach er, und da es kühl wurde und er vorgab, an Husten zu leiden, hielt er es für nützlich, wieder in die Stadt zu fahren. Ich wußte ja auch genug.

Wir andern waren noch lange sehr vergnügt. Betti blühte auf wie eine Rose, und Onkel Fritz tanzte wie toll mit den Bauernmädchen. Herr Max, der Freund von Felix, war ziemlich still, und als ich ihn fragte, warum er so ernst sei, da sagte er, daß er sich an dem Glück seines Freundes freue. Ich entgegnete kein Wort hierauf, aber innerlich posaunte ich förmlich den Düppler Siegesmarsch vor lauter Frohlocken. Die beiden Freunde mußten sich ausgesprochen haben, und worüber, das braucht mir niemand erst klarzumachen. So helle bin ich längst. Als wir später zum Abendbrot nach unserer kleinen bescheidenen Sommerwohnung gingen, sagte mein Karl unterwegs: „Wilhelmine, ich glaube, die Firma ›Buchholz und Sohn‹ würde sich gut ausnehmen. Er ist ein prächtiger Mensch – aber tu mir die einzige Liebe und treibe nicht nach.“ – „Karl,“ stimmte ich zu, „wie du meinst. Ich sehe auch ein, daß gut Ding Weile haben will. Übrigens bleibt Emmi jetzt bei mir in Tegel; wenn der Doktor es aufrichtig meint, weiß er ja, wo sie zu finden ist.“

„Was ist mit dem Doktor, Wilhelmine?“

„Paß auf, ich werde doch noch seine Schwiegermutter, und dann rechne ich mit ihm ab. Er hat zu viel auf dem Kerbholz!"

Wir waren noch fidel zusammen, bis die Herren wieder in die Stadt zurück mußten. – In der Nacht träumte mir, der Doktor und Emmi führen auf der Pferdebahn davon, und ich lief hinterdrein und konnte sie nicht einholen. Hoffentlich bedeutet der Traum nichts Böses.

Geheimnisse

Wenn es kalt wird, ziehe ich die Stadt doch dem Lande vor. Als die Blätter draußen auch anfingen modefarben auszusehen, siedelten wir wieder nach Berlin über. Krauses gingen viel früher als wir, weil seine Ferien um waren, und ich war froh, daß sie sich trollten. Am vorletzten Tag haben sie, wie ich von den Leuten erfuhr, bei denen sie gewohnt hatten, Muck in die Pfanne gekriegt und mit saurer Sauce verzehrt. Ich begreife nicht, wie man solche Arglist fertig bringt. Ein so reizendes Wesen, wie Muck war! Nun die Menschen sind ja nicht alle gleich in ihren feineren Empfindungen.

Im nächsten Sommer gehen wir wieder nach Tegel, vielleicht gehe ich allein. Dann besuche ich die alten lieben Plätze im Walde, setze mich auf der Karlshöhe ins Gras, und denke an die Vergangenheit und an die Zukunft, plaudere in Gedanken mit den Töchtern, die wohl schwerlich bei mir sein werden, weil .... nun weil sie nicht da sind.

Mittlerweile waren die weihnachtlichen Zeiten wieder gekommen, wo Eins Geheimnisse vor dem Andern hat, Jung vor Alt und Alt vor Jung, die so eifrig behütet werden, als gäb' es das größte Unglück von der Welt, wenn sie verrathen würden. Und doch sind sie lauter Liebe.

Aber mitunter hat diese Liebe doch auch einen etwas bittern Beigeschmack, und da das Bittere überhaupt nicht mein Fall ist, so danke ich für den Freudenkelch, in dem man mir Wermuth kredenzt.

Wenn die Kinder klein sind, so ist es nicht schwer, ohne daß sie es merken, hinter ihre kleinen Geheimnisse zu kommen, man muß sich sogar in Acht nehmen, daß man sie ihnen nicht abstößt, wie die Blätter einer Rose, die schon zu lange am Stengel gesessen hat. Wachsen die Kinder heran, dann lernen sie schon besser auf sich achten und wissen zu schweigen, wenn auch ihr ganzes

Wesen zum Verräther an dem wird, was sie mit dem kleinen Herzen nicht fest genug umschließen können. Sind sie aber allmälig groß geworden, und lieben sie noch etwas Anderes, als ihren Herrgott und ihre Eltern, dann sind sie verschlossen wie der Berg, in dem der verwunschene Prinz sitzt. Wollen die Mütter jedoch wissen, wie der Prinz mit Tauf- und Familiennamen heißt, dann müssen sie schon den Zufall abwarten und die Spur wie ein Kriminalbeamter verfolgen. Man war doch auch einmal jung, und weiß recht gut, wie es hergeht! –

Meine beiden Töchter hatten sich rechtzeitig mit den nöthigen Stickmaterialien zur Weihnachtszeit versorgt und da heutzutage nicht blos die Wischtücher und Topflappen, sondern sogar die Scheuerwische mit neu-altdeutschen Mustern verziert werden, so widersetzte ich mich der Stickerei auch nicht. Sie ist einmal Mode, und immer noch besser, als das zeitraubende Romanlesen, denn was geht es Jemand an, ob sich Zweie kriegen oder sich nicht kriegen, die man doch nicht kennt?

Die Kinder waren sehr thätig; namentlich die Emmi. Fragte ich einmal wie verloren. „Nun, Emmi, Du wirst uns diese Weihnachten wohl ganz außerordentlich überraschen?" dann wurde sie verlegen und sagte: „Mache Dich nur nicht auf zu viel gefaßt, Mama, Du weißt ja: Wenig aber von Herzen!" Da sie aber die halben Nächte aufsaß, konnte ich mich nicht beruhigen und legte mich daher, wie es Pflicht jeder Mutter ist, aufs Spioniren. – So genau ich auch aufpaßte ... sie war zu schlau, und obgleich ich mit jedem Tage fester davon überzeugt wurde, daß sie ein Geheimniß vor mir hegte, das nicht in gestickten Taschentüchern oder dergleichen bestand, gelang es mir doch nicht, einen Anhaltspunkt zu gewinnen. –- Wenn ich Betti danach fragte, so bekam ich die Antwort: „Mir sagt sie auch nicht was sie vorhat," und mit meinem Karl wollte ich darüber nicht sprechen, denn der war in der letzten Zeit stets so guter Laune, daß ich sie ihm mit Familienquengeleien nicht verderben wollte. Hätte ich aber doch nur gesprochen, obgleich sich noch Alles zum Besten gewendet hat. Jedenfalls hätte ich einen Leib voll Ärger weniger gehabt.

Eines Abends, Emmi und Betti saßen in ihrem Zimmer und arbeiteten an den Weihnachtssachen, und ich gab meinen Gedanken Audienz – klingelte es. Ich wie ein Schießhund hinaus, denn ich hatte mir fest vorgenommen, auch nicht die kleinste Kleinigkeit unkontrollirt ins Haus zu lassen, und öffne. – „Is et hier richtig bei Buchholzens?" fragte Jemand, der wie ein Handwerkerlehrling aussah. – „Ja wohl," antwortete ich, „hier ist es bei Buchholzens." – „Jut," antwortete er, „ich habe mit die Fräulein Emmi zu sprechen." Mit einem Male fiel es mir wie

Schuppen von den Augen. „Hier ist der Schlüssel zu dem Geheimniß," rief es in meinem Innern, und ohne mich lange zu besinnen, sagte ich: „Das ist ja sehr schön, das Fräulein Emmi bin ich." – „Da sind Se wohl uf's Lager liefen jeblieben?" fragte das freche Geschöpf. „Na, vielleicht helfen de Hosendreejer noch!" Bei diesen Worten holte er ein Packet heraus, in dem zwei halbfertige Hosenträger waren, die er sich wie zur Probe über die Schultern schlug. „Der Meester läßt grüßen und so'n langen Leib, wo die zu paßten hätte doch wohl keen Mensch, wenn er nich als Riese jeboren wäre. Oder aber, es wollte Eener die Hosendreejer jleich als Steeje jebrauchen."

„Ja wohl, mein Sohn, die sind zu lang," erwiderte ich, so ruhig ich konnte. „Ich werde noch einmal nachmessen. Spreche in einer halben Stunde wieder vor. Hier ist ein Groschen!" – „Behalten Se den man so lange, bis ick retourkomme und Sie mir die anderen dazujehörigen Nickel ooch jeben. Adje! –"

Der unverschämte Patron ging. – Ich besah mir die Hosenträger. Sie waren mit feinster Seide gestickt, lauter Rosenknospen und Vergißmeinnicht; eine wahnsinnig mühevolle Arbeit, aber mindestens um einen halben Meter zu lang. Für wen aber hatte das Kind sich so abrabazzt? – Dies mußte ich erfahren! – Ich also die Treppe hinauf nach dem Zimmer der Töchter. Ich klopfte an, damit sie Zeit haben sollten, ihre Weihnachtsgeheimnisse zu verbergen, und trat darauf ein, als wüßte ich von gar nichts: „Emmi," sagte ich, „es war eben ein junger Bursche da, der brachte diese Hosenträger. Sie sind ja viel zu lang!" – Emmi blickte mich ganz geisterhaft an und rief: „Ach, nun ist Alles verloren!" – „Was ist verloren?" rief ich erschreckt. – „Und wir hatten uns Alle so sehr darauf gefreut." – „Aber Kind – –?"

„Da siehst Du wieder, was darnach kommt, wenn Du Dich in Alles hineinmischst, Mama," sagte Betti vorworfsvoll. – „Wieso?" – „Nun, was hilft jetzt noch das Heimlichthun? Du giebst ja doch nicht eher Frieden, als bis Du Alles haarklein weißt. Emmi ist mit dem Doktor Wrenzchen verlobt, und Papa hat es zugegeben, und Dr. Wrenzchens Eltern sind damit einverstanden, und Dir wollten wir das Brautpaar zum Weihnachten als Überraschung aufbauen. Die Hosenträger sind natürlich für den Doktor, der immer so furchtbar kurz in den Hosenbeinen ist, und um dem Übel abzuhelfen, sind sie wohl zu lang gerathen. So, nun weißt Du Alles; die dummen Dinger (sie deutete auf die Rosen- und Vergißmeinnicht-Riemen) hätten Dich ja doch bald auf die richtige Spur gebracht."

Ich mußte mich setzen. Emmi verlobt mit dem Doktor! Hinter meinem Rücken! Ohne mein Wissen! – Mir war zu Muthe wie einem König, dem man seine Herrschaft nimmt. Meine Autorität in der Familie war untergraben. Und von wem? Von einem Fremdling. Von diesem Doktor, der mir schon so oft entgegen gewesen war und nun heimtückisch meinen Karl für sich gewonnen hatte. Dies war zuviel. Wäre ich mit dem Kopf in vollem Laufe gegen eine Wand gerannt, ich hätte nicht verbiesterter dasitzen können, als jetzt.

Mein erstes Gefühl war, in eine laute Lache auszubrechen, aber ich hielt an mich, denn von mir hing jetzt das Glück meines Kindes ab; mit dem Doktor konnte ich die betreffenden Hühner ja noch so oft und so lange pflücken, bis einer von uns auf der Bahre liegen würde. Ich faßte mich daher, erhob mich und ging bewegt auf Emmi zu und umarmte und küßte sie. „Meinen Segen hast Du," sagte ich. „Wäre der Doktor hier ... ich würde ihn gleich mitsegnen." – „Ist gut, Mama!" sagte Betti lächelnd und verschwand.

Ich war nun allein mit Emmi, und das Kind schüttete jetzt sein ganzes Herz in meinen Mutterbusen aus, immer bunt durcheinander, bald ganz Lustiges, bald Verständiges, aber Alles, was es sprach, hatte Zusammenhang, denn Jegliches bezog sich auf den Doktor. – Sie wäre ihm stets gut gewesen und er ihr auch, nur mit Gewalt hätte er nicht glücklich gemacht werden wollen. „Und dann trafen wir uns auf der Pferdebahn, und als ein Herr mich Abends einmal verfolgte, nahm er mich in seinen Schutz. Es war Herr Kleines, das Ekel. Der Doktor sagte, um ihn los zu werden, ich sei seine Braut; es war aber nur Scherz. Und eines Tages – wir fuhren wieder einmal zufällig in der Pferdebahn – da sah er mich an und streckte mir seine Hand entgegen und ich gab ihm die meine. Da waren wir einig." – „Ohne ein Wort zu sagen?" – „Ohne ein Wort. Aber da war es Ernst. Und wie ich die Pferdebahnen rasend gern leiden kann, das glaubst Du gar nicht, Mama. Dem Doktor sind sie auch sein Liebstes!" Mit einem Kusse schloß ich der kleinen Schwätzerin den Mund. Sie war aber auch zum Küssen, wie sie so dastand mit leuchtenden Augen und gerötheten Wangen, so jung, so jung, so lebensfroh und durchglüht vom Morgenroth der ersten Liebe. Ich muß sagen, ich gönnte sie dem Doktor eigentlich nicht, aber sie lieben sich, und ich war machtlos.

Betti kam wieder und sagte, sie hätte zum Doktor geschickt, damit er seinen Theil vom Segen abbekäme, aber er wäre bis neun Uhr auf der Praxis und nach Neune könnte er nicht ausgehen, weil seine Treppen gemalt würden. – „Kann er denn nicht die Hintertreppe hinabsteigen?" – „Es ist keine zweite Treppe in dem

Hause, Mama!“ sagte Emmi, „so gemüthlich es sonst ist.“ – „Du warst schon bei ihm im Hause?“ – „Gewiß, mit Papa und den alten Wrenzchens ... ach, sind das prächtige, liebe Leute –.“

„Ohne mich?“ fuhr ich entrüstet auf.

„Ja, Mama. Du wolltest ihn doch immer so gern zum Schwiegersohn haben, und da dachten wir, ihn Dir zu Weihnachten zu bescheeren,“ sagte Emmi. – „Wer kam auf den niedlichen Gedanken?“ fragte ich. – „Natürlich der Doktor. O, Mama, er ist so klug und gescheut,“ rief Emmi. – „Und wenn Du wüßtest, wie liebevoll er sein kann – –.“

„Emmi!“ rief ich schmerzlich, „ist Deine Mutter Dir gar nichts mehr und dieser Doktor, der wie ein Wolf in die Hürden bricht, Alles? Ist das der Dank dafür, daß ich Dich geboren und groß gezogen habe, daß ich Dich hütete wie meinen Augapfel, daß Ihr nun Alle miteinander mich kalt stellt wegen dieses Doktors? Vielleicht ist es sein Glück, daß die Farbe auf den Treppen erst morgen früh trocken ist, wer weiß, wenn er hier wäre, ob ich ...“

Emmi legte leise ihre Arme auf meine Schulter. „Hat die Großmutter auch so gescholten, als Du Papa's Braut wurdest?“ fragte sie und sah mich glückselig lächelnd an. – „Nein ... nein ... Kind ...ich schelte ja auch nicht. Nur, daß Ihr mich an Eurem Glücke nicht schon längst habt theilnehmen lassen ... das verdrießt mich!“

„Und wir glaubten, wir würden Dir eine Weihnachtsfreude bereiten, wie nie zuvor. Es geschah ja nur aus Liebe, daß wir schwiegen!“

Das Kind hatte Recht und ich gab mich denn auch bald zufrieden. Als der Bursche kam, händigte ich ihm die Hosenträger wieder ein und gab ihm das Maß von meinem Karl mit, der ist einen Kopf länger als der Doktor, so daß sie wohl passen werden, wenn er sie hochschnallt. – Mein Karl kam erst spät aus seinem Bezirksverein nach Hause. Allzu liebenswürdig war ich freilich nicht gegen ihn, denn er sollte empfinden, daß man eine Frau nicht ungestraft hintenansetzt, einerlei, ob Weihnachtsüberraschungen beabsichtigt werden oder nicht, die ja nun doch dahin sind.

Ich ließ ihn am andern Morgen mit Seelenruhe die Zeit verschlafen. – Warum ist er auch so? – –

Der heilige Abend rückte immer näher heran. Die Pfefferkuchen kamen, die Tannenbäume und mit ihnen der ganze Weihnachtszauber. Auch in den

Zeitungen und Journalen erschienen die kleinen Festgeschichten, die ich jedoch konsequent überschlage. Warum? – Weil sie alle so schrecklich traurig sind. Eins ist ja meistens krank, entweder die Mutter oder der Vater oder das Kind, und das Gesunde hat dann in seiner grenzenlosen Betrübniß irgendwo draußen eine gute Begegnung und zum Schluß wird ein Tannenbaum angezündet und die Noth ist aus. Wenn so viele wohlhabende Fremde in der Welt herum liefen, wie um die Weihnachtszeit in den Novellen, dann müßte man doch auch einmal aus Bekanntenkreisen von einem solchen glückspendenden Weihnachtsonkel hören, aber da das nie der Fall ist, glaube ich, daß die Erzählungsschreiber diese Art von Wohlthätern nur als Kühlsalbe gebrauchen, um den künstlichen Schmerz zu lindern, den sie dem zartfühlenden Leser mit dem armen kranken Menschen versetzt haben. Wer es weiß, wieviel Elend in der Welt ist, der braucht nicht noch nachgemachtes dazu, der versteht es zu finden und lernt das Helfen gar bald. Deshalb bin ich gegen die erdichtete Weihnachtstrübsal.

Ich kenne Leute, die es durchaus nicht reichlich haben und denen ein Spendir-Fremder sehr zu paß käme, aber sie behelfen sich auch ohne ihn und sind trotzdem zufrieden. Das habe ich so recht an Weigelts gesehen, die ich am Heiligabend besuchte.

In unserm Hause war diesmal die Bescheerung spät angesetzt, weil der Doktor vor zehn Uhr nicht zu uns kommen konnte. Da dachte ich denn, du gehst vorher nach Weigelts und hilfst der jungen Frau, die das Mädchen wieder abgeschafft hat um zu sparen und sich allein im Hausstand plagt. Um sieben war ich bei ihr auf der vierten Etage, und sie freute sich sehr, als ich kam.

Der Mann hatte gesagt, daß er vom Bureau aus auf den Weihnachtsmarkt gehen würde, und war noch nicht da. So konnten wir Beiden Manches ganz unter uns besprechen, und da Auguste mir Alles vertraut, wußte ich bald, wie es bei Weigelts zugeht. Aus den Schulden sind sie immer noch nicht, die erste auf Borg genommene Einrichtung war zu theuer und seit der Junge da ist, kann sie mit Handarbeit nur wenig dazu verdienen. Wenn ein Weihnachtsonkel aus Amerika käme und sie von dem Möbelhändler befreite, wären sie schön heraus, aber die giebt es leider nur auf dem Papier.

Trotzdem war Auguste keineswegs verzagt. Im Gegentheil, sie war vergnügt, wie noch nie, denn zum ersten Mal baute sie ihrem Jungen auf, der erste Baum stand für den kleinen Kerl geschmückt da und harrte auf den Augenblick, in dem zwei helle Kinderaugen seinen Lichterglanz trinken sollten. Der Stammhalter, wie sie ihn nennen, lag in seinem Bettchen und schlief.

„Ich bin fertig mit Allem," sagte Auguste, „nur mein Mann fehlt noch." – „Ich wundre mich, daß Du ganz allein zu Stande kommst," entgegnete ich, „Deine Wohnung ist in Ordnung, zum Abendessen steht Alles vorbereitet, die Bescheerung hast Du aufgebaut ... wie wurde Dir das möglich?" – „Ganz einfach," erwiderte sie fröhlich, „ich habe ein Zauberwort; seitdem ich das kenne, geht mir Alles rasch von den Händen." – „Und wie heißt das Wort?" fragte ich neugierig. – „Dalli, dalli!" antwortete sie lachend. „Es ist ja eigentlich polnisch," fügte sie hinzu, „aber es sagt sich so leicht, viel bequemer als flink, flink, und klingt dabei lustig. Wenn ich eine Arbeit anfange, dann rufe ich mir leise 'dalli, dalli' zu; kaufe ich auf dem Markte ein, heißt es: 'dalli, dalli', sonst erwacht der Junge, ehe Du nach Hause kommst. Wasche ich mein Geschirr in der Küche auf, scheure ich die Wohnung, immer geht's 'dalli, dalli', und so kommt es, daß ich ganz allein zur rechten Zeit mit meinem Hausstand in Ordnung bin."

Das gefiel mir gar wohl, und da wirklich Alles sauber war, mußte ich gestehen, daß Auguste nicht nur dalli, sondern auch gründlich bei ihren Arbeiten ist.

Als nun der Mann kam, wurde er gleich mit dem Bescheid in das Schlafzimmer gewiesen, den Jungen aufzunehmen und munter zu machen, und als er dann von drinnen rief: „Wir sind präsentabel," brannten auch schon die Lichter an dem Bäumchen. – Er trat mit dem Jungen auf dem Arme ein und blieb an der Thür stehen. Der Kleine streckte dem Lichte die Händchen entgegen und sah mit großen Augen das Wunder an. Dann aber rief er: „Da, da!" und Auguste eilte auf ihn zu und küßte ihn und küßte ihren Mann, und der hielt sie fest umschlungen. Der Freudenlaut aus dem lallenden Munde hatte sie glückselig gemacht. Es war Weihnacht in dem Stübchen auf der vierten Etage. – Dann kamen die Überraschungen. Sie beschenkte ihren Mann, und er hatte Mancherlei für sie. Jeder hatte sich gewünscht, was er bekam, und ganz außer sich war Auguste über einen messingenen Mörser, den sie bis jetzt sehr entbehrt hatte; nur fand sie ihn viel zu kostbar.

Auch die Kleinigkeiten, welche ich mitgebracht hatte, machten ihnen Vergnügen. Ich blieb, bis Auguste das Abendbrod bereitet hatte, und amüsirte mich an dem Jungen. „Er wird groß und stark!" sagte Herr Weigelt, und der Junge kreischte vor Lust, während er seinem Vater die Haare zerzauste. Nachher ging ich, so viel Auguste mich auch zu bleiben bat. „Kinder," sagte ich, „am liebsten seid Ihr heute doch ganz unter Euch!" – –

Als ich auf die Straße trat, rannte die Menschheit mehr als gewöhnlich. Jeder wollte nach Hause und gar viele trugen Packete, etliche ein Tannenbäumchen, das sie noch billig erstanden hatten, manche aber gingen langsam, als wenn sie Etwas suchten. Vielleicht die Weihnachtsfreude? Waren sie einsam in der großen Stadt und verlassen? Wer weiß es … ich kannte sie nicht. Aber alle gingen sie an dem Hause vorbei, wo der Weihnachtsjubel so hell und rein eingekehrt war, wie ich möchte, daß er Jedem bescheert würde. Und was war es, genau besehen? – Ein kleiner Krabauter und ein messingener Mörser.

Bei uns sah es noch nicht weihnachtlich aus, als ich nach Hause kam, denn es wurde auf den Doktor gewartet. Aufgebaut hatten mein Karl und ich schon am Nachmittage. Emmi war sehr unruhig, das sind Bräute ja auch meistens, wenn ihr Abgott in Sicht ist. Dann trat Onkel Fritz an; nun wußte ich Bescheid, denn die offizielle Verlobungsfeier hatte ich immer noch hinausgeschoben, und mit Onkel Fritz verabredet, den Doktor an Heiligabend heimlich ins Haus zu schmuggeln. Wenn er aufgebaut werden sollte, so wollte ich es besorgen, das war mein Amt. Ich ging unbemerkt in das Bescheerungszimmer, in das Onkel Fritz den Doktor eingelassen hatte. Da stand er wie ein Einbrecher in der Nacht. Ich begrüßte ihn und er sagte mir guten Abend, aber er schien nicht recht zu wissen, womit er sich entschuldigen sollte. „Helfen Sie mir, den Baum anzünden," munterte ich ihn auf, und gab ihm die Tändsticker. – Er benahm sich so anstellig dabei, daß ich scherzend sagte: „Sie sind zum Familienvater wie geboren." Dann mußte er sich in einem blumenbekränzten Lehnstuhl vor den Tisch hinsetzen, auf dem der Baum stand, und als ich ihn mir darauf ansah, machte er sich ganz prachtvoll, beinahe so reputirlich, wie ein Kirchenrath.

Nun öffnete ich die Thür und überrascht blickten sie Alle auf den brennenden Baum und den Doktor. Das hatten sie nicht erwartet. Emmi rief jedoch gleich: „Da ist er!" und flog auf ihn zu, und wir freuten uns über die beiden Menschenkinder, die sich die Hände gereicht hatten und über die der Christbaum sein strahlendes Licht ergoß. In ihren Augen erglänzte aber noch ein Helleres, Leuchtenderes als der Kerzenschein! Und das war die Liebe. Mein Karl ging auf ihn zu und bot ihm die Rechte, in welche der Doktor einschlug. „Der erste Weihnachtsabend in unserer Familie, die nun auch die ihrige ist, lieber Doktor," sagte mein Karl, „möge seine milde Feier das Band noch fester knüpfen, das uns vereint. Gemeinsam in Freude, gemeinsam in Leid. Wir gehören zu einander!"

Ich wurde ganz gerührt, als mein Karl so sprach, aber ich ließ nichts merken und sagte: „Nun laßt uns doch sehen, was der Weihnachtsmann gebracht hat." Das war denn Vielerlei. Der Doktor war sehr glücklich über seinen Aufbau, an dem mich jedoch eine heimlich von Onkel Fritz hingelegte Gabe empörte, nämlich ein eleganter Skatblock mit der Devise: 'Wer giebt denn?' Mir hatte Onkel Fritz ein Theaterstück bescheert, das den Titel 'Rezept gegen Schwiegermütter' trug und das ich gleich bei Seite that. Emmi bekam von ihm eine kleine Pferdebahn, worüber sie sich jedoch keineswegs erzürnt stellte. Der Doktor hatte sich sehr angegriffen und überraschte Emmi mit einer prachtvollen Kette nebst Medaillon, in dem sich sein Portrait befand, so daß ich ihm wegen seiner Verschwendung Vorwürfe machen mußte. Er meinte aber, die Sachen behielten ja ihren Werth.

„Du kannst Dir keinen solideren Schwiegersohn wünschen," sagte Onkel Fritz mir im Vertrauen, „denn er mauert beim Skat." – „Das ist mir unverständlich," entgegnete ich, „aber ich weiß leider, daß er verschwendet, besonders an seinen Geburtstagen." – „Wer hat das gesagt?" – „Du selbst." – Fritz lachte auf. – „Die einzigen Unkosten, die er macht, ist, daß er sich zur Feier des Tages die Haare schneiden läßt; wir erzählen überall von seiner vermeintlichen Üppigkeit, damit er geutzt wird." – „Und ich auch?" fragte ich. – „Du auch!" lachte er. – Ich lachte aber nicht mit. „Fritz, das darf nicht wieder vorkommen," sagte ich, „allein schon Emmi's wegen nicht. Bedenke, wenn sie die Achtung vor ihrem Zukünftigen verlöre, denn nichts setzt den Menschen mehr herab als Utzereien." – „Werde nur nicht sentimental, Wilhelmine, sondern thue, was Deines Amtes ist und rühre einen Ordentlichen an ... ohne Punsch ist keine Verlobung rechtskräftig!"

Wir punschten so zu sagen mit Andacht. Onkel Fritz ließ aber das Necken doch nicht, denn er sah öfters nach der Uhr und rief jedesmal dem Doktor zu: „Wenn Du noch einen Lachs fangen willst, wird es die höchste Eisenbahn!" Der Doktor aber meinte, er könnte ja nicht fort, seine Braut hielte ihn fest an der Hand. – Wie hübsch es klang, als er meine Tochter seine Braut nannte! Es ist ja auch der größte Erfolg, den eine Mutter haben kann, wenn alle Sorgen, alle Liebe, alle Erziehung und die vielen Unkosten schließlich mit dem Brautkranze gekrönt werden. Liebt der Doktor Emmi von ganzem Herzen, so wird er gewiß den Karten entsagen und selbst das solideste Mauern aufgeben. Ich werde nicht aufhören, an seiner Besserung zu arbeiten.

Mein Karl hielt mir am andern Morgen vor, ich hätte einen kleinen Zacken gehabt. „Karl," entgegnete ich ohne jede Spur von Unmuth, „es war nicht einmal ein Spitz; nur die Freude, ...die pure Freude!"

Emmi's Trousseau

Früher, als ich noch jung war, begnügten sich die Bräute mit der Ausstattung: jetzt muß es aber ja ein Trousseau sein. Im Grunde genommen ist ein Trousseau allerdings nichts Anderes als das, was man sonst Aussteuer nannte, nur mit dem Unterschiede, daß der Trousseau firlefanziger ist und lange nicht so gediegen, wie das, was wir früher mitbekamen: mehr Spitzen und Kanten und altdeutsche Muster ... nur keine Haltbarkeit. Ich sagte mir jedoch: „Wilhelmine, du richtest die Aussteuer nach alter solider Weise ein. Der Doktor ist wohlgenährt und wiegt sein Theil, der kann keine gebrechlichen Möbel gebrauchen, und wenn die Bettücher nicht von erster Güte sind, müssen sie in ein paar Jahren hin sein. Der Chlorkalk frißt den modernen Fummel ja gleich kurz und klein."

Einige Tage nach der Verlobung theilten mir die jungen Leute mit, daß sie gesonnen seien, die Hochzeit nicht auf die lange Bank zu schieben. „Hat das denn solche Eile?" fragte ich. „Der Brautstand ist so sehr lieblich," bemerkte ich dem Doktor, „daß es unrecht ist, ihn abzukürzen. Giebt er den jungen Leuten nicht Muße, sich recht von Herzen kennen zu lernen? Giebt er dem Bräutigam nicht Gelegenheit, sich aufmerksam gegen seine Braut zu erweisen, und sind nicht so viele Vorbereitungen zu treffen, damit der neue Hausstand sich ausnimmt, als wäre er direkt für den Laden gearbeitet?" Der Doktor meinte jedoch, er für seine Person sei gegen jedes Gezerre und die Praxis ließe ihm keine Zeit zu überflüssigem Courschneiden.

„Lieber Schwiegersohn," sagte ich darauf, „sich angenehm bei seinen Nebenmenschen machen, ist nie überflüssig, zumal wenn dieselben in nähere verwandtschaftliche Verhältnisse zu einander treten. Ich für mein Theil beanspruche auch weiter keine Rücksichten, als die, welche eine Schwiegermutter verlangen kann und muß, der das Glück ihrer Tochter auf der Seele liegt." – Hierauf entgegnete der Doktor, daß er mich sehr schätze und mir gerne in allen billigen Dingen zustimme, daß jedoch im Übrigen sein Wille den Ausschlag gäbe. Auch ihm läge daran, Emmi glücklich zu machen, aber nicht nach den Vorschriften Anderer und nicht auf Kosten seiner persönlichen Freiheit. – Mit den 'Anderen' meinte er natürlich nur mich. Ich bezwang mich und sagte: „Gut denn, ganz wie Sie wollen, aber übereilt wird die Aussteuer nicht. Dafür bin ich die Mutter."

Die Eile war mir sehr verhaßt, aber geht heutzutage nicht Alles im Galopp? Sonst wußte man, wenn die Crocus und Maiblumen blühen, ist Frühjahr; jetzt werden die armen Dinger gejagt und gequält, daß sie schon um Weihnachten im Gange sind. Sonst brach der Flieder erst aus, wenn die Nachtigallen gekommen waren; jetzt steht er schon im Januar blühend hinter den Fenstern der Blumenläden. Aber wie sieht er auch aus! Wie dürftig und gelb sind seine Blätter, wie miesepeterig sind seine Zweige, wie bettlägerig seine Blüthen.

Und ganz so verhält es sich mit dem kurzen Brautstand. Sonst, wenn die Aussteuer angeschafft wurde, hatte man Zeit, Alles gründlich und vorsorglich zu überlegen. Jedes Stück, das genäht wurde, bekam sein Recht und wurde Einem lieb und vertraut, weil mancher Gedanke mit hineingenäht wurde, manche Hoffnung und viel Freude, wie sie nur einmal im Menschenherzen wohnt, nämlich während des Brautstandes. Ich weiß das noch recht gut von meiner eigenen Jugend her. Ach, wie war die Zeit schön!

Nun geht es, als wenn Jemand mit der Peitsche dahinter stände. Die Nähmaschine muß Alles zusammenrasseln, aber hat die Gefühl? Akkurat macht sie ihre Arbeit, das ist wahr, aber Liebe kann sie nicht in den Stoff hineinnähen, den sie mit Höllengeschwindigkeit durchprickelt. Denn Liebe will Zeit haben. Es mag daher ganz passend sein, die heutige Aussteuer Trousseau zu nennen.

Ich machte mich mit den Töchtern daran, so viel wie nur irgend möglich nach alter Manier herzustellen. Eine, die nicht weiß, wie viele Arbeit und Mühe ein Stück Leinenzeug kostet, geht nachher gewissenlos mit den guten Sachen um, und ehe man sich's versieht, sind die feinen Servietten Wischtücher.

Der Doktor wohnt sehr nett, aber es ist ein altes Haus, in dem er sich angesiedelt hat, und die Zimmer reichen nicht aus. Er braucht ein Wartezimmer und ein Sprechzimmer schon allein für sein Geschäft. Wo bleibt da die gute Stube? Hierüber mußte es ja zu Kämpfen kommen. Er meinte, wenn er nicht gerade Sprechstunde habe, könnte seine Frau sich in dem Sprech- und Studirzimmer es so bequem machen, wie sie wollte. Das wäre eine Zumuthung, warf ich ihm ein, es sei nothwendig, die obere Etage zuzunehmen. Hierauf sagte er, daß er durchaus keine Lust verspüre, sich für den Hauswirth abzuschinden.

Die Etage liefe nicht weg, die könnte man später auch noch haben. – „Aber wo bleibt die gute Stube?“ rief ich entsetzt. – „Was sollen wir mit einem Aufbewahrungsraum für Möbel?“ fragte er. „Die guten Stuben, die alle Jubeljahre einmal gebraucht werden, sind für den Mittelstand ein dummer Luxus. Die Familie murkst in den Hinterzimmern herum, um nach vorn heraus ein Möbelmagazin zu haben, das nur des Scheuern und Reinmachens wegen da ist. Den Unsinn mache ich nicht mit.“ – „Wenn Sie die Welt auf den Kopf stellen wollen, so muß ich mich wohl fügen,“ antwortete ich spitz, aber ich begehrte nicht weiter auf, weil das Standesamt noch sein Wort nicht gesprochen hatte. Im Stillen gelobte ich mir, meinen Willen schon durchzusetzen, wenn der Doktor nur erst dingfest gemacht worden sei. Verlobungen sind heutzutage ja von einer Unsicherheit, daß man erst aufathmen kann, wenn Standesamt und Kirche ihre Schuldigkeit gethan haben. Ich bin für Beide, denn doppelt hält besser.

Auch von einem Umzug wollte er nichts wissen. „Meine Kundschaft weiß, wo sie mich findet,“ sagte er. „Glauben Sie mir, es ist in Berlin schwer für einen jungen Arzt, sich Praxis zu verschaffen, denn er fehlt nicht viel an Fünfzehnhundert Ärzten.“ – „Dies ist ja erschreckend!“ rief ich. „Und Alle wollen existiren. Kann es denn so viel Ungesundheit geben, daß Alle genug davon haben? Berlin ist doch eigentlich haarsträubend.“ – Als ich diese Konkurrenz erfahren hatte, fiel es mir nicht ein, weiter mit dem Wohnungswechsel auf ihn einzudringen. Man muß ja Gott danken, wenn er Leute krank werden läßt, und es wäre geradezu sündhaft, wenn der Himmel mal ein Einsehen mit den Doktoren hat und für Leidende sorgt, den Patienten den Weg zu ihnen zu erschweren. – Neu hergerichtet muß die Wohnung jedoch werden, so propper sie auch ist, denn wenn ein Junggeselle auch noch so nett horstet, ist es doch etwas Anderes, wenn eine Frau in das Haus kommt. „Das Ameublement besorgen wir, lieber Doktor,“ sagte ich, „einfach, aber gediegen, oder sind Sie für das modern Stilvolle?“ Er meinte, die stilvollen Möbel wären wohl mehr zum Ansehen, als zum Daraufsitzen, aber das Eßzimmer möchte er gern modern haben, wenn er sonst auch die Bequemlichkeit der Alterthümelei vorzöge. Was die Betten anbelangte, so wäre er für reelle Tischlerarbeit und gegen alle neueren Surrogate. „Seien Sie nur unbesorgt,“ erwiderte ich, „die Betten sollen eine Wohnung für sich werden. Ich lasse sie eigens anfertigen, auf die gekaufte Waare ist ja kein Verlaß. In Biesenthal bin ich auf einer Landpartie mit Übernachtung sogar einmal mit einer nagelneuen Bettstelle niedergebrochen.“ Er bedauerte mich nachträglich und hoffte von einer so erfahrenen Frau das Beste in Betreff der häuslichen Einrichtung, zumal er von Küchengeräth gar keine Ahnung hätte.

„Wo aber stellen wir das Büffet hin?“ fragte ich ihn, als wir seine Wohnung auf die neue Einrichtung hin musterten, „ich denke, wenn wir das eine Büchergestell auf den Boden schaffen, so gewinnen wir einen passenden Platz dafür.“ – „Wie kann ich mich von den Büchern trennen?“ rief er. Ich nahm eine von den alten Scharteken, um ihm zu zeigen, wie viel Raum sie wegnehmen, und schlug sie dabei auf. „Doktor!“ rief ich, nachdem ich mich von meinem Entsetzen erholt hatte, „wozu gebrauchen Sie Bücher, in denen Menschen mit abgezogener Haut abgebildet sind? So viel ich weiß, zieht kein Doktor den Leuten das Fell ab und Ihr Examen haben Sie lange gemacht. Was sollen daher so gräßliche Bücher in dem Zimmer, worin Emmi sich während Ihrer Abwesenheit aufhält? Bedenken Sie, wenn das Kind zufällig diesen Band in die Hände bekäme, es könnte den Tod davon haben. Die Doktorbücher müssen auf den Boden.“ – An solche Bücher würde Emmi sich schon gewöhnen. – „Nie,“ sagte ich. Er wurde ärgerlich und entgegnete heftig: „Das muß ich besser wissen. Die Bücher gebrauche ich und sie bleiben hier unten.“ – „Wie Sie wollen,“ sagte ich und nahm Hut und Schawl. „Da habe ich eine nette Schlange an meinen Busen gelegt,“ sagte ich zu mir selbst. „Aber nur Geduld, mein Herr Doktor. Keine gute Stube und so abscheuliche Bücher in dem Zimmer, das wäre ja zu allerliebst!“ –

Und zu Hause saß Emmi glückstrahlend und nähte an ihrem Trousseau. – „Wenn Du wüßtest, was Dich erwartet, Du armes Kind,“ seufzte ich in mich hinein, „aber sei unbesorgt, Du hast eine Mutter, die ihr Junges wie eine aufgebrachte Löwin in Schutz nehmen wird. Sobald die Zeit nur erst da ist, dann weiß ich, wohin die Bücher kommen!“

Ich half Emmi, denn es gab noch viel zu schaffen. „Mama,“ sagte sie, „solches Vergnügen habe ich noch nie an einer Arbeit gehabt, als wie an dem himmlischen Trousseau.“

Der letzte Kaffee

Als ich noch klein war, hatten wir in der Schule auch vom Moloch, aber ich konnte mich natürlich in meiner sechs- bis siebenjährigen Unschuld nicht in die Gefühle der Mütter hineinversetzen, die gezwungen waren, ihre lieben, kleinen, herzigen Engel einem mit Coaks geheizten eisernen Unthier auf die glühenden

Arme zu legen, so viel Mühe der Herr Lehrer sich auch gab, uns den Abscheu vor falschen Nebengöttern beizubringen. Jetzt aber, da der Tag immer näher rückt, an dem ich als willenlose Brautmutter meine süße Emmi dem Doktor überliefern muß, fange ich allmälig an zu begreifen, was sich mit dem Moloch that. Freilich versprechen die Bräutigame ja stets, ihre Zukünftige auf den Händen zu tragen; aber was sind das für Hände? – Molochsklauen!

Die Zustände werden mit jedem Tage opferhafter. Nicht allein die Vorbereitungen deuten mit schrecklicher Unabwendbarkeit auf jenen Moment der Trennung, an den Alles mahnt: die Aussteuer, das Herumgelaufe in den Geschäften, die Einrichtung von der Wohnung des Doktors, und vor allen Dingen das Brautkleid, sondern auch die Abschiednehmerei von den harmlosen Freuden eines sanft dahinfließenden Mädchendaseins erwecken den wehmüthigen Gedanken: es wird anders, wer aber weiß, wie es wird?

Neulich hatten wir den letzten Leseabend bei Polizeilieutenants. Diese Abende waren stets sehr hübsch und namentlich geistig bildend, denn wenn wir Alle um einen großen Tisch herum saßen und ein klassisches Stück mit vertheilten Rollen lasen, so empfanden wir stets die Größe unserer Dichterheroen und zwar viel besser, als wenn man sie auf der Bühne sieht, da doch, wie einstimmig aus den Kritiken hervorgeht, die Schauspieler nicht gehörig vom Geist der Klassizität durchdrungen sind. Natürlich waren die Herren total ausgeschlossen, weil sofort andere Interessen mitspielen, sobald bunte Reihe gemacht wird, und das Ganze nachher auf ein improvisirtes Tanzvergnügen ausläuft. Ohne Herren dagegen spürt man nur das Walten des Genius und die Bildung strömt unverfälscht in die jugendlichen Gemüther. Wir älteren Damen übernahmen aus Vorsicht die Liebhaberrollen, und Alle waren der Meinung, daß ich die Luise Millerin in 'Kabale und Liebe' ganz vortrefflich gelesen hätte. Die Polizeilieutenanten hatte den Ferdinand inne, und die Lady Milfort überschlugen wir, weil Schiller bei dieser Person doch zu wenig Rücksicht auf Lesekränzchen genommen hat. Waren wir mit dem Klassischen durch, dann wurde ein bischen nett gegessen, und man verabschiedete sich mit dem Bewußtsein, einen in jeder Beziehung genußreichen Abend verbracht zu haben. Wir haben allerdings ausgemacht, daß das Essen nur sehr einfach sein sollte, da doch das Geistige die Hauptsache und das Materielle die Nebensache ist, aber weil die Leseabende bei den verschiedenen Familien herumgingen, wollte die Eine es immer noch besser geben als die Andere, und so wurde denn zum Schluß der Saison, wenn die

Letzten daran waren, mitunter ein wenig zu reichlich aufgetischt. Wir hatten bei der Polizeilieutenanten sogar zwei süße Speisen.

„Sie handeln gegen die ursprüngliche Verabredung, meine Liebe," sagte ich deshalb zur Polizeilieutenanten, als ich sah, wie sie sich angestrengt hatte. – „Es ist der letzte Leseabend, den Ihre Emmi mitmacht," antwortete sie, „da wollte ich ihr doch zeigen, wie lieb wir sie haben; sie ißt Chokoladenpudding mit Crême ja so gern." – „Siehst Du, Emmi," rief ich, „wie charmant die Frau Polizeilieutenanten es mit Dir meint. Hast Du Dich auch schon bei ihr bedankt, daß sie eigens um Deinetwillen den vorzüglichen Pudding bereitet hat?" – Emmi wurde ganz gerührt und entgegnete, die Frau Polizeilieutenanten wäre immer so außerordentlich freundlich gegen sie gewesen, sie wüßte gar nicht, wie sie das wieder gut machen sollte. – „Behalten Sie uns nur in liebevollem Andenken," sagte diese, „die neuen Verhältnisse werden Sie nur zu leicht von Ihren alten Freunden trennen." – Wie recht die Frau hatte! Nun standen zwei der jungen Damen auf und holten einen in Seidenpapier eingewickelten Gegenstand aus der anderen Stube, den sie mit großer Feierlichkeit auf den Tisch stellten. Die ältere von den beiden – es war Amanda Kulicke, für die Onkel Fritz einmal eine Zeitlang schwärmte – hielt darauf eine kleine Anrede, in der sie sagte, daß nun Spiel und Tanz für Emmi bald vorbei sein werde. Doch wie auch die Zukunft sich gestalten möge, was sie auch an dunklen und heiteren Loosen in ihrem Füllhorn verberge, das Reich des Idealen sei ihr geöffnet, dieses Reich habe Schiller aufgeschlossen, der an den Leseabenden so ganz der ihrige geworden sei. Zum Andenken an die dem Höheren geweiht gewesenen Stunden widmeten die Freundinnen der scheidenden Freundin ein kleines Zeichen der Erinnerung. Hierbei nahm sie das Seidenpapier von dem Gegenstand herunter. Es war eine niedliche Büste von Schiller'n mit Grünspan in den Haaren, auf einem schwarzen Postamente, an dem sich ein Thermometer befindet, so daß dieses Geschenk auch praktisch auf dem Schreibtische zu verwerthen ist. Dann deklamirte sie noch die Verse: 'Es prüfe, was sich ewig bindet,' und stürzte zum Schluß Emmi mit einem Kuß in die Arme. Nun kamen die Anderen auch alle und küßten Emmi und weinten dabei, und die war auch ganz aufgelöst.

Solche Scenen kamen in der letzten Zeit alle Augenblicke vor, nicht allein in dem Lesekränzchen, sondern auch im 'Holbeinklub', wo die jungen Mädchen sich in altdeutschen Stickmustern üben, in den 'Sonnabenden für englische Konversation' und den vielen kleinen Unternehmungen, in welche die heutige

Jugend sich einläßt, um irgend eine Sache zu fördern, von der wir zu unserer Zeit keine Ahnung hatten.

Dazu kamen nun die Besuche bei Bekannten, die stets mit einiger Wehmnuth endigten, und deshalb macht das Kind immer mehr den Eindruck eines Opfers, das seinen Gespielinnen Lebewohl sagt und vor seinem traurigen Ende noch einmal geliebkost und bedauert wird. Das giebt den besten Nerven einen Schubs.

Selbstverständlich mußten wir uns revanchiren, denn wir essen nicht bei anderen Leuten herum, ohne uns etwas dagegen merken zu lassen, und deshalb sagte ich: „Emmi, lade Deine sämmtlichen Freundinnen zu einem splendiden Kaffee ein; es ist der letzte, den ich Dir zu Ehren gebe." Sie fragte, ob der Doktor auch gebeten würde. „Das wäre noch schöner!" rief ich. „Man kann doch nicht einem einzelnen Herrn Zutritt zu einem Damen-Kaffee gestatten." – Wenn der Doktor nicht käme, verzichtete sie überhaupt. Es wäre zu reizend, wenn sie ihn ihren Freundinnen mal so recht zeigen könnte, und es ginge ja ganz gut, wenn später die Brüder und deren Freunde kämen, um ihre Schwestern abzuholen. „Aber wenn einige nun keine Brüder haben, wie die Kulecke?" – „Dann veranlassen wir Onkel Fritz, Herrn Kleines mitzubringen, der begleitet die Kulecke bis nach der Bülowstraße." – „Du weißt doch, wie Herr Kleines ist." – „Amanda Kulecke wird ihn schon zurechtweisen, wenn er Redensarten wagt, denn sie ist unbändig gescheut und sagt Jedem unverfroren ihre Meinung."

„Das ist wahr, wenn sie nicht ein gar zu rechthaberisches Wesen hätte, wäre Onkel Fritz vielleicht bei ihr 'reingeschliddert und Du könntest sie jetzt Tante nennen."

Was half es, ich mußte nachgeben. Der letzte Kaffee sollte keinen Schatten auf die paar Tage werfen, die das Kind noch im Elternhause zu verleben hatte. Nein, das konnte ich nicht über das Herz bringen.

Zu meiner Zeit war es Sitte, daß kurz vor dem Hochzeitstage die Freundinnen der Braut zu ihr kamen und am Brautkleide nähen halfen. Jede machte ein paar Stiche an dem Besatz oder was sonst noch daran übrig gelassen war, damit man doch die Liebe sehen konnte, und ich finde diesen Gebrauch sehr hübsch, denn es knüpft sich dann an dieses Festgewand der Gedanke, es sei von Freundinnenhand bereitet, und der letzte Liebesdienst der anderen Gespielinnen, aus deren Kreis die Eine scheidet, so sehr auch die alte gute Sitte an die Vorbereitungen zu einem Opfer schmerzlich erinnert. Als ich meinem Karl gegenüber diese meine Ansicht aussprach, machte er mir Vorwürfe und meinte, ich wühlte viel zu viel in meinen Gefühlen, ich sollte nur dafür sorgen, daß die kleine Festlichkeit recht lustig ausfiele. Aber ein Vater ist nie eine Mutter und was weiß der überhaupt vom Moloch? –

Ich muß gestehen, daß, als am Nachmittage die jungen Mädchen alle versammelt waren, der Anblick der Gesellschaft ein überaus anmuthiger war. In der Mitte des Zimmers, dem Fenster zugewandt, hatten sie einen Halbkreis aus Stühlen gebildet, auf denen Diejenigen saßen, welche gerade an dem Brautkleid nähten, das weißschimmernd wie eine zarte Wolke zwischen ihnen ausgebreitet lag. Die Anderen hatten Platz genommen, wie sich die Gelegenheit fand, und machten allerlei Handarbeit und plauderten nach Herzenslust, ich immer mitten dazwischen mit der Kaffekanne und dem Kuchenteller. Wie ist es doch köstlich, so die heranblühende Jugend in lieblicher Eintracht bei einander zu sehen: es wird einem so zu Muthe, als wenn man im Frühjahr in den eben belaubten Wald geht und die Sonne auf die zarten grünen Blätter scheint, unter denen die kleinen Vögel zwitschern und singen. Ich vergaß ganz, daß ich schon in ein höheres Register gekommen war, und neckte mich mit den jungen Mädchen und scherzte und lachte mit ihnen, als wenn ich dazu gehörte. Und wie zärtlich waren sie gegen Emmi. Eine hielt sie meistens um die Taille gefaßt, manchmal auch zweie, und küßten sie und blickten ihr so freundlich in die Augen, als wären sie Schwestern. „Ganz wie die Turteltauben," dachte ich bei mir, „und in eine so reizende Taubenschaar schießen die Habichte hernieder und stören den Frieden." – Der Doktor hatte allerdings eine schöne Nußtorte für die „Arbeiterinnen am Brautkleid" geschickt, aber mir verklebt man nicht die Augen mit Torten, ich sehe tiefer, ich merke sehr wohl, daß er ein Egoist ist, denn sonst würde er mir nicht in so vielen Dingen entgegen sein, die ich für des Kindes Wohlergehen unabweisbar halte. Nicht einmal die Hochzeitsreise will er machen, weil er seine Patienten nicht verlassen kann, wie er sagt. – Flausen.

Als das Kleid fertig war, wurde Anprobe gehalten. Nein, wie die Emmi entzückend aussah, als sie befangen und doch strahlend und in freudiger Erregung in das Zimmer trat, das war über alle Begriffe und kann höchstens gemalt werden. Sie wagten sich Alle nicht dicht an sie heran, sondern betrachteten sie mit stummer Bewunderung aus einiger Entfernung. Nur Betti schloß sie in ihre Arme und legte das Haupt traurig an ihre Wange.

Ob sie an Bergfeldt's Emil dachte? Ich mochte nicht danach fragen, aber wäre mir in diesem Augenblick irgend Jemand von dieser Familie in den Wurf gekommen, dann hätte es sicher ein Erlebniß gegeben.

Betti ist stark von Charakter. „Ist nicht mein Schwesterchen süß?“ fragte sie die andern jungen Mädchen. Nun fing man an, das Kleid zu loben und geradezu überirdisch zu finden. Es war aber nicht das Kleid, das den überirdischen Eindruck machte, sondern Emmi, die es anhatte. Sie war so schön, wie alle die Anderen zusammengenommen, und eigentlich noch ein bischen hübscher.

Als es dämmerte, trat der Doktor an. Emmi, die das Brautkleid längst wieder abgelegt hatte, war selig, als sie Arm in Arm mit ihm bald nach dieser Gruppe von Freundinnen zog, bald nach jener, und ich muß sagen, daß der Doktor die Prüfung sehr wohl bestand, der er von so viel kritischen Mädchenaugen unterworfen wurde: man sah es ihnen Allen an, daß sie nichts an ihm auszusetzen hatten. Nur die Kulecke sagte ganz laut, ein Doktor wäre nicht nach ihrem Geschmack, denn wenn die Patienten riefen, müßte er davon, und das wäre nur halber Kram.

Ich antwortete ihr darauf, es sei ein sehr edler Beruf, den Leidenden zu helfen, und immer besser, als Gift unter die Leute zu bringen. Da hatte sie es. Kuleckes haben nämlich eine Schnapsfabrik.

Nachher stellten sich Onkel Fritz, Herr Kleines und eine Reihe von jungen Leuten ein, die in einem brüderlichen oder vetterlichen Verhältnisse zu den Damen stehen. Bis zum Abendbrod wurden Gesellschaftsspiele gespielt, wobei der Doktor die meisten Pfänder bekam, weil er immer mit Emmi tuschelte und deshalb schlecht aufpaßte. Wie haben wir uns amüsirt, als er zu ganz wunderlichen Pfandeinlösungen verdonnert wurde, und wie schwitzte er, wenn er in den Brunnen fallen mußte und so lange auf den Knien lag, bis Emmi ihn erlöste. Es war zu spaßhaft. Herr Kleines, der stets Touren mit Küssen vorschlug, ward zuletzt gar nicht mehr gefragt. Er scheint wirklich manchmal nicht zu wissen, wo er sich befindet, so unterhaltend er auch sonst sein kann.

Nach dem Abendbrot ging der Tanz an. Onkel Fritz hatte Knallbonbons mit Papierkostümen besorgt und wußte es so einzurichten, daß der Doktor einen Hut in der Form eines großen Pantoffels bekam, worüber selbst mein Karl höchlichst vergnügt war. Der Doktor lachte auch und meinte, das sei nur äußerlich. Ich fürchte aber, er wird sich wenig gefallen lassen und wenn er das Kind unglücklich gemacht hat ebenfalls sagen: das ist nur äußerlich. – Als Herrn Kleines nachher beim Abschiednehmen der Auftrag ward, mit Fräulein Kulecke nach der Bülowstraße zu zoddeln, die doch eine gehörige Ecke von der Landsbergerstraße abliegt, sah er sehr bekümmert aus, aber die Kulecke sagte:

„Kommen Sie nur, ich sorge schon dafür, daß Ihnen Niemand was thut.“ Sie ist ja auch mindestens zwei Kopf größer, als Herr Kleines.

Als Alle gegangen waren und die Töchter sich zur Ruhe begeben hatten, blieben ich und mein Karl und Onkel Fritz noch ein wenig sitzen. Mein Karl sagte, der Doktor gefalle ihm von Tag zu Tag mehr, und ganz besonders habe er sich heute über sein harmloses Benehmen in dem Kreise der jungen Mädchen gefreut. – „Der und harmlos!“ rief ich. – „Ich begreife nicht, woher Deine Antipathie gegen den Doktor kommt,“ entgegnete Onkel Fritz, „früher suchtest Du ihn doch auf alle mögliche Weise dingfest zu machen.“ – „Weil ich ihn nicht genau kannte,“ erwiderte ich, „laß den Moloch nur erst geheizt sein.“ – „Ich verstehe Dich nicht, Wilhelmine, Du bist thöricht,“ sagte mein Karl. – „Ich thöricht? O nein. Euch ist es am Ende gleichgiltig, wenn ich geopfert werde und das Kind dazu. Erst wenn ich unter der Erde liege, wird Euch einleuchten, was Ihr an mir gehabt habt. Dann werdet Ihr sehen wie sich der Doktor die Augen äußerlich mit Zwiebeln reibt und innerlich frohlockt. Und damit gute Nacht. Ihr werdet früh genug erfahren, wie es kommen wird.“

Auf dem Bock

Sie mögen wohl recht haben, wenn Sie mir erklären, daß, wenn ich aus dem Leben der Hauptstadt schreiben will, ich mich mehr um die Hauptstadt, als um meine Familienangelegenheiten kümmern möchte, da es gleichgiltig sei, was sich in der Landsbergerstraße, und zumal in den vier Pfählen von Buchholzens, zutrage, aber ich habe auch recht, wenn ich behauptete, daß Manches geschrieben wird, was einem zartbesaiteten Damenherzen unverständlich ist, wie z. B. der Börsenbericht. Wir Damen kennen nur Eine Hausse und Baisse: in der Jugendzeit den Wechsel zwischen glühender Liebe und abkühlendem Schmollen, in den vernünftigeren Jahren: Erzürnen und Wiedervertragen. Was wäre das Leben auch ohne dies bischen Abwechslung? Eine Uhr ohne Perpendikel.

Damit wollte ich jedoch nur andeuten, daß eben Alles seine Berechtigung hat, Unangenehmes und Verletzendes natürlich ausgenommen. Denn wenn Jemand einen Subskriptionsball beschreibt, so schildert er das Liebliche, die dunklen Augen, die entzückenden Reize, wie die Robe gerafft ist und wie sie aussieht, ob salmfarben oder goldigbräunlich, die Coiffüre und die Parure, aber die

Augenbrauenschwärze zu Hause, das seifige Waschwasser in der Schüssel, die ausgekämmten Haare, die Schulden bei Gerson und die Schelte, welche die Zofe beim Ankleiden gekriegt hat, davon schweigt er.

So weit ich es vermag, will ich daher versuchen, Ihre Wünsche zu erfüllen und mich an die Hauptstadt halten und zwar nicht als Gattin und Mutter, sondern als Schriftstellerin, die vor nichts zurückbebt. Auf diese Weise wird es Ihnen erklärlich sein, wie ich auf den Bock kam.

Als ich Ihren Brief erhalten hatte, war ich zuerst wie aus den Wolken gesunken und sagte dann zu meinem Manne: „Karl, die Literatur hat doch so ihren Haken, denn was in aller Welt soll ich aus der Hauptstadt darstellen? Die Stadtbahn? Die neue Mauer vom botanischen Garten? Das elektrische Licht in der Leipzigerstraße? Das ist zwar Alles noch ziemlich neu und aktuell, wie sie immer sagen, aber was weiß ich von diesen Dingen?" – Mein Karl half mir sinnen. Nach einer Pause fragte er: „Was meinst Du zu der Granitschale vor dem Museum?" – „Karl, die Schale ist ja schon so lange her." – „Oder zum Denkmal vom alten Fritzen?" – „Das will ich mir überlegen." – Ich sann und sann den ganzen Tag. Ich ging unter die Linden und sah mir das Denkmal genau durch das Opernglas an, aber nachher mußte ich meinem Karl doch gestehen, daß es mit dem alten Fritzen nichts sei, und ich nicht wüßte, was ich über ihn schreiben sollte. „Du glaubst nicht, wie furchtbar schwer die Hauptstadt ist," sagte ich, „mein Gehirn thut so weh, als hätte es sich übermüde gelaufen!" – „Warum quälst Du Dich ab, Wilhelmine?" fragte mein Karl zärtlich, „Du hast ja nicht nöthig, über die Hauptstadt zu schreiben." – „Meinst Du?" rief ich. „Was sollte wohl der Herr Redakteur von mir denken? Soll es wieder einmal heißen, die Damen haben wohl Talent, aber keine Fähigkeiten? O nein, ich weiß, was ich mir und meinem Geschlechte schuldig bin: Morgen gehe ich wieder auf die Suche."

Am Abend kam Onkel Fritz. „Was ist denn hier los?" fragte er, als er mich und meinen Karl etwas einsilbig vorfand. – „Sie will schreiben und hat keinen Stoff," sagte mein Karl.

„Das ist ja vortrefflich!" rief Onkel Fritz.

„Was ist vortrefflich?" herrschte ich ihn an. „Was willst Du damit sagen? Willst Du Deine leibliche Schwester beleidigen? Ich bitte Dich, was ist vortrefflich?" – „Komm doch nur zu Dir, Wilhelm," lachte Onkel Fritz (er nennt mich oft noch Wilhelm von der Kinderzeit her, als wir beide Soldat spielten), „ich meine nämlich, wenn Du nichts zu schreiben hast, könnten wir morgen zusammen auf den Bock gehen, dann hast Du ja Zeit. Das, meinte ich sei vortrefflich.“ – „Und Du glaubst, ich soll diese lahme Entschuldigung gelten lassen?“ – „Wilhelmine,“ fiel mein Karl ein, „der Bock ist am Ende hauptstädtisch, wenn er auch am äußersten Ende von Berlin liegt.“ – „Auf den Bock gehe ich nicht.“ – „Krauses kommen auch!“ sagte Onkel Fritz. – „Er oder sie?“ – „Beide, sie haben Hausbesuch, dem sie Berlin zeigen wollen!“ – „Hausbesuch? Männlich oder weiblich?“ – „Weiblich.“ – „Jung oder alt?“ – „Natürlich jung, Wilhelmine!“ – Aha, dachte ich, hier liegen Fußangeln, wenn Onkel Fritz Dich Wilhelm nennt und mit auf seine Fahrten mitnimmt, so ist etwas Tieferes verborgen. Laut sagte ich darauf obenhin: „Ach ja, mein süßer Karl, Du hast vielleicht nicht unrecht, der Bock könnte doch Etwas für meine Feder sein, und wenn die Krausen mit ist, kann ich es wohl wagen, hinzugehen.“

Wir verabredeten, daß Onkel Fritz uns am nächsten Abend gegen Fünfen abholen sollte, und dann gingen wir zur rechten Zeit schlafen. Ich fand die Ruhe sehr schwer, denn der Hausbesuch bei Krauses lag wie ein Nachtmarder auf mir. Was kann bei Krauses zu Besuch kommen? Onkel Fritz ist im Stande, sich wegzuwerfen. – –

Am andern Abend turnten wir nach dem Bock. Onkel Fritz nahm sehr gentiler Weise die Entrées für uns Dreie, und wir traten ein in das Lokal. Ein Glück, daß ich nicht nervös bin! Denken Sie sich zwei große Hallen, die wie ein Winkelmaß aufeinanderpassen, und uns Drei dort stehen, wo die beiden Enden zusammenstoßen und die Ecke bilden, so daß wir links die eine und rechts die andere Halle vor uns haben. Diese Hallen sind blitzblau von Tabaksqualm, oben voll von Gaskronen, unten voll von Menschen, also oben hell, in der Mitte graublau und unten schwarz. Aus jeder Halle dringt nun ein Getöse auf den ahnungslosen Ankömmling ein, daß er nicht weiß, ob er bleiben oder sofort wieder fliehen soll, und zwar so viel Lärm, als zwei Musikchöre und eine tobende Menschheit zusammen vollführen können. Welche singen, welche klopfen mit den Seideln, welche schlagen mit den Spazierstöcken auf den Tisch, welche schreien, aber still ist Keiner. Dies muß man sich von Tausenden von Menschen vorstellen. Es ist, als wäre die Hölle losgelassen. O du Grundgütiger, dachte ich, wärst du hier nur erst wieder weg.

Nun hieß es Krauses suchen. Onkel Fritz fand sie gleich heraus, obschon er sonst nicht groß um die Krausen giebt, und wir schlängelten uns an ihren Tisch heran. Ehe ich aber zur Stelle kam, brüllte mich irgend ein Pachulke fürchterlich mit den Worten an: „Wo ist Nauke?“ und ließ dicht vor meinem Gesicht eine

Puppe auf und nieder tanzen, die sie Nauke nennen und dort von den Hausirknaben kaufen. Dies empörte mich, aber ich durfte nichts sagen, sondern mußte freundlich lächeln, weil auf dem Bock nichts übel genommen wird, sondern Alles Brüderlichkeit und Schwesterlichkeit ist. O, was habe ich Alles gesehen!

Zum Glück schwieg die Musik in unserer Halle gerade, als wir Platz nahmen, während der Mordspektakel in der anderen noch fortdauerte, und so konnten wir uns denn begrüßen. Der Hausbesuch war richtig da und wurde mir als ein Fräulein Erika Lünne aus Lingen an der Ems vorgestellt. Mein erstes Urtheil war: Nicht übel; mein zweites: ein bischen viel Provinz, aber sauber, sehr sauber. Jedoch hat sie was? Soviel ich weiß, sind die Lünnes mit ihr, der Krausen, verwandt, und was die Krausen einbrachte, das war nicht viel, und darauf würde ich doch sehen, daß sie einigermaßen so viel hätte, wie Onkel Fritz, denn wovon sie in Lingen brillant leben, damit können sie in Berlin noch keine großen Sprünge machen.

Was mich jedoch verdroß, das war die Katzenfreundlichkeit, mit der die Krausen Onkel Fritz unter die Nase ging. Ich merkte ja gleich, worauf das abzielte, und daß sie die Sache schon für ausgemacht hielt. Hätte sie sonst wohl immer gefragt: „Nun, Erika, wie gefällt Dir Berlin? Du würdest doch gewiß gerne in der Hauptstadt bleiben, wenn Dich Jemand hier fesselte?“ Und was hatte sie dabei mit Onkel Fritz anzustoßen?

Ich wollte ihr gerade bemerken, daß Onkel Fritz ohne meine Einwilligung nicht wählen würde, als die Musik den Bockwalzer zu spielen anfing. Da habe ich denn zum ersten Male erlebt, was eigentlich Radau ist. Geschrieen und gekrieschen haben die Menschen, geklopft, getrampelt und gegröhlt, aber immer mit der Musik im Takt. Einige tanzten auch, oder thaten so, wobei die Damen bunte Papierkappen aufhatten und die Herren kapute Hüte.

Fräulein Erika sagte kein Wort, sondern sah erschreckt auf das Gewoge und trank auch nicht von dem Biere, das vor ihr stand. Onkel Fritz blickte von Zeit zu Zeit verstohlen auf sie, obgleich er sonst that, als kümmerte er sich gar nicht viel um ihre Gegenwart. Aber man muß ihn kennen!

Als er später meinem Karl vorschlug, einmal nachzusehen, ob sie Bekannte finden würden, bemerkte ich, wie sie ihm mit den Augen folgte und wie sie mit einem Male ganz verstört aussehend wurde. Ich wandte mich um und sah nun, wie einige von den Damen mit den Papiermützen nicht nur Onkel Fritz sehr kameradschaftlich festzuhalten suchten, sondern auch mit meinem Karl intim zu werden anfingen. Ich sprang auf und drängte mich hin, aber als ich kam, ließen die Damen ihre Puppen vor mir tanzen und riefen höhnend: „Wo ist Nauke?“

„Karl, wir gehen!“ – „Karl bleibt hier!“ johlten die Damen, „Karl ist zu nett!“ – ich entriß Einer den Nauke, denn ich war so aufgebracht, daß ich nicht mehr wußte, was ich that, aber nun ward der Lärm erst groß. Was geschah, weiß ich nicht genau mehr; mir ist nur noch erinnerlich, daß mein Karl meine Partei nahm, und daß dann die ganze Menschheit in ein langsames Schieben gerieth und wir uns schließlich im Kühlen befanden. Ein Glück, daß mein Karl einen älteren Cylinder aufgesetzt hatte, um den neuen wäre es zu schade gewesen.

„Wo ist Fritz?“ schrie ich vor Wuth, „er hat uns auf den Leim gelockt!“ – Onkel Fritz kam. Statt sich zu entschuldigen, machte er mir Vorwürfe: „Wer auf den Bock gehe, müsse die Gebräuche mitmachen.“ – „Wenn Eine meinen Karl anrührt, hat sie es mit mir zu thun!“ rief ich. – Ich wäre kindisch. – „So? Gut denn. Lieber will ich kindisch sein, als mich an den Ton gewöhnen, der dort herrscht. Deine Zukünftige soll wohl Bildung auf dem Bock lernen? Gratuliere!“

Nie habe ich Onkel Fritz so böse blickend gesehen, als jetzt, da ich so gesprochen, aber er blieb ruhig. „Ich glaubte, Du würdest Dich der Fremden annehmen, da Krauses so unvernünftig waren, mit ihr nach dem Bock zu gehen. Du wußtest, daß ich das wünschte. Statt dessen benimmst Du Dich unverständig wie immer.“ – „Was gehen mich Deine Liebschaften an?“ rief ich erbost, „aber das sage ich Dir, über meine Schwelle kommt mir die Bockmamsell nicht.“ – Ich merkte, wie Onkel Fritz die Hände ballte und vor Wuth knirschte, jedoch er sagte nichts, sondern drehte sich kurz um und ging in das Lokal zurück. Auch mein Karl schwieg, als wir nach Hause strebten.

Mir war, als sei ich irgendwo aus einer Bodenluke gefallen, so rasch war Alles vor sich gegangen. Und dennoch glaubte ich, während mein Karl und ich dem Ausgange zuschwebten, ich hätte Herrn Felix, der damals in Tegel den kleinen Knaben aus dem See zog, gesehen und neben ihm eine Dame mit einer rothen Papiermütze auf dem Kopfe.

War es nur Einbildung oder war es Herr Felix wirklich gewesen?

Ich fragte meinen Karl, ob er ihn auch gesehen? Er sagte: „Laß jungen Leute ihre Wege gehen. Was kümmerst Du Dich darum?“ –

„Also er war es?“

„Beschwören kann und mag's ich nicht.“

Hochzeit

Warum kamen Sie nicht zur Hochzeit von meiner Jüngsten mit dem Doktor Wrenzchen? Vielleicht gerade ein Preßprozesselchen, oder waren Sie schon eingeladen? Oder sind Sie nicht für Hochzeiten? Es war schade, daß Sie nicht da waren, denn ich bin überzeugt, Sie hätten sich amüsirt, wenn ich für meinen Theil auch nicht viel Vergnügen gehabt habe, denn eine Brautmutter amüsirt sich überhaupt nie. Sie lächelt wohl, sie sieht ungemein glücklich in dem neuen Bordeaux-Seidenkleide mit echten Kanten aus, sie sagt auch, daß sie sehr heiter ist, aber innerlich, da wachsen ihr Dornen und Disteln.

Wie viel Mühe hat man, ehe Alles so weit ist. Erst die neue Einrichtung für die jungen Leute. So etwas hat ja durchaus keine Schwierigkeiten, wenn er danach ist und eine sorgsame Schwiegermutter walten läßt, die doch nur sein Bestes will. Aber wenn er eigensinnig ist und stets mitredet, sich gegen das Nothwendigste sträubt, weil er meint, ein Eßtisch für vierundzwanzig Personen sei Luxus und für ein Damenschreibbüreau sei kein Platz, so hat man bei jedem Stück seinen Ärger. Ich gebe ihm ja recht, daß seine jetzige Wohnung ein bischen stark mit den neuen Möbeln belastet wird, aber er muß doch an eine standesgemäße Etage für später denken, und das thut er mir zum Trotze nicht. Und keine gute Stube! Unerhört!

Das größte Zimmer hat als Schlafstube eingerichtet werden müssen, weil das hygienisch sei. Auch so eine unvernünftige Neuerung. Wir sind doch auch groß geworden ohne Hygiene.

Nun, ich fügte mich, aber ich konnte doch nicht unterlassen zu sagen: „Lieber Doktor, ich will nur wünschen, daß Sie mit ihren neumodischen Ansichten glücklich werden. Was meine Tochter anbetrifft, so weiß die, daß ihr das altmodische Elternhaus zu jeder Zeit offen steht, und sollte es Abends nach Elfen sein.“

Hierauf murmelte er etwas Unverständliches. Ich glaube, es war sein Glück, daß er nur murmelte, denn Geduld ist ein Faß mit sehr dünnem Boden. Ferner hatte ich gehofft, daß er sich doch noch zu einer Hochzeitsreise entschließen werde, aber, als ich ihm sogar zu verstehen gab, daß selbst Köchinnen, wenn sie Hochzeit machten, mindestens nach Bernau oder Biesenthal gingen, ließ er sich auf nichts ein, sondern erklärte, seine Praxis verböte ihm das Reisen, da er einen schwerkranken Patienten habe, den er nicht verlassen könne, und den durchzubringen sein Stolz sei. Auch hierin mußte ich mich fügen, wenn auch mit einiger Schroffheit.

Dann kamen die Einladungen zur Hochzeit. Wen sollte man nehmen und wen nicht? Er hat seine Bekanntschaft und wir haben die unsere. Wenn mein Karl nicht so vernünftig gewesen wäre und gesagt hätte: „Lieber ein paar Einladungen mehr, als Leute vor den Kopf stoßen," ich glaube, wir säßen noch zu Gericht über Diesen und Jenen, und so gingen denn seine elf medizinischen Freunde durch. Man braucht ja auch Tänzer.

Natürlich waren Krauses ebenfalls gebeten. Sie, die Krausen, kam am nächsten Tage heran und fragte, ob sie ihren kleinen Eduard nicht mitbringen könnte, das Kind hätte noch nie eine Hochzeit mitgemacht und freute sich so sehr darauf. Ich antwortete: „Meine Liebe, wir haben nur auf Erwachsene gerechnet, und wegen des einen Jungen können wir doch keinen Musikantentisch etabliren."

Dies nahm sie allerdings krumm, aber seitdem ich aus Tegel weiß, wie niederträchtig die Kröte ist – den Muck hat er auch heimlich so gequält, daß sie ihn braten mußten, um ihm ein angenehmeres Dasein zu verschaffen –, mag ich den Schlingel nicht mehr leiden und ließ sie ungestört den Mund schief ziehen. Dagegen gestattete ich ihr, den Hausbesuch mitzunehmen, das Fräulein Erika aus Lingen an der Ems, obwohl ich recht gut merkte, daß es auf Onkel Fritz abgesehen ist. Ich redete daher sehr ernst mit Onkel Fritz und sagte: „Es ist unmöglich, daß wir mit Krauses in ein verwandtschaftliches Verhältniß treten, denn wir bekommen einen Doktor in die Familie, und deshalb merke Dir: 'Diese Haideblume blüht nicht für Dich.'„ – Onkel Fritz entgegnete: „Habe nur keine Angst, Wilhelmine. Sobald einmal eine Prinzessin durch Berlin reist, mache ich der einen Antrag, die wird Dir hoffentlich gut genug sein!" – Die Antwort war ausreichend für mich, denn wenn er patzig wird, beabsichtigt er stets das Gegentheil von dem zu thun, was ich für richtig halte.

Es war mir daher sehr lieb, daß der Doktor auf jeglichen Polterabend verzichtete, denn die Krausen hätte diese Gelegenheit benutzt, die mit allen Reizen ausgestattete Haideblume Onkel Fritz unter die Augen zu führen. Vielleicht hätte er gar mit ihr zusammen gepoltert, sie meinetwegen als Ems-

Nixe und er als Spree-Wassermann, und Herr Kleines wäre gewissenlos genug gewesen, ihnen das Gedicht dazu zu verfertigen. Zum Glück ward nichts daraus.

War es ein Wunder, daß ich unter all' diesen Sorgen sichtlich litt, so daß mein Karl sagte, er wünschte, die Hochzeit wäre nur erst vorüber, damit ich wieder in meine alte Verfassung käme? –

Der Hochzeitsmorgen brach denn auch richtig an: für viele, viele Menschen ein ganz gewöhnlicher Werkeltag, für mich ein Angsttag und für das Kind ein Festtag. Emmi war ganz Glück. Als sie mir guten Morgen bot und mich dabei so innig umarmte und küßte und wieder küßte und aus ihren Augen ein so seliges Vertrauen leuchtete, als sei die Zukunft ein heller lichter Tag und der Weg, den sie mit dem Doktor gehen sollte, ein sanfter Pfad, von dem kleine emsige Engel alles Ungemach hinweggeharkt hätten, da überkam mich auch der Gedanke, es könnte nichts anders als gut werden. Was aber sind Hoffnungen? Streuzucker für den Rhabarber des menschlichen Lebens.

Um ein Uhr kam der Doktor mit seinem Freunde, dem Doktor Paber, als Trauzeugen und holte Emmi nach dem Standesamte ab. Mein Karl und Onkel Fritz waren die anderen Zeugen und begleiteten sie. Ich für meine Person schloß mich nicht an, da ich Wichtiges zu thun hatte.

Sollte das Kind so ohne alle Poesie in das neue Leben treten? Nein, es mußte ein Ersatz für die ausfallende Hochzeitsreise geschaffen werden und der bestand darin, daß wir heimlich des Doktors Wohnung mit Blumen dekorirten. Diesen glücklichen Gedanken hatte Auguste Weigelt gehabt, und die Gute war mir nun behilflich, während das Kind von dem herzlosen Staate dem Doktor gerichtlich zugesprochen wurde, das Haus zu schmücken. Die Treppe faßten wir mit Guirlanden ein und ebenso die Thüren. Das Wohnzimmer verwandelten wir in einen Blumengarten und das Schlafzimmer in eine Art von Palmenhaus. Es sah wundervoll aus, so daß Auguste meinte, noch nie etwas Entzückenderes gesehen zu haben. Die Überzüge waren ja auch wie frisch gefallener Schnee und leuchteten ordentlich durch die grünen Büsche, die pyramidenförmig vor den Betten aufgebaut waren. „Wenn die Ampel brennt, muß das Ganze einen Effekt machen, wie tausend und eine Nacht," sagte ich.

„Geradezu märchenhaft!" bestätigte Auguste, „wenn die Töpfe nur nicht so dumpfig nach dem Gewächshause röchen."

„Weißt Du was, Auguste," rief ich, „lauf rasch in einen Parfümerieladen und hole Orangenblüthenessenz, damit besprengen wir die Gewächse, und die

Beiden glauben dann, sie wären in Nizza, wenn sie hier so hereintreten. Ich weiß von Italien her, wie sinnumschmeichelnd gerade Orangenduft ist.“

Dies gefiel Auguste sehr; ich gab ihr eine Mark und sie rannte davon.

Während sie fort war, überzeugte ich mich noch einmal gründlich, daß es in dem Hause an nichts fehlte. Man konnte es für einen Puppenschrank halten, so allerliebst war Alles. Selbst für einen neuen Stiefelknecht war gesorgt, den hatte Onkel Fritz gestiftet.

Auguste hatte sich geeilt, und wir übertünchten den Modergeruch rasch mit der Essenz und gingen ab, denn wir hatten zu Hause ein kleines Frühstück, da die Trauung erst um vier Uhr sein sollte, und das Hochzeitsmahl im Englischen Hause um Fünfen.

Als wir ankamen, waren die Herren schon wieder retour und hatten Hunger. Herr Doktor Paber sagte mir einige liebenswürdige Worte und gratulirte, was ich ihm um so höher aufnahm, als Onkel Fritz Emmi fortwährend Frau Doktorin titulirte und die ganze Angelegenheit sehr auf die leichte Schulter nahm. Emmi benahm sich keine Idee anders als sonst, wenn der Doktor zu Besuch kam, und doch war sie nun schon verheirathet, Doktor Wrenzchen verhielt sich ziemlich still und das gefiel mir. Einmal mußte er doch einsehen, welche Verantwortung er auf sich lud, als er anderer Leute Tochter zur Frau begehrte.

Das Frühstück verlief jedoch recht gemüthlich. Herr Dr. Paber brachte einen erquickenden Toast aus, wir stießen auf das Wohl des jungen Paares an und unterhielten uns, bis es Zeit war, an die Toilette zu gehen.

Zwischendurch wurden allerlei Hochzeitsgeschenke gebracht, manches Nützliche und auch manches Unbrauchbare, wie z. B. zwei Champagnerkühler, da Doktor Wrenzchen doch sehr gegen den selbstgekauften Sekt ist, von den elf Doktoren zwei sehr schöne silberne Armleuchter und von Herrn Kleines ein Bassin mit Goldfischen, die Emmi jedoch nicht ausstehen kann. Onkel Fritz rieth ihr, die Fische grün zu kochen und den Napf zum Aufbewahren von Backpflaumen zu benutzen. Von der Polizeilieutenanten kam ein prachtvolles Brautbouquet aus Myrthe und Orangenblüthen, gerade als das Paar in die Brautkutsche stieg.

Wie reizend sahen die Beiden in dem feinen Wagen aus! Emmi in dem weißen Kleide mit dem duftigen Schleier und dem grünen Kranze auf den goldblonden Haaren war so lieblich, wie eine Braut an ihrem Ehrentage nur sein kann, und der Doktor, so glatt und nagelneu von Kopf bis zu Fuß, nahm sich so weihevoll aus, wie ein frisch eingebundenes Gesangbuch. Man konnte wirklich nichts an ihnen tadeln; es saß Alles.

Dazu die Brautjungfern mit ihren Bouquets und die vielen anderen Damen in eleganter Toilette und die Herren im Ballanzuge ... es war eine stille Pracht. So prunkhaft hatte ich mir das Ganze doch nicht vorgestellt. Die sämmtliche Landsbergerstraße guckte aus dem Fenster, als wir nach der Kirche fuhren.

Wie nun die Beiden vor dem Altar standen, wurde mir sehr weich. Eine Mutter denkt doch auch an die Zukunft. Würde der Doktor auch wohl immer so gut zu ihr sein, wie mein Karl zu mir? Und was dann, wenn sie uneins würden und das Glück davon zöge? Was dann? Was dann?

Derselbe Pastor, der Emmi konfirmirt hatte, traute sie nun auch. Die Liebe hörte nimmer auf, sprach er, die wäre wie die Sonne, welche hell und klar aufgeht und unbeirrt ihre Bahn wandelt. Und wenn auch Wolken sie bisweilen verdunkelten, so bräche sie doch wieder siegreich hervor, bis sie am Abend in mildem Feuer sanft verglühe. So sei die Menschenliebe. Und noch herrlicher sei die Gottesliebe, die nie vergehe, nie erlösche, wenn wir in Sorge und Erdenkummer auch vermeinten, sie wäre verschwunden. Aber wenn wir fest an sie glauben, so verläßt uns die tröstende Hoffnung nicht, und Ungemach und Leid müssen der ewigen Liebe weiche. – Dann ging er auf den Beruf des Arztes ein, der ihn oft von der Gattin Seite riefe, daß sie darob nicht unmuthig werde, sondern seine Wege segne, die ihn zu Kranken und Leidenden führen. Und ihm sagte er, daß Liebe nur mit Liebe vergolten werden könne, er solle sie lieb und werth halten, die ihm von ganzem Herzen vertraute und Vater und Mutter verließe, um ihm zu folgen.

Als die Ringe gewechselt wurden und der Pastor ihre Hände vereinigte, brach die Sonne seitlich durch das Fenster und beleuchtete das Paar mit goldigem Scheine. Die Klänge der Orgel brausten durch den weiten Kirchenraum, wie Festjubel über Glück und Freude. Auch ich war einigermaßen getröstet und dachte: „Der liebe Gott wird es schon gut machen; im Übrigen siehst du nach dem Rechten, Wilhelmine.“

Und nun ging das Gratuliren los. Es wurde viel geküßt und handgeschüttelt; Sonnenschein und Orgelklang dazu.

Als wir abfahren wollten, kam Emmi und flüsterte eilig: „Mama, sei so gut, nimm mein Bouquet und gieb mir das Deine.“ – – „Warum das, Emmi?“ – „Siehst

Du denn nicht, daß Orangenblüthen darin sind?" – „Ja … aber." – „Du weißt doch, Mama, daß Franz sie nicht riechen kann, sie machen ihm Kopfschmerzen!"

Ich stand noch wie versteinert, als die Brautkutsche schon längst davon gefahren war. „Herr im Himmelsthrone," dachte ich, „und wir haben den ganzen Palmengarten mit Orangenblüthenessenz besprengt. – Auguste," rief ich, „Auguste, wir müssen lüften!" – – –

Wie ich eigentlich ins Englische Haus gekommen bin, das weiß ich nicht mehr; ich riß immer in Gedanken die Fenster in des Doktors Wohnung auf, zu Höherem konnte sich mein Geist nicht aufschwingen. Und dann saßen wir endlich bei Tisch und aßen und tranken. Es schmeckte ihnen Allen gut, und da es ziemlich warm war, spülten sie auch ordentlich nach, wie sich das auf einer fidelen Hochzeit gehört. Ich allein konnte mich der allgemeinen Fröhlichkeit nicht anschließen und vermochte von den Gerichten immer nur ein wenig zu kosten, blos um zu wissen, was die Leute gekocht hatten. Sattessen indessen war nicht.

Ich hatte ja einen vortrefflichen Platz. Der alte Herr Wrenzchen führte mich zu Tisch und mein Karl des Doktors Mutter. Sie ist so sanft und gut und hält große Stücke auf ihn. Manches erzählte sie mir von seiner Jugend, wie er so rasch durch das Gymnasium gekommen sei und immer die besten Zeugnisse nach Hause gebracht habe, wie er nachher auf der Universität so solide und fleißig gewesen und dabei doch lustig und unverfroren. Das hörte ich sehr gerne, aber im Stillen mußte ich mir sagen: was nützen die besten Schulzeugnisse und die tugendhafteste Studenten-Solidität in der Ehe? Da kommt es manchmal ganz anders.

Emmi und der Doktor machten sich reizend schön nebeneinander hinter den großen Bouquets, die ihnen zu Ehren auf die Tafel gestellt waren, aber so oft ich hinsah, gab mir das Blumenwerk jedesmal einen Stich durch das Herz, weil es mich an die Orangenblüthenessenz erinnerte. Auguste, die gute, hatte mir zwar die Versicherung gegeben, daß alle Fenster sperrangelweit aufständen und der Geruch schon fast gänzlich abgezogen wäre, aber meine innere Unruhe wollte doch nicht weichen. Ich hatte schon die Idee, die ganzen Grünigkeiten wieder vom Gärtner abholen zu lassen, aber das ging nicht: was würde die Nachbarschaft davon gedacht haben? Außerdem waren sie für acht Tage gemiethet und im Voraus bezahlt.

Sonst sah die Tafel wirklich entzückend aus. Allein blos die elf Doktoren, denen man die höhere Bildung schon von ferne anmerkte, dazwischen immer abwechselnd eine junge oder doch wenigstens eine jüngere Dame, dann der Poizeilieutenant in der Sonntagsuniform, was unermeßlich schmückte, und alle die Anderen. Herr Weigelt hatte allerdings einen Frack von etwas sehr merkwürdigem Schnitt an, und seinen weißen Shlips hatte Auguste ein bischen gar zu blau gekriegt, weil sie die kleinen Sachen in der Waschschüssel wäscht, aber er war so herzlich vergnügt und lächelte immer so gut beiwege vor sich hin, daß es auf sein Äußeres gar nicht ankam. Er hatts ja auch nicht so dazu, wie Andere.

Onkel Fritz dagegen war von Kopf bis zu Fuß elegant: den Frack nach der neuesten Mode und die Lackstiefel zum ersten Male an. Wegen meiner oder wegen des jungen Paares hätte er sich ganz gewiß nicht in Unkosten gestürzt, aber um in den Augen seiner Tischnachbarin etwas vorzustellen, mußte er sich natürlich nobel machen. Und sie, die Erika, that bereits, als wären die Verlobungskarten schon heimlich gedruckt. Wenn Jemand an das Glas klopfte, um eine Rede zu halten, überfiel mich jedesmal die tödtliche Angst: „Jetzt wird das freudige Ereigniß publik gemacht!“ und der Bissen im Munde ward mir zu Galle.

Und eine andere Verlobung, die ich so gerne gesehen hätte, kam nicht zu Stande. Ausdrücklich hatte ich Herrn Felix durch ein längeres Schreiben eingeladen, aber trotzdem lehnte er ab. Was soll das heißen? Ist es ihm peinlich, daß wir ihn neulich auf dem Bock in nicht gerade der besten Gesellschaft trafen? Warum soll ein junger Mann den Bock nicht einmal besuchen? Wir waren ja auch da! Als ich Betti Herrn Felix' Absage mittheilte, sprach sie zwar kein Wort, aber sie ward blaß, ganz blaß, wie eine Sterbende, daß ich fürchterlich erschrak. Gleich darauf war sie jedoch wieder ruhig und versuchte zu lächeln. Dann ging sie auf ihr Zimmer und kramte in ihren Schubladen, und als sie wieder herunterkam, that sie, als sei Alles beim Alten. Was kann da blos passirt sein? Er wird mich doch nicht verachten, weil ich das Lokal damals ohne meinen Willen verließ?

Ich hatte Herrn Kleines als Tischnachbarn gegeben und sie schien sich auch ganz gut mit ihm zu unterhalten. Später erzählte sie mir, sie hätte nur die Hälfte von seinen Witzen verstanden, einige davon wären ihr unfaßbar gewesen und die anderen hätte er mit dem Essen hinuntergeschluckt. Es giebt ja Leute, die gleichzeitig den Mund voll haben und erzählen.

Sehr schöne Toaste wurden ausgebracht: ernste und heitere und solche, die gar keine wurden, weil die Redner immer anderswo hinkamen, als worauf sie hinauswollten. Dr. Paber sprach im Namen seiner Kollegen und wünschte, daß der Doktor über sein neues Glück die alten Freunde, namentlich ihre gemüthlichen, wissenschaftlichen Abende nicht vergessen möchte. – Und der Doktor antwortete. Er versprach, die alte Freundschaft von dem Gymnasium und von der Universität her stets hoch zu halten; seine Frau werde gewiß damit einverstanden sein, daß er im Verein mit Kollegen die Wissenschaft pflege. – Und das verkündete er kaltblütig vor allen Hochzeitsgästen. *Die* Wissenschaft kenne ich doch: – Skat heißt sie. Aber das sind die Folgen vom Gymnasium und der Universität. Machen die guten Zeugnisse Emmi glücklich, wenn er ins Wirthshaus geht und sie allein zu Hause sitzen muß? Niemals.

Zwischendurch wurden Tafellieder gesungen, die eigens zu diesem Zwecke verfertigt waren. Dem Gebildeten macht ja das Dichten auch durchaus keine Schwierigkeiten, wenn er nur die Zeit dazu hat. Ein Lied jedoch, das Herr Kleines auf die Brautjungfern zu verfassen sich unterfangen hatte, war geradezu unglaublich. Die jungen Damen, welche mit meinen Töchtern verkehren, sind sammt und sonders aus wohlerzogenen Familien und denen hatte er zugemuthet, zu singen:

> Schönheit ist gemacht zu lieben,
> Ernste Stirne ziemt ihr nicht;
> Ihren Hang zu sanften Trieben,
> Sollen Mädchen nie verschieben,
> Wenn die Jugend Rosen bricht.

Zum Glück ließ sich das Gereimsel nach keiner Melodie singen, und als daher mein Karl aufstand und verkündete: wir wollten lieber aufhören, da das Lied zu schwer sei, fiel mir ein reeller Mühlstein vom Herzen. Nach Tisch habe ich aber Herrn Kleines meine Meinung gesagt und ihm erklärt, er könne für die öffentlichen Blätter so viel dichten, wie er wollte, für Familien wäre jedoch seine Poesie ungeeignet.

Ich war froh, als das Tafeln ein Ende hatte, und Onkel Fritzens Verlobung nicht mehr in Szene gesetzt werden konnte. Während abgeräumt wurde, tranken wir im Nebensaal Kaffee, und dann ging der Ball an.

Dr. Wrenzchen und Emmi eröffneten ihn, dann folgten die elf Doktoren mit den Brautjungfern und einigen jüngeren Damen, was Onkel Fritz als Festordner so arrangirt hatte, weil er, wie er sagte, gerne einmal ein Dutzend tanzende Doktoren hinter einander sehen wollte. Es war auch einzig.

Wir Älteren nahmen natürlich auch Theil an dem Reigen. Mein Karl und ich tanzten in Erinnerung an unseren eigenen Hochzeitstag einen Wehmuthswalzer. „Karl," sagte ich, „wir sind beide ein bischen kompleter als damals." – „Aber noch ebenso glücklich," antwortete er. – Ich schwieg. Konnte ich ihn an all' meinem Kummer betheiligen? Nein, das wäre grausam gewesen. Überdies ist das Weib ja zum Leiden und Dulden geboren.

Man mußte jedoch den elf Doktoren lassen, daß sie das Fest entschieden verherrlichten. Je weiter die Zeit rückte, um so mehr packten sie den gewohnten Ernst ihres Berufes ein und gaben sich dem Vergnügen hin, als wären sie wieder fröhliche Studenten. Und wie wußten sie die Damen zu unterhalten! Nun, ein Studirter versteht ja auch mehr als vom Wetter und vom Theater, und gute Tänzer waren sie Alle. Ich habe mit jedem einen Pflichttanz durchgemacht.

Als es schon ziemlich in die Nacht hineinging, wollte der Doktor aufbrechen. „Emmi amüsirt sich so prächtig," sagte ich und bat ihn, noch zu bleiben, wenigstens den Kotillon über. Jede Minute Lüftung war ja ein Gewinn. Er gab auch nach.

Nun war aber das Malheur mit Herrn Weigelt. Er kann ja Nichts vertragen, das ist wahr, aber warum mußte er auch noch tanzen und das immer mit den niedlichsten jungen Damen? Da kam es denn, daß er mit Polizeilieutenants Mila nicht schlecht hinschlug, worüber dieser ihn zu Rede stellte. Das wollte er sich nicht gefallen lassen, sondern erging sich in Redensarten und tanzte ruhig weiter. Als er nachher aber zärtlich gegen die Erika werden wollte, griff Onkel Fritz ihn und brachte ihn nach dem Herrenzimmer, wo es gediegenen Rothwein, Bowle und Hofbräu gab. Was sie da mit dem Unglückswurm aufgestellt haben, weiß ich nicht: genug, er befand sich in einem kläglichen Zustande, als Auguste mich angsterfüllt heranholte. Da saß er ganz zerklüftet und nannte sich einen Rabenvater, der sein Kind zu Haus ließe und Orgien feierte. Sie sollte ihn nur gleich begraben, und ob Auguste ihm verzeihen könnte? Gottlob waren ja elf Doktoren da. Der eine rieth Eis an, der andere schwarzen Kaffee, der dritte Hofbräu, der vierte Salmiakgeist, der fünfte verschrieb schon Etwas. Aber Herr Weigelt ließ Keinen an sich kommen. In ihrer Verzweiflung schleppte Auguste meinen Schwiegersohn herbei, und zu dem hatte er Vertrauen; aber sobald der Doktor wieder gehen wollte, wimmerte er und bat ihn, zu bleiben, und hielt ihn fest. Und es war mittlerweile die höchste Zeit, daß das junge Paar verschwand, denn einzelne Gäste machten sich schon auf den Heimweg. Was war da zu thun?

Aber wozu ist mein Schwiegersohn Arzt, und wozu waren noch elf andere da? „Hat keiner von den Kollegen eine Morphiumspritze bei sich?“ fragte er. Zum Glück kam ein halbes Dutzend zum Vorschein, da wurde Herr Weigelt denn gepiekt, und nach zehn Minuten hatten sie ihn so total betäubt, daß er, von mehreren Doktoren begleitet, wie ein hilfloses Packet per Droschke nach Hause transportirt werden konnte. Es muß ein schrecklicher Anblick sein, wenn sie Jemand so gebracht bringen.

Als das junge Paar das Fest verließ, graute der Morgen schon; sie waren so ziemlich die Letzten. – Mein Karl meinte, es sei eine lustige Hochzeit gewesen, als er sich auf die rechte Seite legte. Lustig? O ja, für andere Leute, nur nicht für mich. Ich sah noch die Sonne aufgehen, ehe ich in eine Art von Betäubung fiel, die jedoch nicht lange dauerte, denn die Sorge jagte mich frühzeitig wieder auf. – – –

Am andern Morgen, um gegen Neune, machte ich mich auf den Weg nach Emmi. Es war mir unmöglich, länger im Hause zu bleiben, denn ich hatte das Gefühl, als sei irgend etwas Gräßliches passirt. Und so war es denn ja auch. – Meine Ahnungen haben mich noch nie betrogen.

Als ich klingelte, und die Magd mir öffnete, merkte ich gleich, daß nicht Alles richtig sei, denn als ich fragte: „Ist die Herrschaft schon zu sprechen?“ erhielt ich ein langgedehntes „O ja!“ zur Antwort, „Frau Doktorin sind oben.“ – Also allein. Ich hinauf. Der Schreck, als ich das Kind sah. Du meine Güte! Auf dem neuen Sopha saß sie noch im Ballkleid und weinte, daß einem das Herz brechen konnte. „Kind, Emmi!“ rief ich, „was ist Dir?“ – „Ach, Mama, ich bin das unglücklichste Geschöpf der Welt?“ – „Nanu? Hat er Dich gar geschlagen?“ – „Wer?“ – „Wer anders, als Dein Mann, dieser Heuchler!“ – „Mama, kein Wort über Franz, er ist die Güte selbst. Du beleidigst mich, wenn Du ihn beleidigst.“ – Das sagte sie ganz energisch und hörte auf zu weinen. – „Aber Kind, was ist denn los?“ – „Du bist schuld, Du allein,“ rief sie. – „Da hört's doch auf!“ rief ich. „Ich? Schuld? Woran denn? Ist das der Dank dafür, daß ich Eurer Haus so poetisch schmückte?“ – „Du hast gewiß nichts Böses gewollt,“ entgegnete Emmi vorwurfsvoll, „aber warum hast Du Alles mit Orangenblüthen begossen?“ –

„Wieso denn? Was sagte er?“ – „Als wir ankamen, freute er sich sehr über die Blumen auf der Treppe, dann faßte er mich an der Hand und führte mich ins Wohnzimmer. ›Dies ist unser Heim,‹ sagte er, ›mein liebes kleines Weib. Mit uns ist das Glück über die Schwelle getreten; daß wir es halten dafür wollen wir sorgen!‹ – Er zog mich an sich und küßte mich. ›Wo kommen nur die vermaledeiten Orangen her?‹ fragte er mit einem Male. – Wir suchten aber wir entdeckten keine. Da zuletzt fand er denn heraus, daß die Palmen im Schlafzimmer so strenge dufteten.“ – „Schalt er?“ – „Nein, er sagte nur, Deine Mutter hat es freilich gut gemeint, aber die Gewächse müssen hinaus.“ – „Da rieft Ihr das Mädchen?“ – „Bewahre, was sollte die? Wir hätten uns ja vor ihr genirt. Ich faßte mit an, und wir schleppten die Töpfe auf den Korridor. Das war sehr scherzhaft, und wir lachten viel dabei. Als wir damit fertig waren, und er sagte, es sei nett, eine Frau zu haben, die sich vor der Arbeit nicht scheute, da – – –“ – „Na und da?“ – „Da klingelte es, und er mußte fort zu seinem Patienten, der so schwer krank ist.“ – „Nun daran bin ich doch nicht schuld?“ – „Ich komme so bald als möglich wieder,“ sagte er. – „Ich warte,“ rief ich ihm nach. „Und ich wartete, und er kam nicht. Ich ging auf und ab. – Er kam nicht. Ich sah aus dem Fenster seiner Arbeitsstube. Er kam nicht. Ich setzte mich nieder. Er kam immer noch nicht. Ich fing an zu weinen, aber ich hielt an mich und dachte an die schönen Worte, die der Pastor über Franzen's Beruf gesagt hatte. Ich nahm mir auch vor, eine richtige Doktorin zu werden, aber es wurde mir übermenschlich schwer. Um auf andere Gedanken zu kommen, nahm ich ein Buch, nur um drin zu blättern.“ – „Eins von seinen Büchern?“ – „Das große da. Als ich es aufschlug, erblickte ich einen zerfetzten Menschen. Ich schrie laut auf.“ – „Und ich sagte ihm doch, er sollte die alten ekelhaften Bücher nach dem Boden schaffen!“ – „Nun fing ich an, mich zu graulen. So ganz allein bei den Büchern, o, wie war mir zu Muthe.“ – „Du armes Kind. Dies ist schauderhaft.“ – „Um halb sieben schickte er nach seinen Instrumenten und ließ sagen, er müßte operiren, wenn es so weit sei. Und nun ist er noch nicht wieder zurück!“ – Sie brach von Neuem in Thränen aus.

Nach längerer Zeit gelang es mir jedoch, sie zu beruhigen. Ich half ihr Morgentoilette machen und überredete sie, sich ein wenig niederzulegen. Das that sie denn, und da Jugend ihren Schlaf haben will, schlummerte sie bald ein.

Als sie schlief, schlich ich mich hinaus und untersuchte den Klingelzug von der Nachtglocke. Es war ein ganz gewöhnlicher Draht. „Was willst Du den Doktor noch erst abwarten?“ sagte ich. „Es giebt ja doch nur eine Scene wegen der verabsäumten Hochzeitsreise und der abscheulichen Bücher. Geh' lieber deiner Wege, Wilhelmine!“

Ehe ich aber ging, holte ich eine Scheere aus Emmi's Nähtisch und knipste den Draht unten an der Hausthür mitten durch.

„So,“ sagte ich, „nun laß sie läuten!“

Nach der Hochzeit

Man mag es machen, wie man will, seinen Ärger und seine Nackenschläge bekommt man doch, die werden einem förmlich angeboren.

Daß die Polizeilieutenanten es in einer Gesellschaft für sehr dickthuerisch gehalten hat, daß wir die Hochzeit im Englischen Hause gaben, will ich ihr gerne verzeihen, denn unter uns gesagt: sie stammt aus kleinlichen Verhältnissen, aber daß sie gesagt hat, in der Bowle wäre mehr Selterwasser als Champagner gewesen, das ist eine Verleumdung. Es war Alles vom ersten Ende, denn wenn ich etwas gebe, dann gebe ich es gut. Ich kann ihr jeden Tag die Rechnungen zeigen. Außerdem möchte ich wissen, ob wir die elf Doktoren so vergnügt mit Selterwasser gekriegt hätten?

Aber das ist das Wenigste; den größten Ärger hat mir die Krausen bereitet, und noch größeren Onkel Fritz.

Ich hatte der Krausen abgeschlagen, ihren kleinen Eduard mitzubringen, da Hochzeiten keineswegs für Kinder sind. Aber um ihr zu zeigen, daß ich durchaus nicht so sei, bat ich sie, den kleinen Eduard am folgenden Tage zu uns zu schicken, da sollte er denn Kuchen haben und allerlei gute Sachen, die vom Frühstück übrig geblieben waren.

Hätte sie Takt besessen, so würde sie gesagt haben: „Ich danke Ihnen sehr für die Freundlichkeit, aber einen Tag nach der Hochzeit kann ich Ihnen den Jungen doch wohl nicht zumuthen.“ – Aber Gott bewahre!

Also Eduard trat an. Da Betti nicht die geringste Lust hatte, sich mit ihm zu beschäftigen, so mußte ich mich mit ihm abgeben, und da Knaben in seinem Alter schluckgierig sind wie die jungen Wölfe, sorgte ich denn dafür, daß er Etwas zu präpeln bekam.

Er ließ sich auch gut schmecken, was ihm vorgesetzt wurde, Chokolade und Torte und einen ganzen Teller voll kleinem Gebäck, von dem wir noch öfters hätten gut haben können. Als er damit fertig war, fragte ich: „Soll Tante Dir noch eine schöne große Stulle schneiden!" – „Nein," sagte er, „Stullen mag ich nicht." – „Soll Tante Dir noch eine Tasse Chokolade einschenken?" – „Du bist ja gar nicht meine Tante," lachte er. – „Du hast mich doch sonst immer Tante genannt." – „Ja, als ich noch klein war," entgegnete er. „Mama hat mir verboten, zu All und Jeder Tante zu sagen, das thun nur ganz gräßlich kleine dumme Kinder. Aber ......" – Er schwieg plötzlich. Halt, dachte ich, hier sitzt es, und fragte lächelnd weiter: „Nun, aber?" – „Du könntest ja meine Tante werden, wenn Hochzeit wird. Dann komme ich auch mit." – „Hochzeit? Mit wem denn?" Er lachte. „Nun, Eduardchen, sag' doch. Mit wem?" – „Äh, wie Du dumm bist; das weißt Du nicht einmal?" – „So sag' doch: ich verrathe nichts." – „Äh, wie Du neugierig bist. Nun kriegst Du es gar nicht zu wissen." – Und dabei grinste die Kröte mich so infam an, daß es mir in den Fingern kribbelte – aber, 'Gewehr in Ruh' beherrschte ich mich, denn nun wollte ich auf den Grund sehen, ob sie Onkel Fritz wirklich verkuppelt hatten, einen so hübschen gebildeten Mann in den besten Jahren, der die ausgezeichnetsten Partien machen kann? Ich danke. – „Eduardchen," fragte ich, „magst Du gern Himbeergelee?" – „Du giebst mir ja doch keins." – „Gewiß." – „Aber ich sage doch nichts." Wäre ich meinen natürlichen Empfindungen gefolgt, so hätte ich den Jungen jetzt an die freie Atmosphäre gesetzt, und das wäre auch wohl das einzig Richtige gewesen, aber in meiner Verblendung stand ich jedoch auf und holte das Himbeereingemachte. Es war so wie so überjährig.

„Sag' einmal," fing ich darauf so ganz verloren an, „Onkel Fritz kommt wohl oft bei Euch zu Besuch?" – „Neulich war er erst da." – „Blieb er lange?" – „Das weiß ich nicht." – „Ihr freut Euch wohl sehr, wenn er kommt?" – „Ach nein, er ist immer so unangenehm gegen mich." – „Das muß er nicht. Aber Papa freut sich wohl über seinen Besuch?" – „Papa freut sich, wenn Mama es haben will." – „Und Tante Erika, was sagt die dazu?" – „Die muß immer ihr bestes Kleid anziehen." – „Du hast Tante Erika wohl sehr lieb?" – „O ja, wenn ich mit zur Hochzeit komme." – „Dafür will ich schon sorgen, daß Du mitkommst." – „Das glaub' ich nicht, sonst hätte ich diesmal mitdürfen. Mama hat aber gesagt, Du wolltest nicht." – „Ihr sprecht wohl schon viel von der Hochzeit?" – „Das weiß ich nicht." – Nun hatte er sein Gelee von dem Teller bereits abgeleckt.

„Das weißt Du recht gut. Aber sage Deiner Mama nur: erstens dächte Onkel Fritz gar nicht daran, sich zu verheirathen, und zweitens thäte sie unrecht, von

Hochzeiten zu quatschen, die nie sein werden. Onkel Fritz ist liebenswürdig gegen jede Dame, ohne daß gleich von Heirathen die Rede ist. Und nun glaube ich, bist Du satt und kannst nach Hause gehen."

Ich war ordentlich erleichtert, als die Range das Haus verlassen hatte. Nicht einmal bedanken that er sich; aber das kann man bei einer Erziehung auch nicht verlangen, wo der Vater eine Null ist und die Mutter sich alles von dem Jungen gefallen läßt.

Es dauerte keine halbe Stunde, als die Krausen angetrabt kam. Allein schon wie sie an der Klingel riß: man hätte glauben können, Berlin sollte untergehen.

Sie käme nur auf einen Augenblick, sagte sie. Aber sie müßte sich aussprechen. „Bitte," sagte ich, „nehmen Sie Platz." – Und nun ging es los. Sie hätte immer große Stücke auf mich gehalten, aber das fände sie nicht hübsch, daß ich die Kinder anderer Leute einlüde, um sie auszufragen, wie es in anderer Leute Familien herginge. Was in ihrem Hause passirte, das könnte jedermann wissen, aber durch ihren Knaben ließe sie sich keine guten Rathschläge geben. Ich ließ sie ausreden, denn gegen an konnte ich doch nicht, ihr gingen ja die Sprechwerkzeuge wie eine Zahnbürste im Munde. „Meine beste Frau Krausen," sagte ich dann, „es fällt Niemand ein, anderen Leuten Vorschriften zu machen, aber sie können es mir nicht verdenken, wenn ich nicht wünsche, daß man meinen jüngeren Bruder mit irgend einer Beliebigen verheirathet." – Davon wäre gar keine Rede und mir könnte es gleich sein, welches Kleid ihr Hausbesuch anzöge. Darüber brauchte ich mich nicht aufzuhalten.

Wer das gethan hätte? „Nun Sie, meine Liebe, mein Eduard hat mir Alles wieder erzählt, das Kind hat ein so wunderbares Gedächtniß." – Dann hätte das Kind geflunkert. – Wie ich so etwas sagen könnte. – „Er hat von dem Kleid erzählt!" rief ich erbost, „nicht ich." – Das unschuldige Kind, so etwas fiele ihm ja gar nicht ein. – „Habe ich denn etwa gelogen?" – „Bewahre, das sage ich ja nicht ... Aber Sie haben dem Kinde Himbeergelee gegeben und es ausgehorcht, und ihm, was weiß ich Alles erzählt, und nun sitzt meine Cousine da und ist grenzenlos herunter. Sie haben das arme Mädchen mit Ihrem Bruder Fritz ins Gerede gebracht ... jetzt ist es seine Ehrenpflicht, sie zu heirathen."

Ich war wie erschlagen. Ich mußte ein paar Mal Athem holen, ehe ich einen Ton reden konnte. „Was? Ich? Nein, meine Beste, Sie wollen diese Partie. Sie haben darauf zugestrebt." – „Denke nicht daran!" – „Woher weiß Ihr Eduard denn Bescheid?" – „Der Himmel mag wissen, was Sie Alles aus dem harmlosen

Kinde herausgefragt haben." – „Aber er sagte doch, daß er mit zur Hochzeit kommen sollte, wenn Erika und Onkel Fritz ...."

„So?" – Dies So war so lang wie die Chausseestraße mit der Müllerstraße daran. „Da sind Sie irr', meine Beste. Das Kind wollte so gerne auf Emmi's Hochzeit, aber da Sie es durchaus nicht zugaben, trösteten wir den Kleinen und sagten, er sollte mit, wenn Tante Erika Hochzeit gäbe." – „So? und mit wem, wenn ich fragen darf?" – „Mit wem? das war ja ganz gleich, wenn Eduard sich nur zufrieden gab. Namen sind gar nicht genannt worden. Haben Sie dem Kinde vielleicht irgend einen Namen auf die Zunge gelegt? Wir sind viel zu vorsichtig in solchen Dingen."

„Aber Eduard sagte, er wüßte Alles, er wollte nur nichts sagen ...." – „Kennen Sie die Kinder denn nicht besser? Wie oft sagen die kleinen Seelen aus Scherz: ich weiß Etwas, was Du nicht weißt, und hinterher wissen sie wirklich nichts. Eduard ist ja immer so spaßhaft. Nein, meine Beste, auf Kinderreden kann man nichts geben, und Sie hätten deshalb nicht nöthig gehabt, mir durch den Kleinen gute Lehren sagen zu lassen. Und was meine Cousine betrifft, so wird Ihr Herr Bruder gewiß ehrenwerth handeln. Darüber spreche ich mit ihm." – Und süß lächelnd ging sie wieder.

Soll ich nun noch den Aufstand erzählen, den ich am selbigen Abend mit Onkel Fritz hatte? Die Krausen war bei ihm gewesen – extra zu ihm gerannt – und er kam in der gehörigen Verfassung an. Äußerlich schien er ziemlich ruhig, aber die Augenbrauen saßen ihm dicht aneinander, er grollte innerlich nicht schlecht. „Was meinst Du nun, Wilhelmine," fragte er, „wenn ich jetzt gleich auf der Stelle meinen Antrag mache? Ich habe ihr die Cour geschnitten, das gestehe ich gerne zu, allein mich in keiner Beziehung gebunden; aber nun liegt die Sache anders." – „Also, Du findest sie passabel?" – „Mehr als das, aber zum Heirathen war ich keineswegs entschlossen." – „Und nun?" – „Die Krause sagt, daß sie über das Geschwätz untröstlich ist. Sie ist gekränkt, Wilhelmine, sie leidet. Kann ich das mit ansehen?" – „Hast Du denn das gesehen?" – „Nein, die Krause sagt es." – „Die lügt!" – „Wilhelmine!" – „O, vertheidige sie nur. Die ganze Familie lügt; sie, der abscheuliche Junge, der Vater ... nein, der nicht, der ist ein Nachtwächter." – „Erika auch?" – „Fritz, thu' mir den Gefallen und rede nicht so familiär von ihr. Bedenke Deine Zukunft. Sie hat keinen Groschen."

„Ich verdiene mehr, als sie und ich gebrauchen werden." – „Fritz! Du denkst doch nicht im Ernste an die ... die ..." – „Kein Wort weiter, Wilhelmine. Ich bin selbständig und thue, was ich will. Adje!"

Er ging.

Am anderen Tage erwartete ich ein Anzeige von Onkel Fritzens Verlobung, statt dessen erfuhr ich, daß die betreffende Erika Knall auf Fall in ihre Heimath zurückgereist sei. Wer soll daraus klug werden? Frage ich Onkel Fritz darnach, so sagt er kalt lächelnd: „Gieb mir erst Himbeergelee, dann sollst Du Alles wissen." – Diesen Winter arrangire ich Liebhabertheater, und dann werde ich es schon so einrichten, daß er das Haidekraut vergißt.

Wie gesagt, man kommt nicht aus den Sorgen heraus, weder vor, noch nach der Hochzeit.

Die erste Gesellschaft

Es ist ja ganz natürlich, daß jung verheirathete Leute, wenn sie sich erst ein wenig ausgesprochen haben, daran denken, einen geselligen Kreis zu etabliren, damit etwas Abwechselung in das Einerlei des Daseins gelangt, das meistens ziemlich immer dieselbe Guitarre ist. Wozu hat man auch die neue Einrichtung, den Ausziehtisch, das komplete Service mit Zwiebelmuster, das feine Gedeck und die zwölf Renaissancestühle mit echten gothischen Lehnen, wenn man sie den Leuten nicht zeigen kann? Der Doktor und Emmi können doch nicht allein auf dem Dutzend Stühle herumrutschen, ganz abgesehen davon, daß es wahre Marterbänke sind, die man noch drei Tage hernach im Kreuz verspürt, wegen ihren steilen Lehnen. Aber Er wollte sie ja so haben.

Ich bin durchaus nicht ruhmredig, aber ich kann wohl sagen, daß Emmi eine Erziehung genossen hat, die sich sehen lassen kann. In der Schule das Ideale, wie die Klassiker, Botanik und Zeichnen, bei einer verwittweten Regierungsräthin die feinen Handarbeiten und im Hause das Praktische, und mir däucht, die Bouletten, wie Emmi sie bei mir gelernt hat, braucht der Doktor keineswegs eine ungeeignete Nahrung zu nennen. Mein Karl ißt sie stets sehr gerne und Brot muß hinein.

Das Gesellschaftgeben ist jedoch eine längere Erfahrungssache, und deshalb hielt ich es für meine Pflicht, dem Kinde mit Rath und That zur Seite zu stehen, denn wenn dem Doktor die Meinung Anderer auch gleigiltig ist, mir kann es nicht passen, wenn es nachher heißt, die Gesellschaft hätte keinen Schick gehabt. So etwas fällt immer auf die Mutter zurück.

Zuerst war zu bedenken, wer Alles eingeladen werden sollte. Wir kamen dabei auf zweiundwzanzig Nothwendige, aber dies ging nicht an, weil nur zwölf Stühle vorhanden sind, weshalb getrennt werden mußte. Der Doktor sagte, er wollte die Bekanntschaft in zwei Garnituren eintheilen, in eine jüngere und eine ältere, und mit der jüngeren Garnitur den Anfang machen. Das hieß mit anderen Worten: „Verehrte Schwiegermama, für Sie wird nicht mitgekocht.“ – Ich erwiderte mit dem Rest des mir zu Gebote stehenden Lächelns: „Ganz wie Ihnen beliebt, wir brauchen dann nicht so viele Umstände zu machen.“ – Er entgegnete, es fiele ihm nicht ein zu knausern, einen anständigen Happen-Pappen müsse es geben, das sei man in Berliner Bürgerkreisen gewöhnt. Über die Verhältnisse hinaus wollte er jedoch auch nicht gehen. – „Was denn zum Beispiel?“ fragte ich. – „Krebse,“ sagte er, „die sind noch prachtvoll und sehr billig, weil die meisten Leute glauben, die Krebszeit wäre mit dem August vorbei; Micha läßt mir die besten aussuchen, da wir befreundet mit einander sind.“ – „Gut,“ erwiderte ich, „also von den billigen Krebsen. Und dann?“ – „Gans,“ meinte Emmi. – „Eine Gans ist zu theuer und verschlägt nicht genug,“ sagte der Doktor, „Kalbskeule thut mehr aus, namentlich wenn reichlich Sauce und Kartoffeln dabei gegeben werden.“ – „Kartoffeln in Massen sind sehr unfein,“ wagte ich zu bemerken. – „Wem sie nicht fein genug sind, der braucht sie nicht zu essen,“ sagte der Doktor. – „Und die süße Speise?“ fragte ich. – „Irgend so ein Brei von Reismehl,“ bestimmte der Doktor, „damit kommt man am weitesten.“ – „Warum nicht lieber gleich Plötzenseeer blaue Grütze?“ rief ich, diesen Vorschlag mit einem leichten Anflug von Scherz abweisend. – „Das kann ja Jeder machen, wie er will,“ erwiderte der Doktor. – Man wird eben in dem Hause nicht verstanden.

Als ich heimkam, fragte mein Mann mich nach dem Resultat der vorbereitenden Sitzung. „Karl,“ sagte ich, „es wird nahrhaft zugehen, aber den Reismehlkleister werde ich schon hintertreiben. Blamiren soll meine Tochter sich nicht.“ –

Emmi, das ahnungslose liebe Wesen, war überglücklich in dem Gedanken, ihre erste Gesellschaft zu geben, und zeigte sich deshalb mit Allem einverstanden, was Er beorderte, denn als ich ihr sagte, daß wenigstens eine Torte heran müßte, antwortete sie, daß sie schon eine Probe gekocht habe, die ihr Mann vorzüglich gefunden hätte, zumal der große Topf voll höchstens auf achtzig Pfennige zu stehen käme. – „Hast Du denn die Eier mitgerechnet?“ Es ginge auch ohne Eier, meinte sie. Ich konnte nichts mehr ändern.

Mit wahren Sorgen erwartete ich daher den Tag der Gesellschaft. Mein Karl und ich und Betti waren geladen; so viel Anstandsgefühl hatte der Doktor doch gehabt, die Angehörigen seiner Frau nicht zu übergehen. Dann hatten sie noch Weigelts gebeten, Herrn Dr. Paber, Assessor Lehmann mit Frau, Herrn Kleines und Fräulein Kulecke. Das Dutzend Stühle war ausgerechnet besetzt.

„Was in aller Welt wollt Ihr mit Weigelts,“ fragte ich Emmi, als wir am Nachmittage gemeinschaftlich den Tisch deckten. – „Er ist zwar ein bischen Trompeter,“ antwortete sie, „aber Franz meint, er spielte ganz gut Skat.“ – „Skat?“ rief ich entsetzt. – „Nun ja doch,“ sagte Emmi, „es werden gerade zwei Partien komplet.“ – „Und was sollen die Damen anfangen, wenn die Herren Nichts hören und sehen, als ihr verwahrlostes Spiel?“ – „Dafür ist die Kulecken gebeten, die wird uns etwas deklamiren, denn sie hat ein ungemeines Organ.“ – „Wie ein Feldwebel,“ fügte ich bitter hinzu. –

Um Achten kamen die ersten, das heißt wir Buchholzens hatten uns etwas früher eingefunden, um im Nothfalle die Honneurs zu machen. Es ließ sich nicht leugnen: die Wohnung nahm sich blendend aus.

Alles neu und propper, Grünes vor den Fenstern, ein Blumenkörbchen auf dem Sophatisch, die Lampen hell und freundlich, und Emmi, halbschüchtern wie eine junge Fee, wartete auf ihre Gäste.

Weigelts kamen ziemlich unfein mit dem Glockenschlag. Emmi begrüßte Auguste herzlich, und Herr Weigelt sagte, er wüßte die Ehre sehr zu schätzen, daß man Auguste und ihn eingeladen hätte. Natürlich hatte er wieder einen Shlips um, wie ihn kein Mensch mehr trägt. Dann kam die Kulecken, die mit ihrer Baßstimme die Wohnung außerordentlich poetisch fand, hernach trat Dr. Paber an, der, gebildet, wie er immer ist, einige sehr verbindliche Worte für mich hatte und mich vom letzten Male her, daß wir uns sahen, überraschend verjüngt und geistig frisch fand.

Assessor Lehmann, einer von Seinen intimen Freunden, hatte sich, obgleich die anderen im Überrock waren, in einen Frack gezwängt, der den Doktor zu einigen Witzen veranlaßte, worüber Herr Lehmann noch verlegener wurde, als er schon beim Eintritt war. Die Frau sagte auch nicht viel.

Herr Kleines war der Letzte und hatte sich ein Paar rothbraune Handschuhe über die Finger gezogen, daß er aussah, als hätte er eben Blutwurst gemacht; der Himmel mag wissen, welcher Gesellschaftsklasse er mit solchen Äußerlichkeiten imponiren will?

„So," sagte ich zu Emmi, „nun wollen wir die Krebse aufsetzen, die jüngere Garnitur ist ja beisammen. Bleibe Du nur bei den Gästen –."

„Sind das die Krebse alle?" fragte ich das Mädchen in der Küche. – „Ja wohl, Madame!" – „Die langen nicht." – „Es giebt ja noch Braten und Speise." – „Wo ist die Speise?" – „Drin in der Kammer." – Ich nahm ein Licht und ging in die Kammer. – Richtig, da standen drei Schüsseln mit dem Brei. Ich probirte – keine Kraft und kein Saft; man hätte ebensogut die Zunge zum Fenster hinaushängen können. „Nun," dachte ist, „es ist ja Sein Wille."

Als ich kopfschüttelnd die drei Unglücksnäpfe ansah, hörte ich etwas krabbeln und surschen. „Was mag das sein?" fragte ich mich und leuchtete in der Kammer herum. Das Geräusch kam aus einem Korbe unter dem Tisch. Was war drin, als ich den Deckel abnahm? Krebse, und was für welche, wahre Riesen.

„Da sind ja noch welche!" rief ich entrüstet, „und Sie sagen, es wären keine mehr da?" – „Lass' Madame die man stehen, die hat der Herr selbst für morgen ausgesucht. Die ißt er allein zum Frühstück!" – „Erst kommen die Gäste," erwiderte ich und wollte die eben entdeckten Krebse in den Kessel werfen, aber die freche Person stellte sich vor den Feuerherd und schrie: „An den Herd lasse ich Niemand 'ran, und wenn es dem Deubel seine Schwiegermutter wäre!" – „Das wollen wir sehen," entgegnete ich, und ging Emmi holen. Es war Er, der aus dieser Person sprach, das merkte ich nur zu gut, aber diese Partei durfte nicht recht behalten, Emmi mußte mir beistehen. Emmi folgte mir willig, als ich sie herausrief. „Kind," sagte ich, als wir auf dem Flur waren, „Euer Mädchen hat mich eben tödtlich beleidigt; entweder sie bittet mich fußfällig um Verzeihung, oder ich verlasse Euer Haus auf der Stelle." – „Aber, Mama, was ist denn geschehen?" – Ich erzählte ihr, was vorgefallen war. „Gewiß hast Du angefangen, Mama." – „Was? Du stellst Dich auf die Seite dieser Kreatur?" – „Sie hat sich noch nie etwas zu Schulden kommen lassen." – „Du kündigst ihr sofort." – „Unmöglich; sie ist so tüchtig und wir sind so zufrieden mit ihr." – „Also Du opferst Deine eigene Mutter dieser respektwidrigen Person? Gut!" –

In diesem Augenblick kam der Doktor heraus, dem die Krebse schon zu lange ausblieben. und dabei waren sie noch nicht einmal im Kessel. „Herr Doktor," sagte ich mit Würde, „Sie werden nicht dulden, daß man mich in Ihrem Hause beleidigt." – „I, wo werd' ich?" entgegnete er. „Kommen Sie nur rein in die gute Stube. Ihnen soll kein Mensch etwas thun." – Ob er glaubte, daß ein Scherz englisches Pflaster für die Wunden sei, die das ausgeborene Scheusal von Köchin mir geschlagen hatte? Ich hielt es für meine Pflicht, ihm Alles genau auseinander zu setzen, wie ich die Krebse hätte rascheln gehört, und wie die impertinente Person wissentlich gelogen hätte, wie ich das Recht gehabt hätte, entrüstet zu sein, wie sie sich vor den Herd gestellt hätte und mit welch pöbelhaften Ausdrücken sie sich gegen mich benommen. Und was sagte Er? „Das ist ja nur äußerlich, Schwiegermamachen. Seien Sie kein Frosch und kommen Sie herein." – „Nein," rief ich, „entweder die Person geht, oder ich!" – Emmi stand rathlos, der Doktor suchte sie zu trösten, und aus der Küche vernahm man, wie der Koch-Drache mit der Kohlenschippe und dem Geschirr herumwarf, als seien dort unklug gewordene Wilde zu Gange. „Da hören Sie, wie sie tobt," rief ich, „und so etwas dulden Sie in Ihrem Hause? Das ist ja eine nette Zucht."

Nun kam mein Karl, um zu sehen, wo wir blieben. „Die Uhr ist schon nach Neune," rief er, „wir sind Alle sehr hungrig." Ich erzählte ihm, was passirt war, was die Köchin gesagt hatte, was Emmi sagte, was der Doktor sagte und was ich sagte. „Hier ist meines Bleibens nicht länger," schloß ich. – Mein Karl überlegte einen Moment. „Wilhelmine," sagte er dann ruhig, „verdirb den jungen Leuten nicht die erste Gesellschaft. Mische Dich nicht in ihre Angelegenheiten; Du weiß doch, als wir jung verheirathet waren, ging auch nicht Alles am Schnürchen, wie nachher später. Es sind lauter gute Freunde da, die weniger darauf sehen, daß Alles vollkommen ist, als daß man gerne giebt –." – „Und sich die größten Krebse für den andern Tag zurücklegt," rief ich. – „Wilhelmine, wir sind hier zu Gast. Ich bitte Dich, sei liebenswürdig." – Er nahm mich unter den Arm und führte mich zu der Gesellschaft. Emmi ging in die Küche.

In der Gesellschaft herrschte ein Ton, wie bei einem Begräbniß, selbst die Späße, welche Herr Kleines zum Besten gab, fanden nur Anstandsbeifall. Laut gelacht hat außer ihm Niemand darüber. Natürlich waren alle überhungrig, denn Leute wie Weigelts sparen am Mittagbrod, wenn sie auf den Abend eingeladen worden sind. Es war daher wie eine Erlösung, als Emmi sagte, es sei angerichtet.

Der Doktor führte die Assessorin Lehmann, der Assessor die Weigelten, Herr Kleines meine Betti, mein Karl die Emmi, Herr Weigelt die Kulecken und Dr. Paber mich.

Die paar Krebse waren bald geliefert. Emmi aß einen und ich dankte überhaupt, damit doch einige für die Gäste nachblieben. Der Doktor aber hielt sich daran und bemerkte, sie wären trefflich von Salz.

„Es sind wohl die allerletzten der Saison, Franz?“ fragte Dr. Paber, als er auf mein Nöthigen noch einen Krebs aus der Schüssel nahm, die ja so gut wie leer auf den Tisch gekommen war. – „Nun ja, mein guter Paber,“ antwortete der Doktor, „so viele giebt es natürlich nicht mehr wie im Sommer. Aber man überladet sich nicht und kann auch noch von dem Folgenden essen.“

„Gesünder ist es,“ bestätigte Dr. Paber. – „O,“ sagte ich, „es giebt Leute, die zum Frühstück ein ganzes Schock essen.“ Dies bezweifelten sowohl Dr. Paber als Emmi's Gemahl. – Ich wußte aber, was ich wußte. – Heuchler!

Dann kam die Kalbskeule; Emmi hätte Ihm sagen müssen, daß wir Alle uns garnichts daraus machen, wenn sie auch Sein Magenelixir ist. Sie war besser als ich erwartet hatte, nur die Sauce war zu reichlich und zu dünne. Und solche Köchin behält man! Dr. Paber brachte den ersten Toast aus, nachdem der Doktor, wie das so Mode ist, seine Gäste willkommen geheißen hatte. Dr. Paber spricht sehr gut, aber er war doch nicht genau unterrichtet, denn er wünschte dem jungen Hause Glück und Frieden, wie bisher. Auf das Glück stieß ich mit an, denn ich bin keine Rabenmutter, aber über den Frieden mußte ich innerlich ein Hohngelächter aufschlagen. Friede mit einem solchen Trampel von Mädchen in der Küche! Lächerbar!

Herr Kleines hielt darauf eine gereimte Tischrede, Jeder kriegte seinen Vers. Auf mich hatte er gedichtet: „Schwiegermütter sind oft Fluchholz – ausgenommen ist die Buchholz.“ Sie lachten Alle darüber, nur Herr Weigelt nicht und ich nicht. Er nicht, weil er den Mund gerade voll Kartoffeln hatte, und ich nicht, weil ich mich verletzt fühlte, denn Fluchholz ist kein deutsches Wort und nur eine Marlice, die der Reim mit sich bringt. Ist aber die Poesie dazu da, den Nebenmenschen Unannehmlichkeiten zu bereiten? That Lessing je so etwas? O nein, er war tolerant! Wenn Herr Kleines hingegangen wäre, die Rieke in der Küche anzusingen, mir wäre es recht gewesen, die hätte ihm schon festen Dichterlohn ausgezahlt. Ich aber schwieg und litt.

Daß mir in dieser Stimmung der Reismehlpamp erst recht nicht mundete, das wird begreiflich sein. Herr Kleines aber aß davon, wie ein deutscher Dichter, dem der Hungerriemen abgenommen worden ist, wie Herr Dr. Paber treffend bemerkte, dessen männliche Geschmacksorgane sich auch gegen diesen libberigen Kinderbrei sträubten. „Die Speise schmeckt wie das Nichts, aus dem die Welt geschaffen wurde," sagte ich. – „Ganz derselben Ansicht," entgegnete er, „nur wagte ich sie nicht zu äußern." – Überhaupt muß ich sagen, Herr Dr. Paber beobachtet sehr gut und ist hochgebildet, und wenn Betti Eindruck auf ihn machte, ich würde ihn, wenn auch nicht gerade ermuthigen, so doch auch nicht mit Hindernissen abschrecken. Wer nun noch nicht satt war, der konnte sich an Butterbrod und bereits davoneilenden Kuhkäse halten. So sehr die Geruchsnerven Anderer auch davon beleidigt werden, so arg ist Er darnach.

Wie Alles, so nahm auch das Mahl ein Ende ... nur die Speise nicht, die hätte noch für 'ne Bauernhochzeit gereicht, wo sie bekanntlich drei Tage essen.

Nach Tisch setzten die Herrn sich an die Spieltische und wir Damen bleiben unter uns. Die Assessorin Lehmann war mittlerweile aufgethaut und erzählte allerlei allerliebste kleine Schnurren und verstand so niedliche Legespiele mit Zündhölzchen, worüber man sich den Kopf ordentlich zerbrechen mußte, daß wir uns recht nett amüsirten. „Wie traurig," dachte ich, „daß ich dies Haus später nur als Besuch betreten kann, ohne abzunehmen, nur im Fluge, ganz wie zufällig."

Die Herren spielten eifrig und tranken Patzenhofer Bier dazu. Wenn sämmtlich ausgetrunken war, machten sie eine General-Einschenk-Pause, wie Dr. Paber scherzend bemerkte, damit nicht so viel Zeit vergeudet würde. Eine solche Pause benutzte nun Fräulein Kulecke, die längst eifersüchtig auf die fidele kleine Assessorin geworden war, um auch den Herren ihre Deklamation zukommen zu lassen.

Sie sich also in die Thür zwischen den beiden Zimmern hingestellt und los! Wir bekamen alle Gänsehäute, so wie wir dasaßen. Sie hatte nämlich ein Stück vor, in dem Anfangs der junge Krieger fällt, der dann später bluttriefend Nachts als Geist ankommt und seiner Braut sagt, wenn sie noch mehr blutige Thränen weinte, dann müßte er in seinem Sarge im Blut schwimmen und rettungslos darin ersaufen. Herr Kleines hatte sich rasch einen von seinen rothbraunen Handschuhen angezogen und griff, ohne daß die Kulecke es sehen konnte mit der Blutwursthand um die Thüreinfassung, worüber Auguste Weigelt aschgrau vor Schreck wurde, zumal die Kulecke mit ihrem Baß die Grabesstimme schauderhaft natürlich nachmachen konnte. Die Herren spendeten lebhaften, aber kurzen Beifall und setzten sich dann rasch wieder zum Spiel.

Die Munterkeit der kleinen Assessorin war jedoch gründlichst hinwegdeklamirt und die unserige desgleichen, wenn ich für meine Person überhaupt von Munterkeit reden konnte, so daß wir unserm Schöpfer dankten, als die letzten Spiele angesagt wurden. Der Doktor hatte gewonnen und gab Emmi seinen Gewinn, wie er stets thut, den sie dann in einen Spartopf für zukünftige Ausgaben steckt. Dadurch will er sie natürlich nur liebevoll stimmen, wenn er Abends bis Mitternacht bei seinen Skatbrüdern hockt. Wäre ich in Emmi's Stelle, – – – doch wozu guten Rath geben, man will mich in diesem Hause ja doch nur los sein.

Um gegen Zwei gingen wir Alle. Das Mädchen stand mit dem Licht an der Hausthür, um die Trinkgeldsteuer für das Gehabte einzukassiren. Ich schritt erhaben an dieser Küchen-Walküre vorbei, ohne ihr auch nur einen Blick zuzuwerfen. Sie soll schon erfahren, was es heißt, sich gegen die Mutter aufzulehnen, wenn die Tochter ihre erste Gesellschaft giebt. Das wäre noch schöner!

Onkel Fritzens Weihnachten

Sie werden sich gewiß gewundert haben, daß Onkel Fritz nicht mit auf der ersten Gesellschaft beim Doktor war, da die Beiden sonst doch durch den Kitt der Spießgenossenschaft am Skattisch eng mit einander verbunden sind, aber es hatte seine guten Gründe, warum er keine Krebse abbekam. Onkel Fritz war nämlich verreist.

Bei einem Kaufmann fällt es nicht auf, wenn er auf die Reise geht, namentlich nicht, wenn wieder Weihnacht in Sicht ist und den Kunden außerhalb das Neueste vorgelegt werden muß, was in Berlin schon seit vorigem Jahre auf den überwundenen Standpunkt gesetzt wurde. Berlin muß jetzt alles stilvoll haben, weshalb Leute, die es können, sich eigens einen Architekten halten, den sie zu Rathe ziehen, bevor sie irgend ein Stück Dings kaufen, worauf dieser in seinen Kunstbüchern nachschlägt. Ich bin blos neugierig, wann es wohl Mode sein wird, daß die Familienväter statt des Hausrockes einen eisernen Harnisch anziehen, damit sie zu den Möbeln passen? Und wo soll der Kaufmann mit den Waaren bleiben, die keinen Stil abgekriegt haben? Hinaus damit nach auswärts, wo die Kunstpflege noch nicht in Saat geschossen ist und die Leute sich ohne Spucknäpfe aus Cuivrepoli behelfen. Onkel Fritzens Reise war daher durchaus nichts Ungewöhnliches. Im Gegentheil, der Eifer für sein Geschäft konnte nur sympathisch berühren, denn Thätigkeit ist das beste Mittel gegen Unbesonnenheit. Man kann sich aber auch täuschen.

Ich hoffte, daß die Erika-Angelegenheit ein für allemal erledigt sei. Die Krausen wollte die Verlobung Onkel Fritzens mit ihrer Verwandten allerdings erzwingen, aber als sie den Beiden den Heirathsrevolver auf die Brust setzte, reiste Erika tief gekränkt in ihre Heimath ab, was ich ihr sehr hoch anrechnete. Onkel Fritz schien auch damit zufrieden zu sein, denn er ließ sich nichts merken. Und doch war nicht Alles in Ordnung, wie ich bald erfahren sollte.

Als Onkel Fritz nämlich retour kam, war er wie umgewandelt, so daß mein Karl vermuthete, er hätte große Verluste gehabt. Wie sich aber herausstellte, waren nicht blos die Gelder prompt eingegangen, sondern er hatte auch noch brillante Aufträge mitgebracht. Wie sollte man sich daher sein bedripptes Wesen erklären? „Karl," sagte ich zu meinem Mann, „Du sollst sehen, es ist die Liebe. Frage ihn nur unter der Hand, wo er überall gewesen ist, das Übrige will ich schon besorgen." – Mein Karl antwortete, er mische sich nicht in die Privatangelegenheiten Anderer, worauf ich nicht umhin konnte, zu erwidern, daß es die Pflicht jedes Menschen sei, das Wohl seines Nächsten zu beobachten. Er meinte aber, Onkel Fritz würde kratzbürstig, wenn er spürte, daß man ihn aushorchen wollte. Hierin mußte ich ihm leider Recht geben. Mir kam aber ein schlauer Gedanke. „Du gehst einfach zur Krausen," sagte ich mir, „und kannst bei dieser Gelegenheit den neuen Winterumhang anziehen. Das ärgert sie und wenn ihr der Neid zu Kopf steigt, kramt sie alle Bosheit aus, die sie in sich hat. Passirt ist Etwas und zwar nichts Gutes. Wenn sie's weiß, kommt sie schon heraus damit."

Ich also zur Krausen, so wenig Geneigtheit ich auch für sie hegte. Anfangs ließ sie sich nichts merken, aber ich brachte die Sprache nach und nach auf Onkel Fritz, daß sein Geschäft außerordentlich im Schwung sei, und er ans Heirathen denken müsse. Es könne ihm ja auch gar nicht fehlen, er wäre überall willkommen. „So?" sagte sie. „Es gäbe vielleicht doch Familien, die anderer Meinung wären." – Dann wüßte sie mehr als ich. – Das thäte sie auch, ob er mir den Korb denn nicht gezeigt hätte, mit dem er von der Reise zurückgekehrt sei? – „Sie irren sich, meine Liebe," antwortete ich. – „O nein, fragen Sie ihn nur selbst, was Erika's Eltern und Verwandte von ihm denken, Es ist ja ein wahres Glück, daß das Mädchen keinen unüberlegten Schritt gethan hat, als es hier zu Besuch war." – Ich erwiderte, Onkel Fritz hätte es mit der kleinen unbedeutenden Person niemals ernst gemeint. – „Was wollte er denn in Lingen?" fuhr sie triumphirend heraus. „Er hat überall Geschäfte," antwortete ich. – Nun wußte ich genug und kürzte meine Visite rasch ab, aber ich lud die Krausen nicht ein, mich bald einmal zu besuchen.

Am nächsten Sonntag aß Onkel Fritz bei uns zu Mittag. Als mein Karl sich zurückgezogen hatte, um die Augen ein bischen zu wärmen, und Betti mit ihrer Weihnachtsarbeit zu Polizeilieutenants gegangen war, blieb ich mit Fritz allein. Er fing jedoch nicht an und ich mochte auch nicht mit dem ersten Wort heraus. Er las die Zeitung und ich that, als wenn ich zum Fenster hinaussah und die Uhr tickte dazu. Aber als ich bemerkte, daß er die Annoncen schon zum zweiten Male wieder anfing, konnte ich den peinlichen Zustand nicht länger ertragen. „Sag mir doch, Fritz," fing ich an, „was hast Du eigentlich? Du weißt doch, daß Du mir Alles anvertrauen kannst. Was soll Dein Drucksen und Wrucksen?" – „Ich bin verstimmt," antwortete er, „es wird sich schon wieder geben." – „Warum bist Du verstimmt? – – – Du schweigst? – – Was ist Dir in Lingen passirt?" – Er sprang auf. – „Was weißt Du von Lingen?" rief er heftig. – „Blos was die Krausen mir erzählt hat." – „Die Krausen ist eine alte Klatschliese." – „Das weiß ich. Aber wie kommt sie dazu, mir zu sagen, sie hätten Dich dort gründlichst abfallen lassen?"

Onkel Fritz ging eine Weile hastig im Zimmer auf und ab. Dann blieb er plötzlich vor mir stehen und fragte: „Und wenn sie die Wahrheit gesagt hätte?" – „Das wäre mir unbegreiflich," erwiderte ich.

„Weil Du nicht weißt, was Provinzphilister sind," antwortete er. Und nun beichtete er ordentlich und vernünftig. Er hatte seinen Verdruß zu lange allein getragen, er mußte sich aussprechen.

Es war ihm unmöglich gewesen, die Erika zu vergessen, und so hatte er sich denn nach Lingen aufgemacht, um sich ihrer Familie vorzustellen und das Jawort zu holen. Man hatte ihn natürlich sehr freundlich aufgenommen, denn wenn ein junger Mann bei einer wildfremden Familie antritt, in der sich eine verheirathbare Tochter befindet, weiß doch Jeder gleich Wieso und Warum? Er hatte aber nur gethan als wenn er der Geschäfte wegen gekommen wäre, und sich erlaubt, den Alten zur Table d'hote einzuladen. Wie Onkel Fritz nun einmal ist, hatte er über das Essen räsonnirt und namentlich auf den Wein gescholten, worauf der Alte ihn fragte, er wäre wohl ziemlich verwöhnt? – Das gerade nicht, aber sein ordentliches Glas Wein müßte er bei Tische haben. Der Alte sei darauf ziemlich schweigsam geworden und hätte ihn immer schief von der Seite angesehen.

„Gewiß konnte er Dein Dickethun nicht leiden,“ bemerkte ich. – „Möglich, aber trotzdem lud er mich wieder zum Abend zu sich ein. In der Zwischenzeit suchte ich das Lokal auf, wo es dort das beste Bier giebt, denn was sollte ich in dem Neste anfangen?“ – „Und kamst angeheitert zu ihm?“ – „Bewahre. Die Stammgäste am Nebentisch erzählten sich Anekdoten, die schon vor Alter eine Glatze hatten, daß ich bald heulend floh. Ich machte mich daher früher zum Besuch auf, als vielleicht nothwendig war. Wie ich nun in das Haus trat, hörte ich Mordsgeschrei.“ – „Was war denn los?“ – „Erika's jüngste Geschwister mußten gerade Wurmsamen einnehmen, und den mochten sie wohl nicht. Es ist noch ein ganzes Nest voll Kinder da. In kleinen Städten scheint Kindtaufe das größte Vergnügen zu sein, das sie kennen. Auch eine Großmutter entwickelte sich, die mit einem Löffel vor den Kleinen stand und sie knuffte, wenn sie nicht schlucken wollten. Ich wollte schon Leine ziehen, weil ich solche Art Schinderei nicht sehen kann, als der Alte herankam und mir einen Spaziergang vorschlug, weil die Damen noch nicht auf meinen Empfang vorbereitet seien. Ich also mit ihm los zur Stadt hinaus. Landschaftliche Schönheiten nur für Einheimische vorhanden. Als wir eine Stunde gegangen waren, fragte ich, ob das Wirthshaus noch nicht käme? Du weißt, Wilhelmine, trockene Spaziergänge kann ich nicht ausstehen. Am andern Ende vom Wege muß immer ein Lokal liegen, sonst danke ich für das Herumlaufen in der Natur.“ – „Und was antwortete er?“ – „Nichts!“ – „Und wie war es nachher am Abend?“ – „Zum Umkommen. Eine Flasche Wein wurde spendirt. Davon tranken er und ich und die Großmutter, die sich Zucker hineinrührte.“ – „Und wie war Erika?“ – „Blümerant. Sie wußte nicht ob sie sprechen sollte oder nicht.“ – „Und wovon spracht Ihr?“ – „Daß Berlin schrecklich verderbt sei, wie man immer in den Zeitungen lese. Die Großmutter meinte, es würden wohl jeden Tag einige auf der Straße todtgeschlagen, und Treue und Glauben sollte es ja gar nicht mehr geben. Sie dankte Ihrem Herrgott, daß sie nie nach diesem Sündenpfuhl gekommen sei. Da müßte ja Jeder an seiner Seele Schaden nehmen, krächzte sie.“ – „Das ließest Du Dir doch nicht gefallen?“ – „Ich antwortete, Fräulein Erika würde das wohl besser wissen.“ – „O ja,“ höhnte die Großmutter, „Erika hat uns erzählt, wie sie auf dem Bock war. Wir kennen Berlin viel genauer, als Sie glauben; wir sind hier solide und mäßig, und haben deswegen alle Achtung vor den Berlinern. Ja, das haben wir. Es ist ja Alles ungesund da, sogar die Kinder müssen vom Magistrat ins Bad geschickt werden, weil die gewissenlosen Eltern sie vernachlässigen. Das haben wir nicht nöthig, wir sorgen zur rechten Zeit dafür, daß sie bekommen, was nothwendig ist.“ – Das hatte ich allerdings mit meinen eigenen Augen gesehen; die bloße Erinnerung daran machte mir Soodbrennen. Ich drückte mich deshalb rechtzeitig und nahm noch im Hotel einen Nachttrunk, um den Gedanken an den Wurmsamen und den übrigen kleinstädtischen Familienmuff loszuwerden.

„Fritz, so viel merke ich bereits; die Großmutter war gegen Dich.“ – „Alle mit einander,“ rief er. „Als ich am anderen Tage den Alten fragte, ob er mir seine Tochter geben wollte, sagte er, es thäte ihm leid, aber nach Allem, was er in Lingen über mich erfahren hätte, glaubte er nicht, daß ich sein Kind glücklich machen würde, da ich das Wirthshaus und gutes Leben doch wohl einer geordneten soliden Häuslichkeit vorzöge. Der Esel!“

Ich schwieg, um nicht wie ein unbarmherziger Samariter Salz und Pfeffer in seine frisch aufgerissenen Wunden zu streuen. Nach einer Weile sagte ich: „Fritz, die Leute kennen Berliner Art und Weise nicht, weil die Zeitungen nur immer das Miserable schreiben und selten Gutes und Löbliches, aber wenn Du vernünftig gewesen wärest, hättest Du weniger Durst produzirt.“ – „Es war ja nicht der Rede werth.“ – „Für Leute, die nie etwas trinken, schon mehr als genug. Doch woher kommt das? Von Deinem Ruder- und Kegelklub.“ – „Wilhelmine, ich verbitte mir jede Bemerkung über Dinge, die Du nicht kennst.“ – „Auch gut,“ erwiderte ich, „Du bist aufgeregt ... aber Du kannst nicht leugnen, daß mit der Kegelkugel schon manches Glück aus der Welt getrudelt worden ist.“ – „Wenns lauter Pudel waren, magst Du recht haben,“ sagte er spöttisch. – „Hast Du Erika noch gesprochen?“ – „Die ist ebenso, wie die Andern. Sie hat Furcht vor der Großmutter. Gott weiß, was die ihr eingegeben hat.“ – „Und nun ist Alles aus zwischen Euch?“ – „Das scheint so.“ – „Fritz, wer weiß, ob es nicht ein großes Glück ist, daß es so kam.“ – „Glück? Du weißt nicht, wie lieb ich das Mädchen hatte. Nun verheirathe ich mich nie und nimmer.“ – „Unsinn, es wird Dir noch über, in den Kneipen zu sitzen und im Senftopf zu rühren, bis die Anderen kommen und das Skatspiel losgeht. Denk' an mich.“ – „Du redest, wie Du es verstehst,“ sagte er; „wenn ich auch mit Spreewasser getauft bin, so bin ich doch nicht damit großgezogen.“ – Und nun ging er.

Im Grunde genommen that er mir sehr leid. Er war nicht mehr der alte lustige Onkel Fritz; es mußte ihm nahe gegangen sein. Und es wurmte mich, daß die Krausen recht behielt. Aber Schuld ist das Rudern und Kegeln doch. Wenn man bedenkt, daß die jungen Leute sich auf dem Wasser einen Appetit heranarbeiten, den sie hinterher stillen müssen, damit sie bei siegreichen Kräften bleiben, so kann es ja gar nicht anders kommen. Der Restaurateur muß ihnen so reichlich geben, daß es kaum auf eine Speisekarte geht, und damit der auf seine Kosten kommt, fühlen sie sich verpflichtet, theure Weine zu trinken. Und das thun sie auch, denn anständig sind sie. Das wissen die Großmütter aber nicht; ich habe auch noch nie eine rudernde Großmutter gesehen.

Onkel Fritz hat uns schon öfter in sein Mittagsstammlokal eingeladen, und ich kann nicht anders sagen, als: die jungen Leute sind sehr nett. Im Benehmen gebildet, gar nicht wie sonst Bootsleute, ohne seemännische Ausdrücke, nur mit gesegnetem Appetit und genauer Kenntniß der Weinkarte. Dies letztere war Onkel Fritzens Verderben auf der Brautfahrt. Ich glaube aber, wenn Fritzens Freund King an seiner Stelle gewesen wäre, dann hätten sie sich noch heftiger gewundert, denn Fritz ist eigentlich nur Amateur, wogegen Kind, wie mir erzählt wurde, selbst im Schlafe rudert, wenn er lebhaft träumt, und darum schon Morgens um sechs mit Durst aufwacht. Den hätte die Großmutter kennen lernen müssen ... das hätte ich ihr gegönnt!

Thatsächlich ärgerte mich Onkel Fritzens Abfall jedoch sehr: lieber die Erika, als gar keine. Ganz derselben Ansicht war mein Karl, der auch gerne gesehen hätte, wenn Onkel Fritz endlich unter dem Pantoffel angelangt wäre, denn mein Abgott von Mann hat in den Jahren das häusliche Glück an meiner Seite schätzen gelernt. –

Ich habe schon manchen Weihnachten erlebt und mich jedesmal gefreut, wenn er vor der Thür stand und Einlaß begehrte, diesmal aber sehnte ich ihn nicht gerade herbei. Aber was hilft das Sträuben gegen den Kalender? Nichts. Und so kam der heilige Abend heran. Wir konnten unmöglich so vergnügt sein wie sonst, uns fehlte der alte frohe Onkel Fritz. Ein Jeder merkte ihm ja an, daß er sich zwingen mußte, vergnügt zu sein, und das that mir in der Seele weh und meinem Karl. Emmi und der Doktor, die auch bei uns waren, kümmerten sich nur um sich selbst, er scheint noch verliebter zu sein, als er es als Bräutigam war, wenigstens äußerlich, und Emmi hat, außer für ihn, für Niemand Sinn. Betti mochte wohl ahnen, daß Onkel Fritz einen stillen Kummer mit sich herumtrug, denn sie that ihr Möglichstes, ihm Freundlichkeiten zu erweisen, was sonst gar nicht ihre Sache ist, denn sie wird immer verschlossener und einsilbiger. Ich sah aber, wie ihr das Auge feucht wurde, wenn er ihr dankend zunickte. Das arme Mädchen ist ja auch nicht glücklich.

Ich wünschte daher innerlich, der Abend möchte nur erst herum sein, und ließ daher die Köchin sich beeilen.

Noch ehe die Karpfen gar waren, kam aber jemand und das war einer von Stephan seinen mit einem Schreibebrief an Onkel Fritz. Als der den Poststempel erblickte, überkam es ihn wie ein Schreck, er sah ihn an und wieder an. Dann eilte er in das andere Zimmer, um den Brief zu öffnen; ich wollte hintendrein, aber mein Karl hielt mich am Rock fest. Erst nach einiger Zeit ließ er mich frei und nun ging ich nach Onkel Fritz. Der saß auf einem Stuhl neben dem Tisch und hielt in der Hand einen kleinen Zweig, auf den das volle Licht der Lampe fiel. Es war ein Zweiglein Haidekraut.

Ich trat leise zu ihm und legte sanft meine Hand auf seine Schulter – da brach er in Thränen aus.

Ich ließ ihn gewähren. Eine ganze Weile, denn ich sah, wie es ihn hatte und er vergebens mit aller Gewalt kämpfte, der kräftige Mann gegen das schwache Herz in der Brust. „Wilhelm," sagte er dann, und ein lustiges Lächeln flog über seine Züge, „Wilhelm, trotz der Großmutter!"

Und nun war es wieder der alte Onkel Fritz. – Ein köstlicher Weihnachten!

*

Wird Onkel Fritz das Glück finden, das ihm das Zweiglein Haidekraut verkündete? Wird der Doktor mit der Zeit ein Musterschwiegersohn werden? Wie wird es Betti ergehen, wird die Firma einst „Buchholz und Sohn" heißen? Und Bergfeldt's Emil, wird er nie bereuen, sich verkauft zu haben? Was wird aus dem kleinen Krause?

Das Alles wird die Zeit durch Frau Wilhelminens Feder offenbaren, die Zeit, welche nicht nur das goldene Runenseil der Großen und Hohen durch ihre Hände gleiten läßt, sondern auch das Hausgespinnst unserer Freunde aus der Landsbergerstraße.